Rubia peligrosa

Rubia peligrosa

Walter Mosley

Traducción de
Ana Herrera

Título original: *Blonde Faith*
Copyright © Walter Mosley, 2008

Primera edición: mayo de 2009

© de la traducción: Ana Herrera
© de esta edición: Roca Editorial de Libros, S. L.
Marquès de la Argentera, 17, Pral.
08003 Barcelona
info@rocaeditorial.com
www.rocaeditorial.com

Impreso por Brosmac, S.L.
Carretera de Villaviciosa - Móstoles, km 1
Villaviciosa de Odón (Madrid)

ISBN: 978-84-92429-91-2
Depósito legal: M. 14.586-2009

En recuerdo de August Wilson

1

Es difícil perderse cuando uno vuelve a casa del trabajo. Cuando tienes empleo, y cobras un sueldo, la carretera está muy firme ante ti: es una calle bien pavimentada sin otra salida que la tuya. Está el aparcamiento, luego la tienda de comestibles, la escuela, la tintorería, el túnel de lavado de coches, y luego tu puerta.

Pero yo no tenía trabajo fijo desde hacía un año, y eran las dos de la tarde, y me planté ante la puerta de mi casa preguntándome qué hacía allí. Apagué el motor y me eché a temblar, intentando acostumbrarme a la súbita tranquilidad.

Todo el camino hacia casa lo hice pensando en Bonnie y en lo que había perdido cuando le dije adiós. Ella había salvado la vida a mi hija adoptiva y yo le pagaba haciendo que dejase nuestro hogar. Para poder llevar a la pequeña Feather a una clínica suiza, Bonnie había vuelto a ver a Joguye Cham, un príncipe de África occidental a quien había conocido en su trabajo de azafata para Air France. Él acogió a Feather y Bonnie se quedó allí con ella... y con él.

Abrí la portezuela del coche, pero no salí. En parte, mi letargo se debía al cansancio que sentía por llevar levantado las últimas veinticuatro horas.

No tenía trabajo fijo, pero trabajaba a destajo.

Martel Johnson me había contratado para que encontrase a su hija mayor, Chevette, que tenía dieciséis años y se había escapado de casa. Johnson había ido a la policía y ellos tomaron nota de la información que le dio, pero pasadas dos semanas no habían averiguado nada. Le dije a Martel que le haría el trabajo de calle por trescientos dólares. En cualquier otra transacción habría intentado regatear conmigo, me habría dado una cantidad inicial y luego me habría prometido pagarme el resto cuando hubiese acabado el trabajo. Pero cuando un hombre quiere a su hija hace todo lo necesario para devolverla a casa sana y salva.

Me embolsé el dinero, hablé con una docena de amigas del instituto de Chevette y luego me dediqué a rondar por algunos callejones en las proximidades de Watts.

La mayor parte del tiempo yo pensaba en Bonnie, en llamarla y pedirle que volviera a casa conmigo. Echaba de menos su aliento dulce y los tés especiados que preparaba. Echaba de menos su acento suave de las Guyanas y nuestras largas conversaciones sobre la libertad. Lo echaba de menos todo de ella y yo, pero no era capaz de parar ante una cabina telefónica.

En el lugar de donde yo procedía (Fifth Ward, Houston, Texas), que otro hombre durmiera con tu mujer era un motivo suficiente para justificar el doble homicidio. Cada vez que pensaba en ella en sus brazos se me nublaba la vista y tenía que cerrar los ojos.

Mi hija adoptiva seguía viendo a Bonnie al menos una vez a la semana. El chico a quien había criado como un hijo, Jesus, y la joven que vivía con él, Benita Flagg, trataban a Bonnie como la abuela de su hijita recién nacida, Essie.

Yo los quería a todos, y al darle la espalda a Bonnie los había perdido.

De modo que a la 1.30 de la madrugada, en la entrada de un callejón junto a Avalon, cuando una jovencita pechugona con minifalda y un top sin espalda se acercó a la ventanilla, yo bajé el cristal y le pregunté:

—¿Cuánto por chuparme la polla?

—Quince dólares, papi —dijo, con una voz muy dulce y muy aguda.

—Hummm —dudé—. ¿En el asiento de delante o atrás?

Ella chasqueó la lengua y me tendió la mano. Puse en su palma tres billetes nuevos de cinco dólares y ella corrió a dar la vuelta hacia el asiento del pasajero de mi Ford último modelo. Tenía la piel oscura y las mejillas regordetas y dispuestas a sonreír por el hombre que tuviese el dinero. Cuando me volví hacia ella detecté una timidez momentánea en sus ojos, pero luego ella adoptó un aire descarado y dijo:

—A ver lo que tienes ahí.

—¿Puedo preguntarte algo antes?

—Me has pagado por diez minutos, así que puedes hacer lo que quieras con ese tiempo.

—¿Eres feliz haciendo esto, Chevette?

La expresión de su cara pasó en un segundo de los treinta a los dieciséis años. Intentó alcanzar la puerta del coche, pero le agarré la muñeca.

—No intento detenerte, chica —le dije.

—Entonces deja que me vaya.

—Has cogido mi dinero. Lo único que te pido son mis diez minutos.

Chevette se echó hacia atrás después de mirar mi otra mano y buscar por el asiento delantero alguna señal de peligro.

—Vale —dijo, mirando hacia el suelo oscuro—. Pero nos quedamos aquí mismo.

Levanté su barbilla con un dedo y cuando volvió la cara hacia mí, miré sus grandes ojos.

—Martel me contrató para encontrarte —dije—. Está destrozado desde que te fuiste. Le dije que yo te pediría que volvieras a casa, pero que no te arrastraría hasta allí.

La mujer-niña me miró entonces.

—Pero tengo que decirle dónde estás... y contarle lo de Porky.

—No le hables a papá de él —me rogó—. Uno de los dos acabará muerto, seguro.

Porky *el Chulito* había reclutado a Chevette a tres manzanas del instituto Jordan. Era un hombre gordo, con marcas de viruela en la cara y cierta inclinación por las navajas, los anillos de brillantes y las mujeres.

—Martel es tu padre —argumenté—. Merece saber lo que te ha pasado.

—Porky lo hará pedazos. Lo matará.

—O al revés —dije yo—. Martel me ha contratado para que te encuentre y le diga dónde estás. Así es como pago mi hipoteca, chica.

—Podría pagarte yo —sugirió, colocando una mano en mi muslo—. Tengo setenta y cinco dólares en el bolso. Y has dicho que querías algo de compañía...

11

—No. Quiero decir que... eres una chica muy guapa, pero soy honrado y también soy padre.

El rostro de la jovencita quedó inexpresivo, y vi que su mente corría a toda velocidad. Mi aparición era una posibilidad que ya había contemplado. No la mía exactamente, sino la de algún hombre que o bien la conociera o quisiera salvarla. Después de veinte mamadas por noche durante dos semanas seguramente habría pensado en el rescate, y en los peligros que podrían proceder de un acto desesperado semejante. Porky podía encontrarla en cualquier lugar del sur de California.

—Porky no me dejará marchar —dijo—. Cortó a una chica que intentó dejarle. Casandra. Le cortó la cara.

Se llevó la mano a la mejilla. Puso una cara horrible.

—Oh —dije—. Estoy casi seguro de que ese cerdo entrará en razón.

Fue mi sonrisa lo que le dio esperanzas a Chevette Johnson.

—¿Dónde está? —le pregunté.

—En la parte de atrás de la barbería.

Cogí de la guantera la 38, de un gris oscuro, y saqué las llaves del contacto.

Rodeando la barbilla de la chica con la mano, dije:

—Tú espérame aquí. No quiero tener que buscarte otra vez.

Ella asintió y yo me dirigí hacia el callejón.

Alto y desgarbado, LaTerry Klegg estaba de pie en el umbral del porche trasero de la Barbería Masters y Broad. Parecía una mantis religiosa de un marrón muy oscuro, de pie en un charco de crema amarilla. Klegg tenía fama de ser rápido y mortal, de modo que me acerqué velozmente y le golpeé con la parte lateral de mi pistola en la mandíbula.

Cayó y pensé en Bonnie por un momento. Me pregunté, mientras buscaba la asombrada cara de Porky, por qué no me habría llamado. El Chulito estaba sentado en una vieja silla de barbero que habían trasladado hasta el porche para dejar espacio para una nueva, sin duda.

—¿Quién cojones eres tú? —dijo el proxeneta con voz atemorizada de falsete.

Tenía también el color de un cerdo: un horrible marrón rosado. Respondí apretando el cañón de mi pistola en su pómulo izquierdo.

—¿Qué? —chilló.

—Chevette Johnson —dije yo—. O la dejas ir, o te pego un tiro aquí mismo, ahora.

Y pensaba hacerlo. Estaba dispuesto a matarle. Pero aunque me encontraba allí a punto de cometer un crimen, al mismo tiempo se me ocurrió que Bonnie nunca me llamaría. Era demasiado orgullosa, estaba demasiado herida.

—Llévatela —dijo Porky.

Mi dedo se contraía en el gatillo.

—¡Que te la lleves!

Moví la mano diez centímetros a la derecha y disparé. La bala sólo le rozó el lóbulo de la oreja, pero su capacidad auditiva por ese lado nunca volvería a ser la misma. Porky cayó al suelo sujetándose la cabeza y chillando. Le di una patada en el vientre y me alejé andando por donde había venido.

De camino hacia el coche pasé junto a tres mujeres con faldas muy cortas y tacones altos que habían venido corriendo. Me dejaron paso, apartándose mucho al ver la pistola que llevaba en la mano.

13

—Pero entonces, ¿por qué te fuiste de casa de esa manera? —le pregunté a Chevette en la hamburguesería de Beverly, que está abierta toda la noche.

Ella había pedido una hamburguesa con chile y patatas. Yo iba sorbiendo un refresco con gas.

—Es que no me dejaban hacer nada —lloriqueó—. Papá quería que llevara faldas largas y colas de caballo. Ni siquiera me dejaba hablar con ningún chico por teléfono.

Aunque llevara puesto un saco de patatas se veía con claridad que Chevette era una mujer. Había pasado mucho tiempo desde que formó parte del club de Mickey Mouse.

La llevé a mi oficina y la dejé dormir en mi sofá azul mientras yo daba unas cabezadas, soñando con Bonnie, en la silla.

Por la mañana llamé a Martel y se lo conté todo... excepto que Chevette estaba escuchando.

—¿Qué quieres decir con eso de «en la calle»? —me preguntó.

—Ya sabes lo que quiero decir.

—¿Prostituta?

—¿Aún quieres que vuelva? —le pregunté.

—Por supuesto que quiero que vuelva mi niña.

—No, Marty. Puedo hacer que vuelva, pero la que volverá será una mujer hecha y derecha, y no una niña ni un bebé. Ella necesita que la dejes crecer. Tendrás que ser diferente. Si tú no cambias, poco importará que ella vuelva ahora a casa.

—Pero es mi niña, Easy... —dijo él, con seguridad.

—La niña desapareció, Marty. Lo que hay ahora es una mujer.

Entonces él se vino abajo, y Chevette también. Ella enterró la cara en el cojín azul y se echó a llorar.

Le dije a Martel que la llevaría de vuelta a casa. Hablamos tres veces más antes de ir para allá y le dije que no valía la pena que volviese si no era capaz de verla tal y como era, si no podía amarla tal y como era.

Y mientras tanto pensaba en Bonnie todo el tiempo. Pensaba que debía llamarla y rogarle que volviera a casa.

2

*S*ólo me costó diez minutos salir del coche.

Caminando por el césped oí los ladridos del perrito amarillo. *Frenchie* me odiaba; quería a Feather. Al menos teníamos algo en común. Me sentí feliz al oír sus carreras caninas detrás de la puerta de entrada. Era la única bienvenida que me merecía.

Cuando entré en casa, aquel perrillo que pesaba tres kilos empezó a ladrar y a morderme los zapatos. Me agaché para saludarle. Ese gesto de conciliación siempre hacía que *Frenchie* se alejase corriendo.

Cuando levanté la vista para ver cómo se iba correteando a la habitación de Feather vi a la pequeña vietnamita Amanecer de Pascua.

—Hola, señor Rawlins —dijo la pequeña, de ocho años.

—Pascua, ¿de dónde sales, muchacha? —Miré a mi alrededor buscando a su padre, el que había asesinado a un pueblo entero.

—Pues originalmente, de Vietnam —replicó la niña, contundente.

—Hola, papi —dijo Feather, saliendo de detrás de la puerta.

Sólo tenía once años, pero parecía mucho mayor. Había crecido casi dos palmos en poco más de un año, y tenía un rostro esbelto e inteligente. Feather y Jesus hablaban entre sí en inglés, francés y español fluido, cosa que hacía que su conversación pareciese mucho más sofisticada.

—¿Dónde está Juice? —pregunté, usando el apodo de Jesus.

—Benny y él han ido a recoger a Essie a casa de la mamá de Benny. —Dudó un momento y añadió luego—: Yo hoy me he quedado en casa con Pascua porque no sabía qué hacer.

Intenté comprender todo aquello allí, de pie.

Mi hijo había accedido a quedarse con Feather mientras yo estaba fuera buscando a Chevette. Él y su novia Benita no tenían mucho dinero y sólo podían permitirse un apartamento con una sola habitación en Venice. Cuando hacían de niñera para mí podían dormir en mi ancha cama, ver la tele y cocinar en una cocina de verdad.

Pero Jesus tenía su propia vida, y se suponía que Feather debía ir al colegio. Amanecer de Pascua Black no tenía por qué estar en mi casa, en absoluto. La niña llevaba unos pantalones negros de algodón y una chaqueta de seda roja sin adornos, al estilo asiático. Tenía el largo pelo negro atado con una cinta naranja y cayendo hacia adelante, encima del hombro derecho.

—Me ha traído mi papá —dijo Pascua, respondiendo a la pregunta que leyó en mis ojos.

—¿Por qué?

—Me ha dicho que te dijera que debía quedarme aquí un tiempo, visitando a Feather...

Mi hija se arrodilló y abrazó a la niña desde atrás.

—... y ha dicho que tú sabrías cuánto tiempo tenía que quedarme. ¿Lo sabes?

—¿Quieres un poco de café, papá? —me preguntó Feather.

Mi hija adoptiva tenía una piel de un marrón claro y cremoso que reflejaba su compleja herencia racial. Al mirar su rostro generoso me di cuenta, por enésima vez, de que ya no podía predecir los caprichos o profundidades de su corazón. Con la tristeza de esa separación creciente, le respondí:

—Claro que sí, cariño. Sí que quiero.

Cogí a Pascua y seguí a Feather a la cocina. Allí me senté en una silla con la niña pequeña en mi regazo, como una muñeca.

—¿Te lo has pasado bien con Feather? —le pregunté.

Pascua asintió con vehemencia.

—¿Te ha preparado la comida?

—Atún y pastel de boniato.

Mirándome a los ojos, Pascua se relajó y se apoyó en mi pecho. No la conocía ni a ella ni a su padre, Navidad Black, desde hacía demasiado tiempo, pero la confianza que él tenía en mí había influido en la de la niña.

—¿Así que has venido con tu papá en el coche? —le pregunté.

—Ajá.

—¿Y quién iba en el coche, sólo él y tú?

—No —respondió—. También iba una señora con el pelo rubio.

—¿Y cómo se llamaba?

—Señorita... no sé qué. No me acuerdo.

—¿Y esa señora estaba en tu casa de Riverside?

—Nos fuimos de allí —dijo Pascua, con algo de nostalgia.

—¿Adónde os fuisteis?

—Detrás de una casa grande y azul, al otro lado de la calle donde está el edificio que tiene un neumático enorme en el tejado.

—¿Un neumático tan grande como una casa?

—Ajá.

Por entonces la cafetera eléctrica ya empezaba a filtrar el agua.

—El señor Black ha venido esta mañana —dijo Feather—. Me ha preguntado si Pascua podía quedarse un tiempo y yo le he dicho que sí, que vale. ¿He hecho bien, papi?

Feather siempre me llamaba papi cuando no quería que me enfadase.

—¿Está bien mi papá, señor Rawlins? —preguntó Amanecer de Pascua.

—Tu papá es el hombre más fuerte del mundo —le dije, exagerando sólo un poquito—. Allá donde esté, le irá bien. Seguro que llamará y me dirá lo que pasa antes de que se haga de noche.

17

Feather hizo chocolate caliente para ella y para Pascua Nos sentamos a la mesa de la cocina como adultos que se visitan por la tarde. Feather habló de lo que había aprendido de historia americana y la pequeña Amanecer de Pascua escuchó como si fuera una alumna en clase. Cuando hubimos jugado a las visitas lo suficiente para que Pascua se sintiera como en casa, sugerí que se fueran a jugar al patio de atrás.

Llamé a Saul Lynx, el hombre que me había presentado al padre de Pascua, pero su servicio de mensajes me dijo que mi colega detective estaba fuera de la ciudad por unos días. Podría haberle llamado a casa, pero si andaba ocupado con un caso no sabría nada de Navidad.

—Residencia Alexander —respondió una voz masculina al primer timbrazo de mi siguiente llamada.

—¿Peter?

—Señor Rawlins, ¿cómo está?

La transformación de Peter Rhone de vendedor a criado personal de EttaMae Harris siempre me resultaba sorprendente. Había perdido al amor de su vida en los disturbios de Watts, una bella joven negra llamada Nola Payne, y había renegado casi por completo de la raza blanca. Se había trasladado al porche de la casa de EttaMae y hacía recados para ella y para su marido Raymond Alexander *el Ratón*.

Rhone trabajaba a tiempo parcial como mecánico para mi viejo amigo Primo en un garaje del este de Los Ángeles. Estaba aprendiendo un oficio y contribuyendo a los gastos generales para el mantenimiento de la casa de EttaMae. Yo pensaba que en realidad estaba haciendo penitencia por la muerte de Nola Payne, porque de alguna manera se creía que era la causa de su fallecimiento.

—Vale —dije—. De acuerdo. ¿Cómo va el garaje?

—Ahora estoy limpiando bujías. Jorge me va a enseñar pronto a trabajar con una transmisión automática.

—Hummm —gruñí—. ¿Está Raymond por ahí?

—Mejor llamo a Etta —dijo, y supe que había algún problema.

—¿Easy? —Etta se puso al teléfono un momento después.

—Sí, cariño.

—Necesito tu ayuda.

—Sí, señora —respondí, porque quería a Etta como amiga y en tiempos la amé como amaba a Bonnie. Si no hubiese estado loca por mi mejor amigo, por aquel entonces ya tendríamos una casa llena de niños.

—La policía busca a Raymond —dijo.

—¿Por qué? —le pregunté.

—Asesinato.

—¿Asesinato?

—Un idiota que se llama Pericles Tarr ha desaparecido, y la policía viene aquí todos los días preguntándome qué sé yo de todo eso. Si no fuera por Pete, creo que me llevarían a rastras a la cárcel sólo por estar casada con Ray.

Nada de todo aquello me sorprendía. Raymond llevaba una vida criminal. El diminuto asesino estaba relacionado con toda una red de atracadores que operaban de costa a costa y más allá incluso, por lo que yo sabía. Pero la verdad es que no me lo imaginaba implicado en delitos de poca monta. Y no es que el Ratón no hubiese ido más allá del crimen, más bien al contrario, pero en los últimos años se le había enfriado algo la sangre y raramente perdía los nervios. Si hubiese tenido que matar a alguien en la actualidad, habría sido en lo más profundo de la noche, sin dejar testigos ni pistas que le incriminasen.

—¿Dónde está el Ratón? —le pregunté.

—Eso es lo que tengo que averiguar —dijo Etta—. Desapareció el día antes que ese hombre, Tarr. Y ahora él no está, y los tipos estos de la ley me van detrás.

—¿Así que quieres que yo lo encuentre? —le pregunté, lamentando haber llamado.

—Sí.

—¿Y luego qué hago?

—Estoy preocupada, Easy —dijo Etta—. Estos polis hablan en serio. Quieren meter a mi chico en la cárcel.

Hacía muchos años que no oía a Etta llamar «chico» a Ray.

—Vale —dije—. Lo encontraré, y haré lo que tenga que hacer para asegurarme de que está bien.

—Sé que no es gratis, Easy —me dijo entonces Etta—. Te pagaré.

—Bien. ¿Sabes algo de ese Tarr?

—No demasiado. Está casado y tiene la casa llena de críos.

—¿Y dónde vive?

—En la calle Sesenta y tres —me recitó la dirección y yo la apunté, pensando que había encontrado más problemas en un solo día que la mayoría de los hombres en una década.

Había llamado al Ratón porque él y Navidad Black eran amigos. Esperaba encontrar ayuda, no prestarla. Pero cuando se vive entre hombres y mujeres desesperados, cualquier puerta que se abre puede tener el nombre de «Pandora» escrito en el otro lado.

19

3

*N*o había bebido ni una sola gota de alcohol desde hacía años, pero desde que Bonnie me había dejado, pensaba en el *bourbon* todos los días. Estaba sentado en el salón frente al televisor apagado pensando en la bebida cuando sonó el teléfono.

Otro síntoma de mi soledad era que mi corazón se encogía de miedo cada vez que alguien llamaba al teléfono o a la puerta. Sabía que no sería ella. Lo sabía, pero aun así, seguía preocupándome qué podría decirle.

—¿Diga?

—¿Señor Rawlins? —preguntó una voz de chica.

—¿Sí?

—¿Le pasa algo? Suena raro.

—¿Quién es?

—Chevette.

No había pasado un día completo desde que casi mato a un hombre por aquella mujer-niña, y tuve que buscar su nombre en mi memoria.

—Ah, hola. ¿Pasa algo? ¿El cerdo ese te está molestando?

—No —respondió—. Mi papá me ha dicho que le llame y le dé las gracias. De todos modos lo habría hecho. Dice que nos vamos a Filadelfia, a vivir con mi tío. Dice que podemos empezar de nuevo allí.

—Me parece una idea estupenda —dije, con un entusiasmo muy mal fingido.

Chevette suspiró. Me perdí en ese suspiro.

Chevette me veía como su salvador. Primero la había alejado de su chulo, y después le había permitido ver a su padre de una manera que él nunca le había revelado antes. Intenté imaginar cómo podía verme a mí aquella niña: como un héroe lleno de poder y certeza. Habría dado cualquier cosa por ser el hombre a quien ella había llamado.

—Si tienes algún problema dímelo —dijo aquel hombre a Chevette.

La puerta de entrada se abrió y entró Jesus con Benita Flagg y Essie.

—Vale, señor Rawlins —dijo Chevette—. Mi papá quería saludarle.

Yo saludé con la mano a mi pequeña y rota familia.

—¿Señor Rawlins?

—Hola, Martel. La chica parece que está bien.

—Nos vamos a Pennsylvania —dijo él—. Mi hermano dice que hay buen trabajo en los depósitos del ferrocarril que hay por allí.

—Me parece estupendo. A Chevette le iría bien empezar de nuevo, y quizás usted y su mujer podrían intentarlo también.

—Sí, sí —dijo Martel, haciendo tiempo.

—¿Hay algo más? —le pregunté.

Entonces Essie se echó a llorar.

—Usted... ejem, usted dijo que... que los trescientos dólares eran por la semana que iba a pasar buscando a Chevy.

—¿Sí? —Di un tono interrogativo a mi voz, pero sabía lo que iba a decir a continuación.

—Bueno, sólo le ha costado un día, ni siquiera eso.

—¿Y qué?

—Supongo que son cincuenta dólares al día, sin contar el domingo —explicó Martel—. Podría usted aceptar otro trabajo para compensar la diferencia.

—¿Sigue ahí Chevette? —pregunté.

—Sí. ¿Por qué?

—Le diré por qué, Martel. Le daré doscientos cincuenta dólares si Chevy viene a pasar los próximos cinco días conmigo.

—¿Cómo dice?

Entonces colgué. Martel no podía evitarlo. Era un trabajador, y seguía la lógica del salario, que tenía incrustada en el alma. Yo había salvado a su hija de una vida de prostitución, pero eso no significaba que me hubiese ganado los trescientos dólares. Se iría a la tumba pensando que yo le había engañado.

—Eh, chico —dije a mi hijo.

—Papá.

Me abrazó y yo le besé la frente. Llegó Benita y también

me dio un beso en la mejilla, mientras Essie lloriqueaba en sus brazos.

Yo cogí a la niñita en mis brazos y le di vueltas en círculo. Ella me miró a la cara, maravillada, alargó la manita hacia mi áspera mejlla y sonrió.

Durante un momento no sentí otra cosa que amor por aquella criatura. La niña tenía la piel morena clara de Benita, y el pelo liso y negro de Juice. No corría ni una sola gota de mi sangre por sus venas, y sin embargo, era mi nieta. Debido a mi amor por ella estuve a punto de matar a Porky.

Mirando su carita confiada pensé en el bebé que mi primera esposa se había llevado consigo a Texas. Aquella sombra de pérdida me trajo a la memoria a Bonnie, y le tendí a Essie de nuevo a su madre.

—¿Está bien, señor Rawlins? —me preguntó Benny.

¿No me había preguntado eso mismo antes? No.

—Sí, bien, cariño.

—¿Nos necesitas esta noche, papá? —preguntó Jesus. Sabía que yo estaba herido, e intentaba protegerme de la preocupación de Benita. Siempre me estaba salvando, desde que lo traje a casa y lo saqué de la calle.

—No. Encontré a la persona a la que andaba buscando. Pero podéis quedaros de todos modos. Yo dormiré en tu habitación, Juice.

Jesus sabía que yo quería que se quedara, que llenara mi casa de movimientos y de sonidos. Asintió muy ligeramente y me miró a los ojos.

No sabía lo que estaba pensando —quizá que así podía ver la televisión, o dormir en una cama grande— pero me sentía de tal manera en aquellos momentos que estaba seguro de que él era capaz de ver en mi interior; que él sabía que yo iba sin rumbo, que estaba perdido en mi propia casa, en mi propia piel.

—¡Juice! —gritaron Feather y Amanecer de Pascua.

Corrieron a abrazar al chico que las llevaba a navegar en barco y les enseñaba a coger cangrejos con una red. Toda aquella conmoción hizo que Essie llorase de nuevo, y Benita se la llevó para darle el biberón.

Yo me fui hacia la cocina para preparar la cena. Al cabo de poco rato ya tenía tres ollas y el horno en funcionamiento. Pollo frito con un resto de macarrones que habían quedado, queso y coliflor con salsa blanca especiada con tabasco. Pascua y Feather se unieron a mí al cabo de un rato y prepararon un bizcocho de melocotón que ya venía mezclado, bajo mi supervisión.

Tardamos cuarenta y siete minutos en preparar la comida hasta que ésta llegó a la mesa. Mientras se enfriaba el pastel en el fregadero, Feather y Amanecer de Pascua me ayudaron a servir la comida.

La cena fue muy bulliciosa. De vez en cuando Pascua se ponía un poco triste, pero Jesus, que estaba sentado junto a ella, hacía bromas y le contaba chistes que la hacían sonreír.

Todo el mundo menos yo estaba en la cama a las nueve.

Me senté frente al televisor apagado pensando en el whisky y en lo delicioso que era. Al cabo de un rato tuve que pensar en la pequeña vietnamita que había sido rescatada de su pueblo destruido, y cuyos padres (y todos sus parientes, y todas las personas a las que conocía) habían muerto a manos del hombre que la había adoptado, Navidad Black.

Su patriotismo de soldado profesional se enfrió al darse cuenta de lo que le había costado la guerra norteamericana. Era un asesino igual que el Ratón, pero Navidad era también un hombre de honor, y eso lo hacía mucho más peligroso e impredecible que el asesino amigo de mi juventud.

Si Navidad había dejado a Pascua conmigo es que debía de haber guerra en algún sitio. Quería que yo cuidase a su pequeña, pero él no era mi cliente. Pascua me había pedido que le asegurase que su padre estaba bien. La única forma que tenía de hacer tal cosa era salir y buscarle.

Y después, o más bien al mismo tiempo, tendría que buscar al Ratón y ver qué había de cierto en aquellas acusaciones de asesinato. Raymond había pasado ya cinco años a la sombra por homicidio y decía que nunca jamás volvería a la cárcel. Eso significaba que si los policías lo encontraban antes que yo, un buen número de ellos acabarían muertos con toda probabilidad. Aunque Etta no me hubiese contratado, igualmente habría tratado de salvar las vidas que el Ratón arrebataría: era uno de los deberes que yo mismo me había impuesto en la vida.

23

4

$\mathcal{U}$n sonido me sacó de pronto de un sueño profundo. Era muy tarde. Lo primero que vi cuando abrí los ojos fue al perrito amarillo que me miraba entre las cortinas que cubrían la ventana de delante. No estaba muy seguro de si el teléfono había sonado, pero entonces volvió a sonar. Había un supletorio en mi habitación y me preocupaba que el bebé se despertara, así que respondí rápidamente, pensando que sería Navidad, o el Ratón, que llamaba desde alguna arriesgada situación en la calle.

—¿Sí? —dije con voz ronca.

—¿Easy?

La habitación desapareció un momento. Yo flotaba, caía en la oscuridad de la noche.

—¿Bonnie?

—Lo siento, me parece que es muy tarde —dijo, con aquel acento suyo isleño tan dulce—. Puedo llamarte mañana... ¿Easy?

—Sí. Hola, cariño. Ha pasado mucho tiempo.

—Casi un año.

—Me alegro mucho de oírte, de oír tu voz —dije—. ¿Cómo estás?

—Bien. —Su tono era reservado.

«Claro —pensé yo—. Se arriesga mucho al llamarme. La última vez que hablamos yo la eché de mi casa.»

—Estaba aquí sentado delante de la tele —le dije—. Jesus y Benita duermen en mi cama. También está aquí Amanecer de Pascua. Tú no la conoces; es la hija de un amigo mío.

Bonnie no respondió a todo aquello. Recuerdo que pensé que probablemente Feather le había hablado a Bonnie de Amanecer de Pascua. Ella y Navidad nos habían visitado unas cuantas veces. El ex soldado pensaba que su niña necesitaba amigas, y como la pequeña estudiaba en casa, le preocupaba que tuviera una influencia excesiva de él, que era un hombre.

—Es curioso que me llames —dije, con la voz y la animación de un hombre totalmente extraño a mí—. He estado pensando en ti. No todo el tiempo, claro, quiero decir que he pensado en lo que pasó...

—Me voy a casar con Joguye en septiembre —dijo ella.

Noté como si un disonante genio del bebop tocase el xilófono en mi espina dorsal. Me puse en pie y contuve el aliento, mientras las vibraciones discordantes atravesaban todo mi cuerpo. Los espasmos llegaron de súbito, como una catarata o una explosión, pero Bonnie seguía hablando como si el mundo no se hubiese acabado.

—... quería decírtelo porque Jesus y Feather vendrán a la boda y...

¿Era aquello lo que había visto en los ojos de Juice? ¿Sabía acaso que Bonnie planeaba aquello, aquella traición? ¿Traición? ¿Qué traición? Yo la había echado. No era culpa suya.

—Esperaba que me llamases...

Tenía que haberla llamado. Sabía que debía hacerlo. Sabía que lo haría, algún día. Pero no lo bastante pronto.

—¿Easy? —preguntó.

Yo abrí la boca, intentando responderle. Los temblores remitieron y me arrellané en el sofá.

—¿Easy?

Apreté el teléfono contra mi pecho, agarrándome a una vida entera que podía haber sido, si hubiese cogido el teléfono y hubiese abierto mi corazón.

5

*N*o se puede despertar de una pesadilla si no te duermes.

Salí de casa a las 4.30 de aquella mañana. Ya me había duchado y afeitado, me había cortado las uñas y cepillado los dientes. Me bebí la cafetera entera que había preparado Feather la tarde anterior, y todos y cada uno de los minutos los dediqué a intentar no pensar en Bonny Shay y el suicidio.

El único neumático enorme en un tejado en el sur de Los Ángeles, en aquella época, era un anuncio de Goodyear encima de la panadería Falcon's Nest, en Centinella.

El cielo se estaba iluminando por los bordes y el tráfico acababa de ponerse en marcha. Yo me notaba los dientes y las yemas de los dedos, y poca cosa más.

No estaba enfadado, pero si Porky *el Chulito* se me hubiese acercado, habría sacado mi 38 con licencia y le habría pegado seis tiros. Quizás incluso hubiese vuelto a cargar el arma y le hubiese disparado de nuevo.

El edificio grande y azul frente a la panadería Falcon's Nest era la Iglesia de la Congregación de los Pueblos Negros del Orgullo de Belén. Había una cruz roja en el tejado y en la entrada una puerta doble amarilla. Esos colores parecían alegres a la luz del amanecer.

Intenté imaginar por primera vez desde que era niño cómo sería Dios. Recordé a hombres y mujeres que sufrían convulsiones apopléticas cuando «entraba en ellos el espíritu»; eso me sonaba muy bien. Dejaría entrar al espíritu si prometía eliminar mi dolor.

Encendí un Camel, pensé en el sabor del *bourbon*, intenté apartar a Bonnie de mis pensamientos sin conseguirlo y salí del coche como Bela Lugosi de su ataúd.

Las casitas blancas y largas que se encontraban detrás de la iglesia de Belén estaban en los terrenos de la misma. Parecían como los pequeños barracones militares de un ejército que hubiese perdido la guerra. En tiempos se extendía una zona de césped entre los dos edificios largos, pero ahora sólo había tierra dura y amarilla y unos cuantos hierbajos. Las paredes de tablas pintadas de blanco estaban sucias y sin brillo, las tejas de tela asfáltica verde habían empezado a combarse y la cola barata que en tiempos las sujetaba había perdido su fuerza adhesiva. Las estructuras de diez metros de largo estaban una frente a otra y perpendiculares a la parte posterior de la iglesia. En el centro de cada uno de los muros más largos se encontraba una puerta sencilla. Me dirigí hacia la de la derecha. Había etiquetas a ambos lados con nombres escritos a tinta, ya desvaídos por el sol.

A la izquierda ponía Shellman, y a la derecha Purvis. En la puerta de enfrente ponía Black y Alcorn respectivamente. Abrí esa puerta y me introduje en la estrecha sala de entrada.

Los Alcorn eran una familia normal. A la oscura luz del vestíbulo vi que habían dejado allí un caballito de juguete, una mopa muy sucia y tres pares de zapatos viejos junto a su puerta. Había polvo y suciedad en la alfombrilla de goma negra, y las huellas de unos dedos infantiles manchados de gelatina bajo el pomo.

La residencia de los Black era algo completamente distinto. Navidad tenía una escoba muy tiesa apoyada en la pared, como un soldado en posición de firmes. También había una mopa en un cubo de plástico color verde lima que exhalaba un olor a limpieza absoluta. El suelo de cemento ante la entrada estaba bien fregado, y la puerta blanca, recién pintada. Sonreí por primera vez aquella mañana al pensar cómo daban forma Navidad y Pascua al mundo a su alrededor, de una manera tan cierta como las vacaciones a las que debían sus nombres.

Llamé a la puerta y esperé y luego volví a llamar. Uno no entra sin avisar en la casa de Navidad Black.

Al cabo de unos cuantos intentos más, probé a abrir el picaporte. Cedió con facilidad. El apartamento tipo estudio estaba mucho más limpio que un ala nueva de cualquier hospital. Un sofá marrón ocupaba la pared central, frente a una larga ventana que daba a dos pinos solitarios. En el lado izquierdo de la parte más alejada de la habitación se encontraba un catre del ejército, y a la derecha una camita infantil con sábanas rosa y colcha; ambos inmaculadamente limpios. El suelo estaba bien barrido, los platos lavados y apilados, la mesita de centro frente al sofá no tenía ni un solo cerco producido por un vaso de agua o una taza de café. El cubo de la basura estaba limpio... lavado incluso.

No había ni un pelo en el lavabo de porcelana blanca del baño. En un platito, junto a la bañera, se veía una diminuta pastilla de jabón en forma de pez sonriente. Empecé a envolver el jabón en varias capas de papel higiénico cuando me vino una inspiración.

Volví a la habitación principal y aparté el sofá de la pared. Recordé que cuando Jesus era niño, a menudo escondía sus tesoros y sus errores debajo del sofá, suponiendo que sólo él era lo bastante pequeño para acurrucarse y caber en aquel pequeño espacio.

Había unos cuantos envoltorios de caramelo, una muñeca sin cabeza y una fotografía enmarcada en aquel escondite. Era la foto de una mujer blanca, quizás hermosa, con una falda negra, un jersey negro, un pañuelo rojo que le cubría la cabeza por completo y unas gafas de sol muy, muy oscuras. La mujer se apoyaba en la borda de un yate de gran tamaño y miraba por encima. El nombre del barco se podía leer debajo de ella: *Zapatos nuevos*.

El cristal estaba roto, como si el marco se hubiese caído. Quizá, pensé yo, Pascua la hubiese puesto encima de los cojines del sofá para examinar a aquella mujer que era amiga de su padre; una mujer que parecía una estrella de cine y que también se había ganado el derecho de ser colocada en un marco y en su casa. Pero después Pascua empezaría a corretear por ahí y seguramente el sofá se separaría de la pared, y la foto se caería y se rompería.

Todo aquello era muy importante para mí porque Navidad era un hombre inmaculado y obsesivo. Como todas las demás cosas estaban bien, seguramente habría mirado detrás del sofá si se hubiese mudado. Eso significaba que había salido con mucha prisa. Esa foto escondida me decía que aquel apartamento tranquilo y limpio había sido escenario de una situación amenazadora, o quizás incluso de alguna violencia.

Quité la foto de su marco roto y me la metí en el bolsillo. Volví a colocar el marco detrás del sofá y lo apreté bien contra la pared, para no estropear la inmaculada limpieza del hogar de Navidad.

Miré a mi alrededor de nuevo, esperando que hubiese algo más que pudiese ayudarme a descubrir más acerca de Navidad y su súbita desaparición. Era difícil concentrarse, porque seguía interfiriendo una sensación de deleite. Yo casi me sentía inconscientemente desbordado de alegría al verme distraído de Bonnie y de su próximo matrimonio.

Pensar en Navidad exigía que siguiera concentrado, porque si él se había asustado significaba que sin duda alguna había muerte en la vecindad.

yo estaba sentado en el sofá azul, oscilando entre el vértigo y la fuerte sensación de una violencia inminente, cuando se abrió de golpe la puerta. Entraron tres hombres uniformados; soldados: un capitán seguido de dos policías militares. Los policías llevaban unas pistoleras con pistolas del calibre 45. Eran blancas, enormes. El capitán en cambio era bajito, negro y, tras un momento de sorpresa, sonriente. No era una sonrisa amistosa, pero aun así parecía ser una expresión natural en aquel hombre.

Pensé en empuñar mi arma, pero no encontré excusa alguna para tal acto. Me sentí desesperado y confuso en lo más íntimo de mi corazón, pero decidí seguir a mi mente.

—Hola —dijo el capitán negro—. ¿Quién es usted?

—¿Es ésta su casa, buen hombre? —le pregunté, y me puse en pie.

La mueca vacía del capitán se amplió.

—¿Y la suya? —preguntó a su vez.

—Soy detective privado —dije. Siempre me estremezco un poco al decirlo; siento como si estuviese en un plató de cine y Humphrey Bogart estuviese a punto de hacer su aparición—. Me han contratado para encontrar a un hombre llamado Navidad Black.

Me preguntaba si alguna mujer se dejaría engañar por la sonrisa de aquel oficial. Era un hombre de piel oscura, como yo, y mortalmente guapo. Pero sus ojos brillantes, desde luego, nunca habían mirado dentro del corazón de otro ser humano. Detrás de aquellos ojos castaños profundos y oscuros se concentraba la frialdad de un predador natural.

—¿Y lo ha encontrado?

—¿Quién quiere saberlo?

Los policías militares se abrieron en abanico a ambos lados

de su negro oficial en jefe. Allí no podría librarme por la fuerza de las armas.

—Perdone mi descortesía —dijo el sonriente predador—. Clarence Miles. Capitán Clarence Miles.

—¿Y qué está haciendo aquí, capitán? —pregunté, pensando qué habrían hecho el Ratón o Navidad si se hubiesen encontrado en mi situación.

—Yo le he preguntado primero —dijo.

—Estoy en ello, capitán, pero mis años como militar han quedado muy atrás. No tengo que responderle y, desde luego, no tengo por qué contarle los asuntos de mi cliente.

—Quien es soldado una vez, lo es siempre —dijo él, mirando al hombre que tenía a su derecha.

Observé que aquel PM tenía tres medallas en la parte izquierda del pecho. Eran roja, roja y bronce. Era un hombre blanco joven, con unos ojos grises asombrosos.

—También dicen eso de los negros —dije, a ver si podía picarle.

Pero el capitán Miles sólo tenía sonrisas para mí.

—¿Cómo se llama, detective?

—Easy Rawlins. Tengo un despacho en Central. Una mujer me contrató para que encontrase al señor Black. Me pagó trescientos dólares por una semana de trabajo.

—¿Qué mujer?

Dudé entonces, pero no por incertidumbre. Sabía lo que quería del capitán y también tenía una idea de cómo conseguirlo.

—Ginny Tooms —contesté—. Me dijo que Black era el padre del hijo de su hermana, de diecisiete años. Quería que volviera con ella e hiciese lo que hay que hacer.

—Parece que quieren llevarle a prisión —especuló Miles.

Yo me encogí de hombros, diciendo sin palabras que no eran asunto mío los follones en los que se mete un tío con la polla traviesa. Yo sólo necesitaba los trescientos dólares, y por ese motivo estaba allí.

—¿Qué aspecto tiene esa tal señorita Tooms? —me preguntó.

—¿Por qué quiere saberlo? Usted ha dicho que está buscando a Black. —Mi acento se iba volviendo más espeso a medida

31

que hablaba. Sabía por experiencia que los soldados de carrera negros miran por encima del hombro a sus hermanos poco educados. Y si me menospreciaba, era posible que se descuidara y me dijera algo que no pensaba que yo pudiese comprender.

—Sí, así es —aseguró Miles—. Pero cualquiera que sepa algo de él puede ayudarnos.

—¿Qué quiere de él, capitán? —pregunté.

Los PM iban acercándose cada vez más. Bonnie volvió a mi mente durante un segundo. Supe que ninguna paliza me dolería más que el anuncio de su próximo matrimonio.

Miles fingió vacilar entonces. Éramos tal para cual, él y yo, como las figuritas del Tyrannosaurus Rex y el Triceratops con las que tanto le gustaba jugar a Jesus cuando era niño.

—¿Ha dado usted con el nombre del general Thaddeus King en su investigación, señor detective privado?

Yo fingí que sopesaba aquella pregunta y luego sacudí la cabeza negativamente.

—Es nuestro jefe —me dijo Miles—. Y el de Black también. Hace poco envió a Navidad a una misión muy delicada. Fue hace tres semanas, y nadie ha oído hablar de él desde entonces.

—¿Qué tipo de misión?

—No lo sé.

Yo hice una mueca que indicaba que no le creía. Él hizo una mueca que me contestaba: «pero es cierto».

—Señor Rawlins.

—Capitán.

—Cuénteme más cosas de Ginny Tooms. —La sonrisa había desaparecido y los PM estaban en posición. Podía haber dicho: «o habla ahora o después de que le hayamos dado una buena paliza».

Yo podía resistir el castigo, pero la verdad es que no veía motivo alguno para tener que hacerlo.

—Una mujer blanca —dije—. Veintitantos años, quizá treinta. Guapa, me parece.

—¿Cómo que le parece?

—Llevaba gafas de sol y un pañuelo azul atado en la cabeza. Por lo que yo vi, podía estar llena de cicatrices.

—¿Rubia?

—Pues la verdad es que no lo sé. Quizá fuera calva, pero tenía buen tipo: eso no se puede esconder.

La sonrisa volvió. Clarence estaba empezando a disfrutar de nuestra conversación.

—¿Y su dirección?

Yo negué con la cabeza.

—Me pagó con quince billetes de veinte dólares y me prometió que me llamaría cada dos días. La mujer perfecta, por lo que a mí concierne.

Quedamos empatados. Yo había dicho mis mentiras, él las suyas. Sus hombres seguían en posición, pero no había ningún motivo para castigarme. Todo lo que había dicho era bastante plausible.

Miré a mi alrededor y vi lo que parecía un abejorro en la esquina, encima de la cabeza del soldado condecorado.

—¿Puedo ver su identificación, señor Rawlins? —me preguntó el capitán Miles.

Yo llevaba mi licencia de detective privado en el bolsillo de la camisa para tener el acceso fácil. La saqué y se la tendí como un buen soldado. El oficial la examinó. La foto en blanco y negro de mi rostro sonriente y la firma del subinspector de policía, mi archienemigo, Gerald Jordan, bastaban para probar todo lo que yo decía.

—No hay demasiados detectives negros en Los Ángeles —dijo él, mirando la tarjeta. Luego me miró y sonrió.

—¿Es todo, capitán?

—No. Todavía no.

—¿Qué más quiere? Tengo trabajo, ¿sabe?

El abejorro estaba en la misma posición. Deseé que el animalito cobrara vida y asustara a los soldados. Sólo necesitaba un momento para sacar la pistola que llevaba alojada en el cinturón, en la parte de atrás de los pantalones. Notaba la necesidad de igualar posiciones.

—El general King estaba a cargo de unas operaciones muy delicadas, tanto en este país como en el extranjero. Él responde ante el Pentágono. Más de una vez he atendido a su llamada y el presidente estaba al otro lado de la línea.

—¿Y qué tiene que ver eso con un negro como yo o como Navidad Black, a ver?

33

—Tenemos que encontrar a Black —dijo Miles con rostro serio, a su pesar—. Tenemos que encontrarlo.

—Pero yo no me interpongo en su camino, hermano.

—¿Cómo localizó este apartamento?

—Tooms había estado aquí —dije.

—¿Y por qué no vino ella misma?

—Me dijo que sólo había estado en este lugar una vez, de noche. Lo único que recordaba era que había un edificio enfrente con un neumático enorme en el tejado. En cuanto lo dije, yo supe cuál era la dirección.

—¿Y por qué no se lo dijo, sin más? —preguntó Miles.

—Bueno, hombre... —repliqué con displicencia—, es usted un negro como yo, pero lleva demasiado tiempo en el ejército... Ellos le compran la ropa, la comida, le dan cama, coche y armas. Piensa que todo es igual, porque está en la banda más grande del mundo, así que no entiende que un hombre vaya detrás de un dólar. Si le hubiese dicho a Ginny que sabía la dirección, ella me habría dado veinte dólares, y no trescientos. Hay que ordeñar bien a los clientes como si fueran vacas. No hay economatos donde conseguir botellas de leche o crema por aquí, sólo negros trabajando, eso es todo.

Si llego a apretar más, al final alguien habría acabado estrangulado con aquella mentira. El único problema que tenía era procurar que no se me notara en la cara la expresión de suficiencia y satisfacción, de modo que Clarence no supiera lo buena que yo pensaba que era.

—Descansen —dijo Miles a sus hombres.

Los PM se relajaron y dieron un paso atrás.

—¿Y qué ha encontrado aquí, señor Rawlins?

—Una casa más limpia de lo que podía imaginar y un retrato enmarcado y roto.

—¿Y qué se veía en el retrato?

—Nada.

Yo no habría mirado a los ojos de una mujer con más profundidad de lo que Miles miraba en los míos, no sin que de ellos surgiera la pasión.

—Tenemos que encontrar a Navidad Black —dijo, con una sonrisita.

—Usted lo ha dicho.

Durante un minuto los cuatro hombres que estábamos en aquella habitación podíamos haber sido maniquíes, de tan quietos como nos quedamos.

—¿Está usted comprometido con esa mujer?

—No le he dado ningún anillo ni nada.

—¿Se ocupará usted del trabajo de encontrar a Navidad Black para el gobierno de Estados Unidos? —preguntó.

La vida no transcurre en línea recta como creemos. Yo estaba convencido de que aquellos hombres eran el motivo de que Navidad hubiese dejado a su hija adoptiva conmigo, y mi intención era engatusarlos con la esperanza de averiguar qué le había ocurrido a mi amigo. Pero mi mente aceptó aquella información e imaginó que volvía a casa un año antes y le contaba mi aventura a Bonnie. Ella había sido la primera persona con la que podía compartir mis pensamientos.

El dolor que llegó con aquella ensoñación casi me destroza. No podía hablar, porque sabía que el sollozo que tenía contenido en el pecho se escaparía con las palabras que pronunciase.

—Señor Rawlins —me pinchó Miles.

Guardé silencio diez segundos más y luego dije:

—¿Le parece bien que la señorita Tooms se entere de dónde está?

—¿Le importa?

—Me gusta que la gente le diga a sus amigos que yo he hecho el trabajo que me pagan por hacer, sí.

—No hay problema —dijo el capitán negro—. De hecho, me gustaría conocer a esa Ginny Tooms.

—¿Y eso?

—Quizá sepa qué ha estado haciendo Black.

—Meterle la polla negra a su hermanita blanca y menor de edad, eso es lo que ha hecho —dije, y Miles se echó a reír de buena gana.

—Yo le daré setenta y cinco dólares como cuota —dijo.

—Me dará trescientos dólares por una semana de trabajo de búsqueda —dije yo—. Ésa es mi tarifa. Y eso es lo que me paga todo el mundo. El Tío Sam no es una excepción.

—Ya le han pagado por esto.

—Trescientos del ala o usted y el general King se pueden ir a freír espárragos.

Yo estaba absolutamente seguro de que Clarence Miles había asesinado a algún hombre con esa mueca torcida en la cara. Se llevó la mano al bolsillo de atrás y sacó una cartera grande, como de secretaria. Contó tres billetes de cien nuevecitos y me los tendió. Entonces supe que andaba en algo ilegal.

Los hombres del gobierno honrados que se ocupan de asuntos oficiales no le dan a la gente billetes de cien dólares. Desde el día en que se fundó, el ejército no ha entregado una cantidad tan elevada sin que fuera acompañada de un montón de papeleo.

Cogí el dinero, sin embargo, y me lo metí en el mismo bolsillo donde llevaba la foto de la mujer a la que había bautizado como Ginny Tooms.

—¿Cómo nos pondremos en contacto? —pregunté a mi corrupto empleador.

—¿Cuál es su número de teléfono?

Se lo dije. Lo apuntó en un trocito de papel y se lo metió en la enorme cartera.

—Le llamaremos mañana por la mañana a las nueve horas —dijo. Luego dio media vuelta y se alejó entre sus centinelas. Éstos ejecutaron unos giros menos precisos y luego le siguieron afuera.

Les costó menos de diez segundos abandonar el lugar. Quizá fuesen criminales, pero también habían sido soldados, al menos en algún momento de su viaje.

$\mathcal{M}$e habían distraído de mi inspección del pequeño y pulcro hogar, pero no me habían descarrilado del todo. Aquellos soldados no venían para el tipo de búsqueda que yo quería llevar a cabo. O bien habían venido a buscar a Black o no; no había sutileza alguna en su intrusión.

Para satisfacer su curiosidad habrían necesitado un cuerpo muerto o un cubo de sangre derramada, y era obvio que no conocían demasiado bien a Navidad, o de otro modo habrían venido a buscarle por tres direcciones distintas, con las armas empuñadas y amartilladas. Navidad Black era un asesino entrenado por el gobierno, uno de los mejores de su clase en todo el mundo.

Volví a mi asiento en el pequeño sofá azul y miré a mi alrededor. Al cabo de un rato espié de nuevo a aquel abejorro. No se había movido desde hacía bastante tiempo.

Había una pared que se suponía que era una cocina hacia el fondo del apartamento. Los fogones estaban vacíos y el fregadero también. No había nada en la pequeña nevera, y lo único que ofrecía la mesita de comedor para dos personas era un par de pesadas sillas de arce. Me llevé una de las dos al rincón donde estaba antes de pie el soldado condecorado. Me subí y miré hacia las profundidades del pequeño agujero negro que me había parecido un abejorro. Sólo una bala podía haber creado aquella diminuta y perfecta cavidad.

Junto con la licencia de detective yo llevaba un lápiz del número 2 en el bolsillo de la camisa. Lo metí en el agujero. La gomita rosa señaló hacia el rincón más alejado del pequeño sofá.

Fui hacia allá y me agaché a cuatro patas junto al asiento de gomaespuma. Estaba a punto de inspeccionar la pared y el suelo cuando una oleada de miedo me invadió.

¿Y si Clarence Miles era más listo de lo que yo pensaba?

Quizás hubiese salido para esperar a que yo investigase un poco más. Su plan podía ser abalanzarse sobre mí, quitarme lo que hubiese encontrado y luego que uno de sus soldados me ejecutase, por si acaso.

Me puse en pie gruñendo, caminé hacia la puerta y la cerré. Luego volví al rincón, colocando mi pistola en el suelo para tener un acceso fácil. Allí, en la pared blanca, había una mancha roja muy débil. No era un goterón, ni una salpicadura, pero habían lavado algo lo mejor posible, dado el tiempo del que disponían.

Si Navidad hubiese tenido noventa minutos, habría ido a la ferretería y habría pintado encima de la sangre derramada por él.

El sofá ahora se encontraba frente a la puerta principal. Me senté en él de nuevo e intenté imaginar lo que había pasado. Quienquiera que hubiese recibido los disparos se encontraba en medio de la habitación cuando se vio sorprendido por su asaltante. La víctima iba armada y probablemente llevaba la pistola empuñada; debió de volverse rápidamente pero recibió un disparo mientras apretaba el gatillo de su arma. Cayó hacia atrás y por eso el disparo dio arriba, junto al techo.

Había otras posibilidades. Quizá la víctima estuviera poco familiarizada con el uso de armas de fuego, de modo que el disparo salió mal. Aun así, Navidad pudo disparar a aquel novato; él (o ella) iba armado, obviamente. Pero dudo de que fuese un atracador casual el que entró, o un vecino travieso; no con Clarence Miles y sus chicos por ahí alrededor. El asaltante, creía yo, era alguien que se proponía hacer daño a Navidad. Ese alguien iba armado y estaba entrenado en el uso de su arma.

Quienquiera que fuese ahora ya estaba muerto. Su asesino era Navidad Black, de eso en mi mente no quedaba la menor duda. Sólo Navidad podía haber limpiado tan escrupulosamente después de matar de esa manera.

Navidad esperaba un ataque, o quizá tuviese un sistema de aviso que le dijo cuándo se acercaba su enemigo. Salió por la puerta lateral, luego fue hacia atrás, y dio la vuelta hacia delante. Llegó rápidamente, disparó al invasor, luego lo limpió todo y eliminó el cuerpo de alguna manera, y se dirigió hacia otro escondite que tenía preparado ya semanas antes.

Confiaba mucho en mi hipótesis. Navidad había matado como medio de subsistencia durante la mayor parte de su vida. Fue educado por una familia entera de asesinos del gobierno. Seguro que oyó abrirse la puerta principal del bungaló. En el tiempo que le costó al asesino entrar en el apartamento, Navidad ya estaría fuera.

Pero ¿qué pasó con el cuerpo?

Fuera de nuevo, fui andando en torno a los dos edificios destartalados. Era 1967, y Los Ángeles todavía no estaba tan poblado. La parte trasera de la iglesia era un enorme solar vacío antes de que colocaran allí aquellos dos bungalós prefabricados.

La parte de atrás de la propiedad era accesible por un camino sin pavimentar que conducía a una callecita pequeña y sin nombre, al menos aparente. El solar estaba sembrado de latas de cerveza, envoltorios de condón y paquetes de cigarrillos vacíos. Junto a la casa había una carretilla. La habían limpiado escrupulosamente.

No había rastro alguno entre los hierbajos desde la parte lateral de la casa hasta el camino, pero Navidad había aprendido a esconder sus idas y venidas a ojos tan agudos como los del Vietcong. Habría podido disimularlo.

Fui andando bajo el cielo del anochecer hacia el camino. Había sauces a cada lado del camino de tierra compacta, pero no casas. A mitad de camino de la calle sin nombre di con un cobertizo decrépito hecho de tela asfáltica y hojalata.

No había tampoco ninguna huella de carretilla, pero es que Navidad era muy bueno.

En el interior del cobertizo se encontraba una acumulación de objetos dejados por trabajadores de la construcción, borrachos, amantes, prostitutas y sus clientes y niños curiosos. Había excrementos de animales, pilas de herramientas usadas, lonas impermeables y recipientes de metal y de plástico de todo tipo.

En un rincón se veía un cajón enorme de embalaje lleno a reventar de todo tipo de trapos, marcos de metal y muebles rotos. Ese cajón me llamaba ya desde que me había dado cuenta de que el abejorro no se movía.

Después de recibir mi licencia como investigador, Saul Lynx, el detective judío, me enseñó qué herramientas necesitaba un investigador privado.

—Necesitas cosas que no se perciban como criminales —me dijo un día mientras sus hijos mulatos corrían y jugaban a nuestro alrededor en su hogar de View Park—. Nada de herramientas especiales para abrir cerraduras, más bien un tubo delgado de metal con una muesca en un lado que se haya producido por accidente. Eso te servirá para la mayoría de puertas y coches. También tendrías que llevar un par de guantes en el bolsillo de atrás...

Así que saqué los guantes e inspeccioné el cajón. En uno de los lados, completamente liso, se encontraban las cabezas de ocho clavos nuevecitos introducidos recientemente. Encontré un viejo destornillador y los saqué, y aparté ese lado del cajón.

El cadáver no me sorprendió lo más mínimo. Tampoco me molestó demasiado, la verdad. Ya había visto un montón de muertos en mi vida; la mayor parte de ellos asesinados por su raza o nacionalidad. De camino hacia New Iberia, Louisiana o Dachau los había visto muertos a tiros, ahorcados, reventados por explosiones, linchados, gaseados, quemados, torturados, muertos de inanición. Un cadáver más no me iba a poner nervioso.

Era joven, llevaba ropa oscura. Tenía un agujero de bala limpio y pequeño encima del ojo izquierdo, la mirada fija y el rostro cubierto de hormigas. La colonia de la reina lo había reclamado; miles de aquellas pequeñas socialistas se arremolinaban sobre su piel pálida y sus ropas oscuras. Estaba seguro de que habrían eliminado cualquier cosa que pudiera identificarle, pero no necesitaba ningún nombre. Su cabello rubio estaba cortado al estilo militar y su calzado eran unas botas negras de combate de origen militar. Era un explorador del buen capitán y sus valientes hombres.

Volví a colocar el lateral del cajón de embalaje y dejé aquel cobertizo funerario. Fui andando por la calle sin nombre y caminé por el vecindario.

Todavía era bastante temprano.

Mientras volvía de nuevo dando un rodeo hacia Centinella y a mi coche, mi mente derivó de nuevo hacia Bonnie. Ella era el amor de mi vida, ahora y siempre. Amaba a otro hombre, quizá no tanto como a mí, pero lo bastante para que el otro se la ganara.

Intenté imaginar si habría podido seguir viviendo con ella. Había un diálogo entablado en mi interior casi cada día desde que le enseñé la puerta. Y todos llegaba a la misma conclusión: no hubiera podido soportar dormir junto a ella mientras estaba pensando en él.

Montañas de cadáveres y soldados criminales eran algo que no significaba nada comparados con la pérdida de Bonnie Shay.

41

8

*E*n el camino que salía de la casita de vacaciones de Navidad Black, su reserva de la muerte, me pregunté por mi nuevo amigo. No se parecía a la mayoría de los negros que yo conocía. Su familia había formado parte del ejército americano desde antes de que existiera Estados Unidos. Muchos de sus antepasados habían pasado por la época de la esclavitud sin ser esclavos; era posible incluso que algunos de ellos hubiesen poseído esclavos. Todos estudiaban las artes de la guerra y la violencia y se transmitían ese conocimiento en un gran libro encuadernado a mano que Navidad le cedió a su primo hermano, Hannibal Orr, después de decidir que la América por la que habían luchado sus antepasados había equivocado el camino.

La familia de Navidad y de Hannibal era más americana que la de muchos blancos. Habían pasado por todos los momentos importantes del tumultuoso intento de crear la democracia americana. Habían asistido a cada victoria y cada masacre, con las cabezas coronadas de gloria y las manos empapadas de sangre.

Me habría ido a casa y habría buscado a Hannibal para quitarme a Amanecer de Pascua de encima si hubiese creído que Navidad se había vuelto completamente loco y había salido a matar a discreción. Pero Clarence Miles y aquel abejorro sin zumbido me hablaban de una historia totalmente distinta: Navidad tenía problemas, y yo le debía un favor. Cuando fui herido por un asesino sádico con nombre de estadista romano, Navidad y Pascua me cuidaron hasta que me recuperé. Ellos me salvaron la vida, y aunque ésta no valía demasiado en aquel momento, una deuda es una deuda.

Lo único que tenía que hacer era esperar hasta la mañana siguiente a las nueve y tomar el pelo a Clarence un poquito más. Pero la larga serie de horas entre aquella mañana y la siguiente era demasiado para mí.

Pensar en la partida de Bonnie era como mirar al sol. Yo tenía que apartar mi mente de ella, distraerme. Bonnie estaba sentada a mi lado, en la calle, dirigiéndose hacia alguna tienda. Me sonreía cuando yo me ponía frenético por cualquier pequeño error que había cometido.

—La vida sigue —me decía, al menos una vez a la semana. Pero ya no.

La vida se había detenido para mí de la misma manera que lo había hecho para aquel enloquecido soldado que se había atrevido a invadir la soberanía personal y portátil de Navidad Black.

El barullo parecía el de un motín que se estuviera produciendo detrás de la puerta principal, rosa, abollada y descascarillada. No, más que una algarada era una guerra. Y no eran sólo los carritos rotos, la madera astillada y el césped abrasado, sino que se libraba una batalla a todo volumen en el interior de la casa. Habría jurado que se oía fuego de metralleta, bombarderos, un ejército entero en marcha detrás de aquella puerta.

Llamé al timbre y di unos golpes muy fuertes, pero supuse que nadie había podido oírme por encima del jaleo que surgía del pequeño domicilio. No sé por qué motivo mi inteligencia desapareció ante aquel tumulto. No sabía cómo hacerme oír. Y de todos modos, ¿quién quiere atraer la atención de un estrépito semejante?

Estaba a punto de alejarme cuando se abrió la puerta principal. La centinela era una mujer morena y delgada con los hombros caídos y el pelo estirado, que llevaba un vestido que se había descolorido hasta tal punto que el estampado de su tela azul se había vuelto imposible de distinguir. Podían ser aves en vuelo, flores moribundas o unas formas en tiempos claras y específicas, llevadas a la locura por la docena de niños feos, terriblemente feos que saltaban, chillaban y se peleaban en el interior de la casa Tarr.

—¿Sí? —lloriqueó la pobre mujer. Sus hombros estaban tan caídos que parecía un edificio a punto de derrumbarse.

—¿Señora Tarr?

No sé por qué motivo el sonido de mi voz atrajo un silencio completo a aquel hogar arrasado por la guerra.

43

La tropa de niños antiestéticos con los ojos redondos me miró como si yo fuera su próximo objetivo; una guerra había terminado y otra estaba a punto de comenzar.

Noté un inicio de pánico en mi diafragma. Había al menos dos parejas de feos gemelos en la camada. Ninguno de ellos tenía menos de dos años ni más de once.

—Sí —dijo la mujer agobiada—. Soy Meredith Tarr.

Lo sentí por ella. Una docena de niños y el marido asesinado. Por muy bajo que hubiese caído yo, no podía imaginarme en el lugar de Meredith. Pensar en tantos corazones latiendo bajo mi tejado por la noche, acosándome en busca de salud y auxilio y amor, era algo que estaba más allá de mi comprensión.

El silencio se extendió un largo momento; trece pares de ojos hambrientos me perforaban.

—Me llamo Easy Rawlins —dije—. Soy un detective privado contratado para averiguar qué ha sido de su esposo.

Demasiadas sílabas para su oscura y variopinta prole. Uno de los niños chilló y el resto le siguió hacia el caos.

—¿Quién le ha contratado? —preguntó ella. Su voz sonaba tensa y cansada, pero aun así tenía que chillar para que yo la pudiera oír.

—Una mujer llamada Ginny Tooms —dije yo, para que mis mentiras fuesen lo más sencillas posible—. Es prima de Raymond Alexander, y está absolutamente segura de que él no fue quien mató a Perry.

—No, señor Rawlins —me aseguró Meredith Tarr—. Ray Alexander fue quien mató a Perry. Eso lo sé bien seguro.

Era difícil para mí sumergirme en las profundidades del corazón de aquella mujer demacrada. Quizá mostrara así su odio por mi amigo, pero estaba tan exhausta que a su manzana de la discordia sólo le quedaba el corazón.

De entre el caos de los niños surgió una niña pequeña, de unos ocho o nueve años. Aquella niña, aunque era igual de fea que sus hermanos y hermanas, tenía algo distinto. Su vestido amarillo no tenía manchas y llevaba el pelo bien peinado. Lucía unos zapatos rojos de piel barata, pero brillante y lustrada. La niña se acercó a su madre y la miró.

«Hay un punto brillante en cada sombra», decía mi tía Rinn.

—¿Cómo te llamas? —le chillé a la pequeña.

Ella cogió la mano de su madre y dijo:

—Leafa.

Leafa era el pequeño islote de luz de Meredith.

—No sé quién lo hizo —dije a Meredith—. No le debo nada a Alexander. Lo único que sé es que me pagaron trescientos dólares para que pasara una semana buscando a su esposo. Si está muerto, como usted dice, intentaré probarlo. Y si vive...

—No vive —dijo Meredith, interrumpiendo mi mentira.

—Si vive, intentaré probarlo también. Lo único que necesito es hacerle a usted algunas preguntas, si no le importa.

Mi certeza contra la convicción de Meredith de que su marido estaba muerto condujo a las lágrimas a la mujer de los hombros caídos. Al principio no lo notó nadie salvo Leafa. La niña abrazó el muslo de su madre y yo le puse una mano en el hombro.

—Es culpa mía —sollozó ella—. Es culpa mía. Yo me quejaba de que no teníamos dinero suficiente para alimentar y vestir a todos estos niños que hemos tenido. Él tenía dos trabajos, y cogió otro los fines de semana. Casi nunca estaba en casa, trabajaba muchísimo. Luego pidió dinero prestado a ese hombre que tiene nombre de roedor.

—¿Le dijo todo eso Pericles? —le pregunté.

—No tuvo que hacerlo. Raymond Alexander vino a esta casa a traérselo —dijo Meredith como si fuera un predicador, citando de la Biblia—. Se sentó en este mismísimo salón.

Yo miré el sofá que seis niños habían convertido en El Álamo o en la última batalla de Custer. Disparaban y saltaban y se cortaban las gargantas unos a otros.

—¿Se sentó aquí Ray Alexander?

—En presencia de sus propios hijos, Perry cogió el dinero manchado de sangre de ese mal hombre. Dijo que iba a hacerse con un carrito de donuts frente a la puerta Goodyear, pero el hombre al que le dio ese dinero le engañó y no consiguió nada para poder pagar su deuda.

—¿Raymond Alexander vino a su casa y le entregó un préstamo a Pericles Tarr? —pregunté, para estar seguro de que la había oído bien.

—Se lo juro por Dios —dijo ella, levantando la mano izquierda, porque la derecha la tenía cogida Leafa.

45

—¿Y qué ocurrió cuando Perry no pudo pagar?

—Él me dijo que el Ratón le había dicho que tenía tres semanas para conseguir el dinero, o si no tendría que amortizar la deuda. Durante dos meses pasó todas las noches haciendo cosas malas para ese usurero. Y luego llegó a casa una noche y dijo que, si no volvía, era porque había pagado por nuestra seguridad con su vida.

Por entonces los niños se habían arremolinado todos en torno a su madre, lloriqueando con ella. Todo el mundo salvo Leafa lloraba. La buena niña mantenía la calma por toda la familia; a mis ojos, su fealdad se iba transformando en belleza.

—Perry nos quería, señor Rawlins —lloraba Meredith—. Quería a sus hijos y esta casa. No ha llamado ni ha escrito en ocho días. Yo sé que está muerto, y sé quién le ha matado.

En el momento justo la pequeña tribu de los Tarr dejó de llorar, y sus ojos adoptaron entonces una mirada de odio hacia el asesino de su padre.

—¿Dónde trabajaba él? —pregunté, carraspeando un poco, porque tenía la garganta seca.

—En los Grandes Almacenes Portman, en Central. Era encargado de inventario.

Asentí e intenté sonreír, pero fracasé. Luego le di las gracias a Meredith y me alejé. La puerta se cerró tras de mí y yo di unos pasos hacia la calle. Me sentí sorprendido cuando una mano pequeña me agarró el dedo meñique.

Era Leafa. Tiró de mi mano y yo me agaché para oír lo que me quería decir.

—Mi papá es demasiado listo para estar muerto, señor. Una vez estaba en la guerra y los coreanos le tendieron una emboscada a él y a sus amigos. Luego volvieron para asegurarse de que todos estaban muertos, pero mi papá cogió la sangre de su amigo y se la puso en la cabeza y cuando los soldados enemigos fueron a mirar, no le dispararon porque pensaron que ya estaba muerto.

—¿Así que no crees que le matara ese hombre, Ray? —le pregunté.

Ella meneó la cabeza con solemnidad y me resultó difícil imaginar que tal inteligencia pudiera estar equivocada.

9

*T*ambién encontraba difícil de creer que el Ratón se hubiese sentado en aquel raído sofá entre los gritos de todos aquellos niños tan feos. Raymond no tenía paciencia para más de un niño a la vez, y siempre que fuese él el centro de atención y no el niño. Tampoco era un usurero que fuese por ahí prestando dinero. Igual decidía que quería que le devolvieran su dinero en cualquier momento, incluso antes de que se le debiera, y un prestamista debía tener mucho más cuidado.

El Ratón no era un hombre de negocios en el sentido convencional. Era un agente especial, un ejecutor, un capo. Ray Alexander era una fuerza de la naturaleza, no un banco.

Pero tampoco creía que la madre de Leafa mintiese. Había ido a la policía a acusar al Ratón del crimen, y no había nadie en un millar de personas en Watts lo bastante valiente o estúpido para hacer algo como aquello.

Además, el Ratón había desaparecido al mismo tiempo que Pericles. Era un auténtico misterio; casi bastaba para distraerme de Bonnie.

Casi.

Estaba solo en un coche lleno de fantasmas. Bonnie estaba allí junto a mí, con Amanecer de Pascua en su regazo. Ratón y Pericles Tarr iban sentados en el asiento de atrás, murmurando acerca de dinero y sangre. Junto a ellos se encontraba Navidad y una mujer blanca con un pañuelo de topos. Quizás estuvieran haciendo el amor.

Detrás de nosotros iba un jeep lleno de militares armados, bribones. Tenía que elegir entre Bonnie y los soldados suicidas; aquellos que pensaban que podían atacar a un hombre como Navidad y ganar.

Υ

En la sede principal de la biblioteca de Los Ángeles había una bibliotecaria llamada Gara Lemmon. Era una mujer negra de Illinois que recibió el nombre de su padre pero fue educada por su madre. Era gruesa, con unos rasgos grandes, bien definidos. Sus manos eran mayores que las mías y su amplia nariz parecía ocupar todo el sitio que quedaba hasta la frente.

A Gara le caíamos bien mi amigo Jackson Blue y yo porque leíamos y nos gustaba hablar de ideas. A veces los tres nos íbamos a su pequeño despacho trasero a discutir aspectos sutiles de filosofía y de política. Jackson y Gara eran ambos más leídos y más listos que yo, pero también iban dando algunos traguitos de la petaca de Jackson y por tanto estábamos bastante a la par cuando la discusión se ponía caliente.

—Easy Rawlins —dijo Gara cuando entré en la sala de las bibliotecarias. Estaba sentada en una gran silla verde en la enorme y tenebrosa sala de los empleados—. ¿Cómo te han dejado entrar hasta aquí? —preguntó.

—El señor Bill ya me conoce —respondí—. Me ha dicho que podía entrar.

—¿Viene Jackson contigo?

—Ahora que tiene ese empleo con los ordenadores, Jackson ya no hace nada más que trabajar.

—Ah, bueno. Ya sé que no has venido aquí únicamente para hablar. —Dejó el libro que estaba leyendo y acomodó su enorme masa en la gran silla.

—¿Qué estabas leyendo? —le pregunté.

—*El guardián entre el centeno* —contestó, frunciendo un poco sus labios gordezuelos.

—¿No te gusta?

—Sí. Quiero decir que es bueno, pero pienso en un niñito negro o mexicano leyendo esto en el colegio. Mirando la vida de Caulfield pensaría: «Maldita sea, ese chico lo tiene bien. ¿Por qué se agobia tanto?».

Yo me eché a reír.

—Sí —afirmé—. Nosotros nos damos cuenta de que ellos ni siquiera lo piensan, y ellos ni se dan cuenta y viven sin un solo pensamiento hacia nosotros.

No tenía que decirle a Gara quiénes eran «ellos» y «nosotros». Vivíamos en un mundo de «ellos y nosotros» mientras ellos, a todos los efectos, vivían solos.

—¿Tienes aquí algún libro que diga quién está en el ejército? —le pregunté, sentándome en un taburete de tres patas frente a ella.

—Sí, lo tenemos. Ya te hablé de la subvención que nos da el gobierno para que contemos con sus publicaciones especiales. Tenemos una sala entera llena de cosas de ese tipo.

—Busco a un general, un tal Thaddeus King, y un capitán, Clarence Miles.

Gara frunció sus gruesos labios. Yo había conocido a su marido; era un hombre menudo que parecía un gallo. No podía imaginarlo besando a aquella mujer tan grandota, pero a él le encantaría, suponía yo.

—Son unas estanterías de acceso especial —dijo ella.

—Ya, me lo imaginaba. Pero una niñita pequeña ha perdido a su padre, y esa es la única forma de que ella vuelva a casa.

—Escribe los nombres —dijo Gara.

Escribí los nombres en la hoja superior de un taco de papel que estaba situado en la mesa entre su enorme silla de inquisidor y mi taburete de suplicante.

—Espera aquí —me dijo—. Te los voy a buscar.

En cualquier otro momento habría cogido un libro de uno de los carritos y habría empezado a leer. Soy un gran lector. Como norma me encantan los libros, pero aquel día no. Lo único que me interesaba entonces respiraba, sangraba y gritaba.

Me quedé allí sentado intentando tramar un plan para acercarme a ese general Thaddeus King. No podía llegar a él desde un punto de vista militar, y los archivos de Gara, por muy precisos que fuesen, no llevarían ninguna dirección. Eso significaba que tendría que usar el teléfono. Tendría que encontrar en algún sitio su número y llamarle.

Pero ¿qué le iba a decir? ¿Que sabía en qué chanchullo estaban metidos él y Miles? Así se podía empezar con un gamberro callejero, pero no con un soldado; ciertamente, no con un general. No: un general de este ejército habría entrado en combate. Se habría enfrentado a la muerte y habría hecho cosas que pondrían enfermo a cualquier hombre normal.

¿Y quién era yo para afirmar que King sabía algo de las actividades criminales de Miles? Quizá debiera hablarle a King de Miles, y ver qué tenía que decirme él, pero para una investigación más sutil tendría que verle cara a cara. Él no me abriría su corazón por teléfono como si fuera una adolescente.

Pensar en amores telefónicos no fue un abuena idea. Me trajo a la mente a Bonnie, acurrucada en un sillón del salón hablando por teléfono y riendo. Su voz sonaba muy grave cuando se reía. Echaba la cabeza atrás y su largo cuello se me ofrecía. Esa imagen destruía mi capacidad de resistir el dolor. Lo único que pude hacer fue mirar la pared color beis del salón de las bibliotecarias. Imaginé mi mente como una llanura plana, inarticulada, sin sentido. Era una especie de suicidio intelectual temporal.

—¿Era una pregunta con trampa? —preguntó Gara.

Yo levanté la vista y la diversión que había en sus ojos desapareció.

—¿Qué te pasa, cariño?

—Yo...

Gara acercó una silla a la mía y me cogió las manos en las suyas. Nunca me había tocado desde que nos conocíamos. Era una mujer muy correcta, que no quería dar la impresión equivocada.

—No, estoy bien —dije—. Sólo es un problema en casa, pero no es grave. Nadie está enfermo. Nadie se muere. —Cogí aliento con fuerza y la aparté—. ¿Qué decías de una trampa?

—No existe ningún general ni coronel ni mayor Thaddeus King en todo el ejército, y el único Clarence Miles es un sargento mayor en Berlín.

—¿Puedo fumar aquí? —pregunté.

—No, pero te voy a dejar de todos modos. Parece que lo necesitas.

La inhalación de ese humo que causa cáncer me pareció el primer aliento que aspiraba desde hacía mucho tiempo. Me recordó lo que solía decir aquel hombre, cuyo nombre he olvidado, y que era amigo de mi abuelo materno: «Nacemos muriendo, chico. Si no fuera por la muerte, nunca respiraríamos por primera vez».

Lo único que me había dicho Miles era una mentira. Lo que dijo, pero no lo que yo vi. Habían llegado armados y por la fuerza; al menos es cierto que habían sido militares. Eran asesinos y soldados, dado que estaban dispuestos a poner sus vidas y las de los demás en peligro.

10

Siempre he tenido muy buena memoria en los momentos de tensión. Cuando he sentido que mi vida estaba amenazada o que alguien a quien quería estaba en peligro, he empezado a prestar muchísima atención a todos los detalles. Así fue cuando el mentiroso capitán Miles y sus hombres llegaron hasta mí. Muchos de aquellos detalles, incluyendo las medallas de los PM condecorados, se me quedaron grabados en la mente.

Una medalla tenía unas tiras rojas y amarillas con una hoja de bronce atravesándolas y un círculo de bronce ornamentado colgando por debajo; otra tenía el fondo amarillo con rayas verdes y amarillas y una medalla como una moneda. La última cinta era verde, amarilla y roja, amarilla, y sujetaba una brillante estrella roja.

Gara me dejó consultar la pequeña biblioteca militar después de ver mi expresión angustiada. Probablemente pensó que estaba así de preocupado porque alguien a quien amaba estaba muriéndose o cercano a la muerte. Si le hubiese contado lo de Bonnie probablemente se habría reído y me habría echado de allí. Un corazón roto no era motivo para poner en peligro su trabajo.

Las medallas del pecho de mi soldado se habían ganado todas en Vietnam: la medalla al Valor de la República de Vietnam, concedida específicamente por heridas, y la Medalla de Servicio de Vietnam.

Escribí los nombres, salí al salón, y vi a Gara de nuevo en su enorme silla verde. Había acabado la obra maestra de Salinger y había pasado a leer un grueso volumen. Bebía de una botella de gaseosa de medio litro, sonriendo con el texto.

—Necesito algo —dije, con toda la tristeza y el remordimiento desaparecidos de mi rostro y mi voz.

—Todos necesitamos algo —replicó ella, y siguió leyendo y bebiendo.

—Necesito saber qué soldados han recibido estas tres medallas en los últimos cinco años.

Coloqué la lista en la mesa, junto a ella.

—Nosotros llevamos el caballo al agua, señor Rawlins —dijo entonces—. No nos ponemos de rodillas y bebemos por él.

Coloqué uno de los billetes de cien dólares de Miles encima de la lista. Era otro ejemplo más de mi angustia emocional. Si me hubiese encontrado en mi estado normal, habría puesto uno de veinte; veinte dólares bastaba para lo que estaba preguntando. Pero había algo poético, un cierto eco de justicia en pagar por mi información con el mismo dinero que me había dado el mentiroso.

Gara dejó su agua azucarada con burbujas y el libro. Cogió el billete de cien y la breve lista.

—La tendré mañana a las tres —dijo—. Si es más temprano, te llamaré.

Yo sonreí y le dirigí un saludo burlón. Estaba a punto de irme cuando me preguntó:

—¿Qué tal los niños?

—Bien. Estupendo. Jesus y su chica han tenido una niña.

—¿Se van a casar?

—Ya veremos.

—¿Y Bonnie?

—Ya veremos —dije de nuevo.

Me dirigí hacia la puerta antes de que ella pudiese cuestionarse mis respuestas.

El perrito amarillo debía de estar en el patio de atrás persiguiendo ardillas, porque no ladró cuando entré en el porche. *Frenchie* conocía el sonido de mi coche. Bonnie me había dicho que ella sabía que llegaba desde una manzana de distancia sólo por sus ladridos furiosos.

Pero aquel día había hecho todo el camino hasta la puerta delantera sin ser detectado. La puerta estaba abierta, de modo que sólo la mosquitera me separaba de los sonidos de la casa. Oía a Essie que gritaba a unas habitaciones de distancia y a Feather hablando en francés. El tiempo que había pasado en la clínica de Suiza y luego con Bonnie y Jesus habían conseguido que Feather conversase con facilidad en esa lengua. Pero la única persona con la que hablaba francés por teléfono era Bonnie. Ahora que mi hija se estaba convirtiendo en mujer, hablaban como si fueran dos amigas.

Fui a agarrar el picaporte y me detuve. Feather se reía en voz alta y decía algo que era tanto una pregunta como una exclamación. Yo hablo algo de francés, sobre todo criollo, por mi niñez en Louisiana, pero el velocísimo parisino que Bonnie le había enseñado a Feather era demasiado para mí.

Abrí la mosquitera, pero no entré todavía.

—Está aquí —dijo Feather en una voz que intentó amortiguar—. Tengo que dejarte.

Colgó cuando yo entraba.

—¡Papá! —gritó, y corrió a abrazarme.

Yo la apreté mucho más fuerte de lo normal. Tenía que agarrarme a alguien que me quisiera.

—Hola, cariño.

Feather se retiró un poco y me miró a los ojos. Sabía que la había oído. Quería ayudarme a sentirme mejor.

—Vale —dije yo—. No te preocupes.

—Hola, papá —me saludó Jesus.

Estaba de pie ante la puerta de la cocina con un delantal marrón y unos guantes de goma amarillos.

—Hola, chico.

—Hola, señor Rawlins —dijo entonces Amanecer de Pascua. Estaba de pie junto a Jesus, con harina en las manos y en las mejillas.

—Estáis cocinando, ¿eh? —dije.

—Sí, estamos haciendo bizcocho de mantequilla —dijo la muñequita—. Juice está lavando los platos y ayudando.

—¿Queréis que os ayude a preparar la cena? —le pregunté.

Los negros ojos de la niña brillaron mucho y su boca se abrió en un círculo perfecto. El ámbito doméstico era su bastión de poder, en casa de su padre. Él no tomaba nunca una decisión sin consultarla. Y Pascua casi siempre tenía la última palabra.

Υ

Yo tenía unos rabos de buey en la nevera. Los rebozamos con harina, los rehogamos en manteca con pimientos verdes, cebolla cortada a trocitos y ajo picado. Mientras hervían a fuego lento sacamos el bizcocho de mantequilla, pusimos arroz a hervir y preparamos unas cuantas coles de Bruselas, que salteamos con mantequilla y luego aderezamos con salsa de soja.

Mientras cocinábamos, la niña y yo hablábamos de nuestras aventuras. Feather había pasado otra vez todo el día en casa cuidándola. Habían ido al museo y a comer unas hamburguesas en Big Boy. Por la tarde, habían leído el libro de historia de Feather y preparado sus lecciones para el colegio. Me di cuenta de que tenía que llevar a Pascua al colegio, o si no la educación de Feather empezaría a sufrir.

Intenté no pensar cómo se habría ocupado Bonnie de todo aquello, como cuando estaba conmigo. Bonnie hacía que mi hogar funcionase con toda suavidad, incluso cuando estaba de viaje o en vuelos internacionales para Air France. Contrataba a gente, tenía amigos que realizaban tareas que me facilitaban la vida. ¿Cómo pude echarlo a perder?

—¿Ha encontrado a mi padre? —preguntó Pascua, y me vi atraído de nuevo hacia el mundo.

—Quizá. ¿Cuánto tiempo hace que vivís en aquella casa que está enfrente del neumático grande?

—No lo sé... Una semana quizá.

—Hum. He encontrado a unas personas que a lo mejor sepan dónde está —dije—. Se supone que me llamarán mañana por la mañana y me dirán lo que sepan.

—¿Con quién ha hablado? —me preguntó ella.

—Un hombre llamado capitán Miles. Un hombre negro del ejército. ¿Lo habías visto alguna vez?

Pascua estaba de pie en una silla a mi lado, junto al fogón. Su trabajo consistía en meter las verduras en el aceite caliente, y luego yo las iba removiendo.

Se quedó pensativa un momento y luego meneó negativamente la cabeza.

—No. No vino ningún capitán Miles a nuestra casa nunca. Mientras yo estaba despierta, no.

—¿Iba gente a casa por la noche mientras tú dormías? —le pregunté.

55

—A veces.

—¿Y no viste a alguno de ellos? Quiero decir que quizá te despertaste y miraste al piso de abajo.

—No —dijo ella, muy seria—. Eso sería espiar, y espiar es malo. Pero...

—¿Sí?

—Una vez la señora del pelo rubio vino por la noche pero seguía todavía allí por la mañana.

—¿Y qué le pasaba?

—Estaba muy triste. —Pascua asintió como para reafirmar lo que me estaba diciendo.

—¿Por qué?

—Su marido tenía problemas. Sus amigos estaban muy enfadados con él, y también estaban enfadados con ella.

—¿Dijo algo más de aquellos hombres?

—No. ¿Le podemos poner fresas al bizcocho de mantequilla?

—Mandaré a Jesus a la tienda para que compre.

Nuestra conversación iba y venía entre la cocina y la gente a la que conocía su padre. No había demasiadas cosas que me resultaran útiles, pero cuando Pascua estaba preparando el arroz, recordé el jaboncillo envuelto en papel.

—¡El señor Pescadito! —gritó, desenvolviendo el jaboncillo—. Pensaba que te había perdido.

—Lo encontré en la casa frente al neumático grande.

—¿Y estaba allí mi papá? —preguntó Amanecer de Pascua.

—No. No estaba. Pero me pregunto... ¿vinisteis a Los Ángeles en el jeep de tu padre?

—No. La señora tenía un coche verde y papá lo condujo.

—¿Y ella le dejó que se lo quedara?

—No. Un amigo suyo le prestó un coche azul, pero luego fue a comprarle una camioneta roja con una caravana a un hombre muy gracioso.

—¿Qué hombre gracioso?

—Ese de la tele que siempre tiene animales del zoo y chicas muy guapas a su alrededor.

11

Coches Usados Marvel era una institución en Compton. Todos los coches de aquel negocio eran tan buenos como si fueran nuevos; al menos, eso es lo que decían los anuncios nocturnos de televisión. El dueño era un rotundo texano blanco que se rodeaba de lindas muchachitas blancas con traje de baño sonriendo a las cámaras. A menudo tenía leones enjaulados y elefantes domesticados en la tienda. Marvel era un timador que sabía que la mayoría de la gente quiere que la engañen.

Unos años antes yo había comprado un coche a uno de los vendedores de Mel, Charles Mung. Era un Falcon color azul cielo. Mi Ford estuvo en el taller un par de semanas y se me ocurrió llevar el coche usado mientras me arreglaban el mío. Luego pensé en dárselo a Jesus. El problema es que el neumático trasero se rompió camino a casa desde Compton. Se salió del eje y se fue rodando por la calle. Contraté una grúa y llevé el coche de vuelta al local. Charles Mung era un chico blanco, alto y con pecas y los ojos de un azul impoluto.

—El neumático derecho se ha roto —le dije, bajo el sol ardiente, en el solar de 20.000 metros cuadrados. Sólo hacía tres horas y tenía una garantía de treinta días.

—No cubrimos los accidentes —replicó él, se volvió y se alejó.

Yo le cogí del brazo y aparecieron de repente tres hombretones muy altos que me rodearon y liberaron al vendedor.

—Me debes cuatrocientos dólares —dije, por encima del hombro de uno de los feos matones.

—Enséñale al señor Rawlins la salida del local, ¿quieres, Trueno? —replicó Mung.

No me hicieron daño. Simplemente, me depositaron en la acera.

—Vuelve aquí —me dijo Trueno, un hombretón como un oso polar—, y mis amigos y yo te romperemos todos los dedos. Es curioso las cosas que se te quedan grabadas. Yo estaba tan humillado por el trato que había recibido que todo el camino de vuelta a casa en autobús planeé mi venganza. Cogería mi pistola y volvería allí. Si no me devolvían mi dinero, mataría a Mung y a Trueno. Estaba en el dormitorio cargando mi tercera pistola cuando llamó el Ratón.

—¿Qué problema tienes, tío? —me preguntó, sólo con decirle hola.

Le conté mi problema y mis intenciones.

—Espera, Easy —me dijo—. Yo tengo amigos por allí. ¿Por qué no me has llamado antes que nada?

—Me han humillado, Ray. No pienso tolerarlo.

—Hazme un favor, Easy —dijo él—. Déjame que llame primero a mi amigo. Si no funciona, entonces ve tu mismo.

Yo accedí y más tarde, después de que Feather y Jesus volvieran a casa desde el colegio, volví en mí. Estaba a punto de salir a matar a alguien sólo por cuatrocientos dólares y cuatro imbéciles.

Preparé la cena y senté a los niños a la mesa.

Mientras yo estaba en el salón viendo las noticias de las diez en la televisión, llamaron a mi puerta. Era Charles Mung. Llevaba un vendaje grueso y blanco que le cubría completamente el ojo izquierdo, y la mano derecha la tenía hinchada, cosa que obviamente le producía gran dolor.

—Tenga —dijo, tendiéndome un sobre grande color marrón.

Antes de que pudiera preguntarle qué era aquello se fue corriendo.

El sobre contenía la documentación de un automóvil y cuatrocientos veinte dólares. El coche, que estaba aparcado frente a mi casa, era el propio Cadillac del 62 de Mung.

Usé el dinero para comprar otro coche y le regalé el Caddy a mi viejo amigo Primo, que se sacaba un dinerillo vendiendo coches americanos allá abajo, en México.

Me fui antes de comer nada, pero le prometí a Feather y a Pascua que volvería para la hora de la cena.

El enorme solar era dos veces más grande que la última vez que estuve allí. Mel había comprado los terrenos del otro lado de la calle y había construido un edificio de exposiciones de tres plantas. Éste estaba rodeado por enormes columnas de globos rojos y azules y coronado por una bandera americana de diez metros de alto. Aquello era tan grande que parecía una operación militar.

Aparqué en el aparcamiento para clientes y fui andando hacia el cuartel general, todo acero y cristal. Cuando llegué a la puerta principal, un hombre delgado con un traje verde intenso se acercó a mí.

—¿Puedo ayudarle? —me preguntó aquel tipo de piel oscura. Una nueva adquisición, un vendedor negro.

Tenía los ojos enfebrecidos. Su sonrisa se retorcía como un gusano al sol.

—Tengo que hablar con alguien del archivo —dije, mostrando mi licencia de detective privado.

Él sujetó mi tarjeta entre unos dedos temblorosos. Era adicto a las pastillas, sin duda. Estuve seguro de que no podía concentrarse en mi identificación. Guiñó los ojos, parpadeó e hizo muecas ante la tarjeta durante unos segundos y luego me la devolvió.

—Brad Knowles —me dijo—. Está por ahí fuera, en algún sitio.

—¿Qué aspecto tiene?

—Knowles —repitió el vendedor colocado—. Ahí fuera.

Fui vagando durante un rato, buscando a un tipo llamado Knowles. La mayoría de la gente que paseaba por allí eran clientes fingiendo que sabían algo de coches. Pero también había gente de seguridad. Después de los tumultos de 1965 en Watts, todo el mundo tenía guardias de seguridad: las tiendas de comestibles y de licores, supermercados, gasolineras... Todos menos los colegios. Nuestra posesión más preciada, nuestros niños, estaban abandonados y obligados a defenderse solos.

Me acerqué a un tipo blanco alto y grandote y le pregunté:

—¿Brad Knowles?

Él señaló por encima de mi hombro izquierdo. Al mirar en

aquella dirección vi a un tipo blanco con una americana de un rojo cereza. Parloteaba con una mujer blanca, joven. Si alguien me hubiese mirado como él miraba a la mujer, habría salido corriendo o habría buscado un arma. Pero la mujer parecía contenta de recibir sus atenciones.

—Gracias —le dije al blanco musculoso, y me eché a andar por el asfalto recocido por el sol, pasé junto a cien automóviles moribundos y llegué hasta el lobo y su bien dispuesta presa—. ¿Señor Knowles? —pregunté, con la voz más amistosa que pude.

Aun con aquella espantosa chaqueta Knowles era un tipo muy guapo. La mujer, de cara vulgar pero con buen tipo, frunció el ceño al verme.

—Perdóneme un momento, señora —le dije, notando aquel calor cada vez más intenso—. Sólo tengo que hacerle al señor Knowles una preguntita rápida.

—¿De qué se trata? —preguntó él.

Me preguntaba si, de haber sido yo un hombre blanco, habría añadido la palabra «señor» al final de aquella frase.

—Compré un coche a un hombre llamado Black —dije, con toda la afabilidad que pude—. Se dejó sus herramientas debajo del asiento delantero. Lo único que sé de él con toda seguridad es que de nombre se llama Navidad y que compró el coche, en realidad una furgoneta, en este local.

Herramientas, ciudadanos honrados... yo había cubierto todas las bases. No sólo conseguiría una información, sino que recibiría también una medalla.

—Fuera de aquí cagando leches —me dijo Brad Knowles.

Me quedé sin habla, de verdad, tan sorprendido por un momento que olvidé mi profundo pesar. Abrí la boca de par en par.

—¿Tengo que llamar a seguridad para que se lo lleven de aquí? —añadió Brad.

A pesar de mi conmoción, todavía podía menear la cabeza, y eso hice.

La mujer blanca feúcha me sonrió, para mi humillación.

Me volví y me alejé, preguntándome qué habría ocurrido.

¿Era acaso por haber interrumpido su intento de seducción de aquella mujer? ¿Era racismo? O quizás hubiesen engañado a Navidad con aquella camioneta. Igual se había quejado y se había producido algún altercado.

Y

Abrí la portezuela de mi coche y esperé un minuto a que se enfriase un poco antes de meterme dentro. Salí del local de venta de coches y di la vuelta por detrás, al lugar donde una señal indicaba un estacionamiento extra. Aquella zona estaba detrás del edificio grande de cristal. Aparqué de nuevo y me dirigí hacia el edificio.

Una mujer joven asiática —coreana, me pareció en aquel momento— se acercó a mí con una sonrisa en la cara.

—¿Qué desea, señor?

—Pues verá —dije, mirando a través de las paredes de cristal, esperando que no me viese el grosero jefe de vendedores—. Brad Knowles me ha dicho que podía averiguar algo que necesito en los archivos de una persona...

—¿La señorita Goss? —preguntó la mujer.

—Sí, eso es. Era ella.

—Cuarto piso. Las escaleras están ahí detrás.

61

La escalera estaba junto a la pared de cristal. Mientras iba subiendo me sentía como un avispón en una bolsa de plástico transparente. Lo único que tenía que hacer Knowles era echar un vistazo al edificio para verme. Sólo tenía que mover un dedo para librarse de mí.

Esperaba que los archivos de la oficina tuviesen paredes opacas detrás de las cuales esconderse, pero estaban en el último piso y seguía siendo todo de cristal transparente. Yo era el padrino intentando ocupar el lugar del novio en la parte superior de un pastel de boda de cuatro pisos.

—¿Qué se le ofrece? —me preguntó otra mujer.

Esperaba una cara que pegase con el nombre de Goss. Y por tanto, cuando vi a la deliciosa jovencita negra sentada en la silla de color rojo oscuro me quedé sorprendido. Supongo que la sorpresa se me reflejó en la cara.

—¿No soy la persona que esperaba? —me preguntó.

—Quizá dentro de sesenta años... —dije yo.

Ella sonrió e inclinó la cabeza a un lado.

La señorita Goss no era bonita. Sus rasgos eran demasiado

pronunciados e insolentes para ser bonita. Los pómulos altos y los ojos propensos a la furia la convertían en una mujer guapa. Por primera vez en un año, sin la ayuda del sueño o de la tensión, Bonnie desapareció por completo de mi interior. Pero cuando me di cuenta de que Bonnie había desaparecido de mi mente, volvió.

—¿Busca algo? —preguntó la señorita Goss.

—No... quiero decir que sí. Brad Knowles me ha dicho que podía darme cierta información.

Al pronunciar su nombre miré fuera, al solar. Como por arte de magia, él miró hacia arriba al mismo tiempo y me vio.

El reloj de arena estaba en marcha. Sonreí, aparcando la idea del amor por un momento.

—Eso no es verdad —afirmó la señorita Goss.

—¿Cómo?

—Brad no le ha enviado aquí. No mandaría a nadie arriba y ciertamente mucho menos a un hombre negro como usted. Me sorprende que no haya llamado a seguridad.

—El hombre a quien necesito encontrar se llama Navidad Black. Les compró a ustedes una furgoneta roja en las últimas tres semanas. —Fingiendo que me rascaba el cuello volví a echar un vistazo a Knowles, que miraba a su alrededor... buscando a los de seguridad, sin duda alguna.

—¿Cómo se llama usted? —preguntó.

—Easy. ¿Y usted?

—Tourmaline.

Eso me hizo feliz. Sonreí y decidí que el 38 en mi bolsillo compensaría cualquier situación que pudieran provocar los de seguridad.

—¿Le divierte mi nombre?

—Al contrario —dije—. Es un nombre precioso. De gema.

—Su nombre también es muy bonito —me dijo.

Casi podía oír la fatigosa respiración de los gordos guardias subiendo las escaleras.

—¿Y por qué? —pregunté, como si tuviera todo el tiempo del mundo.

—Porque tiene dos sílabas. No me gustan nada los nombres que sólo tienen una sílaba: Mel, Brad, todo eso... Bill, Max, Tom, Dick... Es el que menos me gusta, Dick... y Harv...

—Navidad en cambio tiene tres sílabas —dije.

Tourmaline admiró mi capacidad de razonamiento durante un momento que pareció durar minutos enteros.

—¿Cuánto vale para usted? —me preguntó.

—Cien dólares o una cena en Brentan —dije yo—. Ambas cosas.

Tourmaline sonrió y vi una luz en alguna parte. Fue entonces cuando mi viejo amigo Trueno y un guardia de seguridad negro tan enorme como él aparecieron en las escaleras.

—Eh, usted —dijo Trueno.

Yo volví la cabeza para mirarles a él y a su subalterno. En lugar de gruñir, el hombre me dirigió una mirada intrigada. Pero no me preocupó lo que pasara por la mente de aquel hombretón. Me pregunté si podría abatirle y decidí que era posible. En el proceso acabaría algo magullado, pero yo era un hombre que intentaba impresionar a una mujer... Quizá pudiera reducirle, sí, pero no importaba. Con la ayuda de su amigo, Trueno me rompería por la mitad.

El guardia de seguridad blanco me miró, todavía curioso. Yo volví la cabeza y vi que Tourmaline estaba inmóvil, probablemente conteniendo el aliento.

—Señor Rawlins —dijo Trueno, y supe que el Ratón había tenido una conversación con él también.

—Eh, Trueno. Mira, yo sé que tienes que echarme de aquí. Sólo déjame que hable un momentito con la señorita.

—Vamos, Joe —le dijo Trueno a su compañero.

Joe no demostró emoción alguna y se limitó a seguir a su supervisor escaleras abajo. Me volví hacia Tourmaline y ella dijo:

—Me reuniré con usted allí a las ocho, señor Rawlins.

63

12

*R*aymond Alexander siempre había sido parte de mi vida. Era un hombre que amaba a las mujeres, un mujeriego, un cuentista fabuloso, un asesino frío y despiadado, y probablemente el mejor amigo que he tenido jamás; más que amigo, compañero del alma. Era ese tipo de hombre que permanece firme a tu lado en medio de la sangre y el fuego, la muerte y la tortura. Nadie elegiría jamás vivir en un mundo en el que necesitase un amigo como el Ratón, pero uno no elige el mundo en el que vive, ni la piel que habita.

Algunas veces el Ratón había dado la cara por mí cuando yo no estaba en la misma habitación, ni siquiera en el mismo barrio. A veces, hombres como Trueno habían reculado ante mí, viendo la imagen fantasmal de Ray junto a mi hombro.

Yo vivía en un mundo en el que muchas personas creían que había leyes que trataban por igual a todos los ciudadanos, pero esas creencias no las tenía mi pueblo. La ley a la que nosotros nos enfrentábamos a menudo estaba en desacuerdo consigo misma. Cuando se ponía el sol o se cerraba la puerta de la celda, la ley ya no se aplicaba a nuestra ciudadanía.

En ese mundo, un hombre como Raymond Alexander, *el Ratón*, era Aquiles, Beowulf y Gilgamesh, todo en uno.

Entré en una cabina telefónica y marqué un número.

—Biblioteca —respondió una voz masculina.

—Con Gara, por favor.

Esperé fumando un cigarrillo bajo en nicotina. Normalmente cuando fumaba pensaba en dejarlo. Sabía que mi aliento se había acortado, y que mi vida sufriría el mismo destino si seguía haciéndolo. Al final de la mayoría de los cigarrillos aplastaba la colilla pensando que sería la última... pero no ese día. Ese día la Muerte no prevalecería sobre mí. Podía venir y llevarme consigo; no me importaba.

—¿Sí? —dijo Gara, con una voz intensa que yo asociaba sólo con las mujeres negras.

—¿Algún resultado?

—Pásate por aquí.

Cada vez que veía a Gara volvían a mi mente las deidades. Ella estaba sentada en su gran silla verde, gorda como un buda, sabia como Ganesha. Su divinidad no tenía género, ni mortalidad en su estancia aquí en la tierra.

—He conseguido algo para ti, Easy —dijo, indicando un expediente color beis que había encima de la mesa. Contenía ocho hojas de papel. En la primera había una lista de siete nombres perfectamente mecanografiados en la esquina superior izquierda, a un solo espacio.

Bruce Richard Morton
William T. Heatherton
Glen Albert Thorn
Xian Lo
Thomas Hight
Charles Maxwell Bob
François Lamieux

Después cada página daba la información que Gara había encontrado de los diversos héroes.

Examiné aquellas páginas. Había muchísimas abreviaturas y acrónimos. No entendía la mayoría de ellos, pero eso no me preocupaba.

—¿No hay fotos? —pregunté.

Gara frunció el ceño y chasqueó la lengua.

—Sí —dije—. Ya me lo imaginaba.

—No le enseñes esos papeles a nadie, Easy. Y quémalos cuando los hayas leído.

—O los quemo, o ellos me quemarán a mí.

De camino a casa paré en el edificio de Seguros Pugg, Harmon y Dart. Era el rascacielos de cristal y acero más alto y más nuevo que adornaba el centro de la ciudad de Los Ángeles. En el piso superior estaba Brentan, uno de los mejores restaurantes de L.A.

Cuando me dirigía hacia el ascensor rojo, cuyo único propósito era llevar a los comensales finos a Brentan, se acercó a mí un guardia que llevaba una camisa marrón claro de manga corta y unos pantalones negros. El guardia pálido, de brazos delgados, llevaba una pistolera en la cadera izquierda. El recipiente de cuero contenía lo que parecía ser una pistola del calibre 25.

La mayoría de los blancos de aquella época no habrían mirado dos veces a aquel guardia. Pero yo, por el contrario, le veía como la posible causa de una situación amenazadora para mi vida.

—Lo siento —dijo—. Nadie puede subir si no tiene reserva.

Era un hombrecillo menudo, con los ojos de color indefinido y unos huesos que habrían servido perfectamente para un colibrí.

—Estamos en 1967 —le recordé. El guardia no comprendió lo que yo quería decir, su expresión perpleja me lo dijo—. Lo que quiero decir —expliqué—, es que hoy en día, en estos momentos, hasta los negros pueden tener reserva en los sitios bonitos. No puede mirar usted a un hombre y decir por el color de su piel si tiene derecho o no a estar en un sitio determinado.

Mi tono era ligero, cosa que hacía más amenazadoras aún mis palabras.

—Hum —dijo el otro, con una voz que oscilaba entre el contralto vacilante y el tenor dubitativo—. Quiero decir que el restaurante está cerrado.

—Quiere decir que el restaurante no está abierto para los clientes, pero cerrado no está. Tengo una cita con Hans Green dentro de siete minutos. Y eso significa que los empleados del restaurante sí que están trabajando.

Sonreí con esa sonrisita torcida que resumía todos los rechazos, expulsiones y exclusiones que había experimentado en mi vida. La mayor parte de mis días transcurría así. Quizás un quince o veinte por ciento de los blancos con los que me en-

contraba intentaban joderme. No era la mayoría de la gente...
pero lo parecía.

Apreté el botón del ascensor mientras el guardia se quedaba allí detrás de mí intentando comprender mi razonamiento. Sonó el timbre y las puertas se abrieron. Entré y el guardia entró también conmigo.

Yo no le dije una sola palabra y él tampoco me habló a mí. Subimos los veintitrés pisos en silencio, perdiendo energías en una disputa que tendría que haber acabado cientos de años antes.

Cuando se abrieron las puertas, el guardia pasó a mi lado y se dirigió en línea recta hacia el atril donde una joven tomaba notas en un libro grande, el de las reservas. Era blanca, con el pelo rubio y largo y cara de caballo. Sus altos tacones la hacían más alta que el guardia; su vestido azul verdoso la ponía en una clase totalmente distinta a la de él.

El guardia habló rápidamente y yo me acerqué a ellos con calma. Cuando llegué a su lado, ella decía:

—Iré a hablar con el señor Green.

67

El guardia hizo una mueca y de nuevo me pregunté cuántos minutos, horas y días había pasado ya en mi vida en encuentros inútiles como aquél.

Quería decirle al hombrecillo: «Escucha, hermano, nosotros no somos enemigos. Simplemente, quiero subir en el ascensor como todo el mundo. No tienes que preocuparte por mí. Los hombres que poseen este edificio son los que te convierten en pobre, ignorante y furioso».

Pero no le dije nada. No me habría escuchado. Yo no podía liberar a ninguno de nosotros de nuestros lazos de odio.

La joven volvió con otro blanco tras ella. Aquel hombre era alto, feo e iba impecablemente vestido con un traje de un verde oscuro. Me echó una mirada y luego se volvió al guardia.

—¿Sí?

—Este hombre dice que tiene una cita con usted, señor Green.

—¿Cómo se llama? —preguntó Green al guardia.

—Michaels, señor. Pero este tipo...

—Señor Michaels, ¿cuántas veces al día recibo a personas que tienen citas conmigo?

—No sé... unas cuantas.

—¿Y cuántas veces sube usted en el ascensor con ellos, humillando a esas personas?

—Yo...

—Si un hombre, una mujer o un niño le dice que tiene una cita conmigo, le agradeceré que les permita subir aquí y se ocupe de sus asuntos.

—Pero yo pensaba...

—No —dijo Green, interrumpiendo la excusa—, usted no pensaba. Usted ha visto a este hombre, que es negro, y ha decidido que jugaría al héroe protector de un restaurante en el cual usted no se puede permitir comer, de una persona de la que no sabe absolutamente nada.

Me sentí mal por Michaels, en realidad. Green no dijo ni una palabra más. Michaels comprendió que no debía discutir. La mujer caballuna miró a su jefe con ojos inquisitivos. Los tres nos quedamos allí más rato del que habríamos debido. No sabía nada de ellos, pero sentí que de alguna manera había perdido mi camino en la vida acabando allí, en aquel piso alto, envuelto en un conflicto que no tenía sentido.

Michaels finalmente captó el mensaje y se retiró hacia el ascensor.

—Señor Rawlins —dijo Hans Green—. Me alegro de verle.

Nos estrechamos las manos mientras la joven miraba, intentando comprender lo que estaba ocurriendo.

—Venga a mi oficina —dijo Green.

Mientras le seguía, sonreí y asentí a la azafata.

Ella no podía saber que dieciocho meses antes Hans Green fue acusado de malversar dinero del último restaurante en el que trabajaba, Canelli. Melvin Suggs, un detective de la policía de Los Ángeles, era amigo suyo y le pasó mi tarjeta. Yo me puse a trabajar como lavaplatos en el restaurante y descubrí que el chef y la esposa de Green estaban amañando los libros y aprovechaban para darse unos revolcones a expensas de Hans.

La ventana grande de la oficina del gerente del restaurante daba al centro de la ciudad y al Pacífico. Se estaba bien allí sentado. Lo único que me habría gustado más habría sido tener a Bonnie de nuevo en mis brazos.

Las orejas y la nariz de Green eran demasiado grandes para su cara, y en sus mejillas sobresalían venas rojas y azules. Los dientes eran demasiado pequeños, y los labios delgados tenían un aspecto suelto y fláccido. Era la caricatura de un hombre.

—¿Qué puedo hacer por usted, Easy? —me preguntó, cuando ambos nos hubimos sentado y yo hube rechazado una copa.

—Voy a venir esta noche con una mujer muy especial. Me gustaría tener un buen sitio y un servicio perfecto.

—¿A qué hora?

—A las ocho.

—Hecho. Por cuenta de la casa.

—Puedo pagarlo.

—Si lo sucedido con Michaels sirve de indicación, ya paga usted cada día de su vida.

13

Cuando llegué a casa había tramado y desechado seis formas distintas de abordar a Bonnie y convencerla de que volviera conmigo. Lo consideré todo, desde disculparme hasta comprarle una casa en Baldwin Hills, donde podríamos empezar de nuevo. Incluso coqueteé con la idea de matar a Joguye Cham... y entonces comprendí que estaba verdadera y locamente enamorado.

Frenchie esperaba al otro lado de la puerta aquella vez, gruñendo y enseñando los dientes. Se me echó encima cuando crucé el umbral y entré en mi propia casa.

—Hola, papi —dijo Feather, saliendo de su habitación. Amanecer de Pascua salió tras ella vestida con un quimono rosa y con un bolsito de ganchillo muy adornado que parecía una especie de maletín con una tira para el hombro de seda roja.

—Hola —dije a las niñas, con un toque de melancolía justo bajo la superficie del saludo.

Feather me miró un momento y luego se volvió hacia la niñita.

—Pascua, ve a mi habitación y coloca todas las muñecas como has hecho antes para que las vea papá.

Los ojos de la niña brillaron.

—Vale —dijo, muy emocionada, y corrió hacia la parte de atrás de la casa, con el maletín con su tira para el hombro golpeando su costado.

Era la primera vez que veía a Feather manipular una situación con una tercera persona para conseguir algo. Me miró muy fijamente a la cara y se acercó a mí, poniendo sus manos a ambos lados de mi cara.

Ese gesto me puso muy incómodo. No era propio del tipo de relación de padre e hija que había tenido con Feather durante doce años. Ella era casi una mujer, y yo era casi un hombre.

—Tenemos que hablar —me dijo.

Yo quería recuperar la niña que había en ella, hacerle una broma, hacerle cosquillas. Quería apartar aquella mirada tan seria, pero no podía.

Me senté en el confidente en la pequeña habitación que dividía el salón de la cocina y ella se sentó junto a mí.

—Juice y yo vamos a ir a la boda de Bonnie —dijo.

—Eso me han dicho.

—Tenemos que hacerlo —continuó Feather—. Bonnie es nuestra madre, tanto como tú eres nuestro padre.

«¿Os encontró ella a los dos en la calle, como yo? ¿Os habría llevado a vivir con ella sin un padre que la ayudara? ¿Habría arriesgado su vida para salvarte?» Pensé todas esas cosas, pero no las dije. Bonnie era una mujer maravillosa, de fuerte personalidad. Ella podía haber hecho mucho más de lo que yo imaginaba. En principio, el asunto con Joguye fue para asegurar a Feather el tratamiento médico que le salvó la vida.

—Sé que la quieres —dije—. Y nunca me metería con eso.

—Y tú también deberías venir —dijo Feather—. Ella necesita que tú le digas que todo va bien.

No creo que la experiencia de perder a mi madre a la tierna edad de siete años me doliera más que la petición de Feather. La miré con la cara inexpresiva, con la mente absolutamente vacía.

—Ella tiene que seguir adelante, papá. No puede esperar eternamente a un hombre que no alberga el perdón en su corazón.

Me habían llamado «negrata» muchísimas veces en mi vida, y siempre había sido una experiencia dolorosa, enfurecedora. Pero nada comparable con las sencillas verdades que me estaba diciendo Feather. Quería que se callara. Quería levantarme e irme a mi dormitorio, sacar mi 45 y ponerme a disparar, sin más: al espejo, las paredes, al suelo bajo mis pies.

—Ella esperaba que tú la llamaras —continuó Feather—. Me dijo que te amaba más que a ningún otro hombre que hubiese conocido. Sabía que lo que había ocurrido entre ella y el tío Joguye estaba mal, pero se quedó muy confusa cuando vio que él conseguía que esos doctores me trataran. Quería volver a casa, papá, pero tú no le dejaste.

71

Quizá existiese un Dios. No una deidad gigantesca y todopoderosa, sino simplemente el recipiente de todo conocimiento, y por tanto, buen juez de la verdad. En aquel momento habitaba en una persona y le hacía pronunciar las palabras que habían quedado calladas, sin decir. En aquel momento Feather era la expresión de ese Dios. Él la usaba para condenarme por mis malas acciones.

—No podéis esperar que elijamos entre vosotros —decía Feather—. No podemos evitar lo que ha pasado.

Yo quería decirle que comprendía lo que me estaba diciendo, y que era cierto. Abrí la boca y salió un sonido, pero no eran palabras. Fue como un maullido bajito; algo que nunca había surgido de mi interior, ni de nadie que yo conociera.

Cuando Feather oyó ese grito ahogado su rostro reflejó una gran sorpresa. Volvía a ser mi hija. Veía en su alarma todas las cosas que estaba sintiendo.

Feather se había enfadado muchísimo conmigo por hacer que Bonnie abandonara nuestra casa. Ella se identificaba con el corazón roto de Bonnie, y su necesidad de amor en la vida. Ahora se sentía culpable por ir a la boda, y mucho más furiosa aún porque yo me sentía traicionado por el hecho de que ella fuera.

Yo era su padre. Nunca sentía dolor ni debilidad. Nunca estaba cansado, nunca tenía el corazón roto. Yo era invulnerable, y por tanto podía oír su ira sin peligro de sentirme herido. Pero en el momento en que emití aquel sonido, Feather comprendió la pena que llevaba tiempo enconándose en mi interior, el dolor que jamás había compartido con ella.

Me rodeó con sus brazos y me dijo:

—Lo siento mucho, papá. Lo siento muchísimo.

—No pasa nada, cariño —dije, con palabras ahogadas y recortadas—. Yo sé que nos quieres a los dos. Sé que yo me equivoqué. Tú haz lo que creas que debes hacer, y yo te querré siempre, hagas lo que hagas.

—Señor Rawlins —dijo Amanecer de Pascua, que venía corriendo desde la habitación de Feather—. Ya tengo todas mis muñecas preparadas para que las vea.

Y

Me costó casi una hora vestirme. Cerré la puerta y me senté en la cama intentando con todas mis fuerzas volver a la normalidad. Las palabras de Feather me habían herido tan profundamente que no podía ni pensar en un lugar que no estuviese lleno de dolor.

Decidir qué calcetines ponerme me costó cinco minutos; ponérmelos, diez.

Feather y Pascua se despidieron de mí con un beso en la puerta. Mi hija me miró, sintiendo por primera vez lo que era estar dentro de mi mente. Era una maldición que no le habría deseado ni a mi peor enemigo.

14

*D*e camino hacia el Brentan intenté imaginarme a mí mismo en la boda de Bonnie. Me entretuve pensando en el tipo y color de traje que debía llevar. Sabía que no sería capaz de asistir, pero quería «imaginar» que estaba allí en la ceremonia, viendo cómo se besaban después de entregarse el uno al otro para siempre. Si podía verlo mentalmente, quizá pudiera soportarlo en la realidad.

Aparqué en la calle y salí de mi coche. Eran las 19.48 según el reloj Grumbacher de oro y cobre que llevaba en la muñeca.

Pasaba por allí un coche de policía. Los policías aminoraron la marcha y me miraron desde la ventanilla. Yo, oscuro como la noche que se aproximaba, alto, lo bastante apto físicamente para aguantar unos asaltos con un peso ligero, vestido con un traje gris oscuro que me quedaba tan bien al menos como la lengua inglesa.

El coche fue aminorando hasta los cinco kilómetros por hora y las caras pálidas se preguntaron si debían arrestarme o no.

Yo me quedé muy tieso y les devolví la mirada.

Ellos dudaron, intercambiaron unas palabras y luego aceleraron. Quizás estuviesen cerca del final del turno, o quizá se hubiesen dado cuenta de que yo era ciudadano de Estados Unidos de América. Probablemente les comunicaron algún delito real por la radio y no disponían de tiempo para ponerme bajo su control.

En el vestíbulo del primer piso otro guardia, éste alto y desgarbado, se acercó a mí.

—¿Qué se le ofrece, señor? —me preguntó.

Buenos modales antes de los insultos. Alabado sea.

—Voy al vigesimotercer piso a comer algo —repliqué.

—¿Tiene usted reserva?

—¿Es católico el papa?

—¿Cómo?

Pasé a su lado y me dirigí hacia el ascensor. Apreté el botón, sin saber si deseaba que el guardia se echara sobre mí para poder romperle la mandíbula o que me dejaran en paz.

Llegó el ascensor y se abrieron las puertas. El guardia no se acercó.

Otra mujer blanca con un precioso vestido adornaba el atril. El vestido era color escarlata, y su rostro poseía la belleza de la juventud. Tenía unos ojos grandes y verdes, y una nariz que sobresalía como un botón diminuto en un mundo lleno de risas.

Cuando la mujer-niña me vio, el potencial de risas disminuyó un poco.

—¿Sí? —me preguntó, dedicándome una sonrisa muy insincera.

—Rawlins, cena para dos a las ocho —dije.

Sin mirar el libro que tenía delante, ella preguntó:

—¿Tiene usted reserva?

—¿Usted qué cree?

La jovencita miró al libro y buscó con el dedo.

—Perdóneme un momento —dijo, muy educada.

Mientras se alejaba yo encendí un cigarrillo. Jackson Blue me había dicho una vez que el humo del cigarrillo constriñe las venas y eleva la presión sanguínea hasta un nivel peligroso, pero yo me sentía perfectamente calmado. El humo también se llevó el filo aguzado que había ido afilando de camino hacia el restaurante.

Una pareja blanca apareció detrás de mí.

—Perdone —dijo el hombre blanco y alto. Llevaba esmoquin y un pañuelo de cachemir blanco en torno al cuello. Era de mi edad. Ella tenía veinte años menos, platino de los pies a la cabeza.

—Hay cola, señor —dije, no queriendo apaciguar a un mundo que parecía lleno de adversarios.

Hans Green apareció un minuto o dos después de aquello. Iba acompañado por la joven belleza vestida de escarlata. El hombre con el esmoquin pasó por delante de mí y dijo:

—Estamos aquí por nuestra reserva...

Hans se volvió a la jefa de sala diciéndole:

—Ve a cambiarte de ropa, Melinda.

En los ojos de la chica aparecieron lágrimas y se fue corriendo. El hombre del esmoquin dijo:

—Perdóneme, señor, pero nos gustaría que nos acompañaran a la mesa.

—¿No ha visto usted a este señor que está delante de usted? —preguntó Green—. ¿Es usted ciego, o simplemente es un asno?

El del esmoquin retrocedió y Hans dijo:

—Venga conmigo, señor Rawlins, le acompañaré a su mesa.

De camino, Hans tocó a una camarera en el hombro y le susurró algo.

—Muy bien, señor Green —dijo ella, y se dirigió hacia el atril.

La mesa que me había reservado Hans era perfecta. Apartada de las demás, aunque seguíamos estando a la vista de todo el mundo. La panorámica occidental mostraba una ciudad de Los Ángeles que estaba empezando a llenarse de luces eléctricas.

Me senté, y Hans conmigo.

—¿Cómo se las arregla? —me preguntó.

—¿Cómo?

—Yo soy blanco —dijo—. Ario. Juego al golf, pertenezco a un club masculino, mis padres vinieron a América para liberarse y compartir la democracia, pero llevo diez minutos con usted y ya me he peleado con cuatro personas por su intolerancia. Si tiene que enfrentarse a todo eso en diez minutos, ¿cómo debe de ser la vida para usted veinticuatro horas al día?

—Diez años atrás no lo tenía tan mal —dije.

—¿Han empeorado las cosas?

—En cierto sentido. Hace diez años, usted no habría podido dejarme cenar aquí. Hace diez años, yo ni siquiera habría estado en este barrio. El esclavismo y lo que vino después produce unas heridas muy hondas, Hans. Y la curación duele de una manera infernal.

El feo restaurador se echó atrás en el asiento y me miró. Meneó la cabeza y frunció el ceño.

—¿Cómo puede tomárselo con tanta calma? —me preguntó.

—Porque si elijo lo contrario sería la muerte, y siempre hay una docena de personas más que no conocen la diferencia entre un ciudadano y una amenaza inminente.

—Hola —dijo una voz femenina—. No sabía que iba a ser una fiesta.

Tourmaline llevaba un traje muy ajustado, hasta la rodilla, blanco. Un delicado sombrero azul con forma de concha marina adornaba un lado de su cabeza. Los tacones altos y blancos no dificultaban su grácil movimiento.

Hans y yo nos pusimos en pie.

Observé que la que había acompañado a Tourmaline a nuestra mesa era la mujer a la que Hans había susurrado algo.

—Hola —dije yo también—. Este es Hans Green, el gerente. Hans, es la señorita...

—Goss —dijo ella, por si yo había olvidado su apellido. Siempre es agradable que la persona con la que sales trate de evitar que te avergüences.

Hans hizo una pequeña reverencia y le besó la mano.

—Easy es un hombre afortunado.

Apartó la silla para Tourmaline y ella se sentó con una gracia excepcional.

—¿Hay algo que no desee comer o beber, señorita Goss? —le preguntó, mientras yo volvía a sentarme.

—Pues la ternera no me gusta demasiado —dijo ella.

—Entonces déjenme a mí el resto.

Hans y la nueva azafata se alejaron.

—Me alegro mucho de que no fuésemos a algún local pequeño allí en Central —dije yo.

—¿Por qué?

—Porque habría tenido que pelearme con todos los hombres. Quiero decir que a Hans se le salían los ojos de las órbitas, y eso que acababa de decirme que es ario.

Tourmaline sonrió.

—¿Quién es usted? —me preguntó.

—Easy Rawlins, a su servicio.

77

—Quiero decir que, ¿cómo puede llegar a un sitio como éste y que el gerente le visite en su mesa? ¿Es usted un gángster o algo así?

Mi sangre latía con fuerza. Sonreí y me encogí de hombros.

—De vez en cuando me reúno con mis amigos Jackson y Ray—dije—. Cotorreamos un poco, nos reímos un rato. Jackson es lo que se llama autodidacta, que significa...

—Que se ha educado a sí mismo —dijo Tourmaline, acabando mi frase.

—Sí. De todos modos, Jackson dice que nosotros tres somos la vanguardia, la gente que abre nuevas vías. Hacemos incursiones hacia todo tipo de lugares, como este restaurante.

Tourmaline estaba impresionada, pero apenas lo revelaba.

—¿Dónde ha aprendido a hablar así, señor Rawlins?

—Leyendo y hablando. ¿Y usted?

Antes de que Tourmaline pudiera responder, Melinda, la jefa de sala degradada, vino a nuestra mesa. Llevaba un uniforme de camarera verde y blanco, y el pelo largo y rojo atado a la espalda.

Nos sirvió unos vasos de agua.

—El señor Green y el chef están escogiendo su menú, pero ¿desean algo especial?

Yo moví negativamente la cabeza sin decir nada.

—No, gracias —dijo Tourmaline, graciosa.

En cuanto se alejó Melinda, Tourmaline observó:

—Parece triste.

—Sí. —Estuve de acuerdo—. Me pregunto por qué será.

La velada fue la mejor que había disfrutado en un año entero. Tourmaline sólo llevaba trabajando en la tienda de coches usados unos pocos meses, porque era estudiante a tiempo completo de la UCLA, donde cursaba su máster en Economía.

—¿Economía marxista o de la que hace dinero? —le pregunté.

—La ciencia —dijo, con una sonrisita—. Me interesa la política, pero no soy revolucionaria; también me interesa la buena vida, pero no tengo necesidad de ser rica.

—Ya —respondí—. Pero admitirás que la ciencia choca con

el hombre en las portadas de los periódicos. Acabo de leer los titulares hoy y he visto artículos de Vietnam, la URSS y la Revolución Cultural china.

—Pero ¿y lo de ese chico y su hermano? —preguntó Tourmaline.

—Eso no lo he visto.

—Estaba abajo a la izquierda —dijo—. Un chico de dieciséis años que llevó a su hermano moribundo por la nieve durante diez horas, en las montañas de San Gabriel. Cuando el equipo de rescate los encontró, el niño más pequeño ya había muerto.

—Sí —dije—. Hay gente con un corazón muy grande por ahí. El problema es que se pierden cuando se alejan demasiado de casa.

Ya había decidido no mencionar la furgoneta roja hasta que lo hiciera ella. Había un tira y afloja en aquella cita nuestra. Ambos necesitábamos algo. Yo no sabía nada de ella como persona, y yo mismo también era un misterio, en aquella mesa.

Melinda nos sirvió pato con salsa de cerezas, puerros silvestres y patatas asadas con ajo y perejil. Como postre, Hans nos trajo fresas con nata montada y champán para Tourmaline, y un combinado de whisky con zumo de pomelo en un vaso para mí.

—¿No se lo bebe? —me preguntó Melinda.

—No.

—Parece que te pone triste eso, ¿no? —Inclinó la cabeza a un lado de una manera que me demostró que le preocupaba. Por primera vez en mucho tiempo me sentía atraído físicamente hacia una mujer.

—El whisky para mí es como sufrir la alergia a una aspirina junto con el dolor de cabeza más fuerte que se pueda uno imaginar.

Tourmaline no respondió a aquello, al menos no con palabras. Bebió de su copa y me miró.

—Tengo la información que querías —me dijo entonces—. Y te la daré si me prometes no intentar pagarme.

—¿No puedo ni siquiera intentarlo?

—No.

79

15

$\mathcal{M}$e sentí muy impresionado por Tourmaline porque ella había cogido el autobús para acudir a nuestra cita. La llevé a casa sin pensar prácticamente en Navidad Black y en los hombres duros que iban tras él, ni en el Ratón y su guerra particular con la policía de Los Ángeles.

Eran más de las once cuando acompañé a pie a la joven negra hasta la puerta de su casa. Ella vivía en un apartamento que se había agregado a un garaje por un lado y a la parte posterior de una casa.

Mientras trasteaba en su bolso buscando la llave, le dije:

—He pasado una velada maravillosa, señorita Goss.

Casi como si se le ocurriera en el último momento ella sacó un sobre de su bolso y me lo tendió.

—Esto es lo que me has pedido —dijo.

—Gracias.

Me miró, esperando alguna palabra más, y como esas palabras no llegaron, dijo:

—¿Ya está?

—¿Cómo?

—Espero que un hombre al menos intente besarme. Me ha costado dos horas y media tener este aspecto.

El tiempo no se detuvo exactamente en aquel momento. Fue más bien como si fuera aminorando su marcha hasta ir goteando con una lentitud exasperante. Notaba que mis labios se preguntaban qué decir... o qué hacer.

—Eh —me incitó Tourmaline, al ver que yo no respondía.

De repente, todo volvió a la normalidad. Yo sabía exactamente quién era, lo que tenía que decir.

—Si te besara ahora mismo, con todo lo que estoy sintiendo, ninguno de los dos pasaría por esa puerta. Nos quedaríamos los dos aquí en el cemento, bajo las palmeras, haciendo niños.

Tourmaline me miró fijamente, pensando cómo reaccionar ante mi declaración.

—Así es mejor —dijo al fin.

Abrió la puerta y entró. Antes de cerrar de nuevo, sacó la cabeza y lanzó un beso al aire.

Llegué al bar Cox cuando faltaban escasos minutos para la medianoche. La mayoría de los locales de Los Ángeles ya estaban cerrados, pero el bar de Ginny Wright acababa de abrir. Era una estructura de hojalata y tela asfáltica que habrían condenado al derribo el mismo día que fue erigida, pero se encontraba escondida en un callejón y ningún inspector de sanidad ni de la construcción sabía siquiera que estaba allí.

Habría unos quince hombres y mujeres sentados en la oscura sala, inclinados sobre unas mesas desparejas, encaramados a sillas, taburetes, bancos, e incluso encima de un cajón de embalaje o dos. La sala apestaba a cerveza y a humo de cigarrillo, pero la verdad es que uno se sentía allí como en su propia casa. La oscura desesperación contenida dentro de los muros del bar Cox era como el recuerdo y la sensibilidad que había dentro de los confines de mi cráneo. La oscuridad era un lugar donde esconderse, conspirar y sufrir.

Aspiré con fuerza y me dirigí a la caja de pino colocada encima de dos caballetes que hacía las veces de barra. Esperaba ver a la enorme y negra Ginny salir del cuartito donde guardaba las botellas de licor, pero, por el contrario, el que salió fue mi amigo John, de Fifth Ward, Houston, Texas. John era uno de mis amigos más antiguos en California. Alto y ancho, oscuro como el barro que rezuma entre las garras de un caimán.

John había nacido para barman. Durante unos pocos años intentó medrar en el negocio de la construcción: compraba terrenos y construía casas. Por la noche se iba a casa fingiendo que era un tío normal y corriente, un hombre de empresa, que jamás pensó siquiera en licor y prostitutas, sobornos y gángsters.

—Easy.

—¿Alva se ha ido para siempre, John?

Alva fue la esposa de John durante unos años. Él la ayudó a

educar a su hijo y me contrató para salvar la vida de aquel muchacho amargado en una ocasión.

—Sí —replicó John—. Quería un hombre que viviera de día, y ya sabes que yo no soy capaz ni de hablar antes de las cuatro de la tarde.

Me senté ante la barra en un taburete alto y él me sirvió un vaso de agua con tres cubitos de hielo.

—¿Dónde está Ginny? —le pregunté—. Creo que nunca había estado aquí cuando ella no trabaja.

—Lupus.

Era sólo una palabra, pero ambos sabíamos que podía significar una sentencia de muerte para nuestra vieja amiga de Houston.

Después de un adecuado intervalo de reverente silencio John preguntó:

—¿Tiene problemas el Ratón?

Yo me eché a reír. Era inevitable. Los negros de mi generación y de las anteriores debían ser capaces de ver al otro lado de la esquina para su propia seguridad; no podíamos permitirnos la sorpresa. Yo tenía una tarjeta que le decía a todo el que estuviera interesado que era detective privado, pero no era más detective que John, o Jackson, o Gara, o cualquiera que estuviera sentado en aquella sala oscura, oscura. Y todos y cada uno de nosotros examinaba y evaluaba todas las pistas que veía constantemente, día y noche.

—¿Por qué lo preguntas? —le devolví la cuestión a John.

—Porque no ha pasado por aquí desde hace ocho días, y tú no bebes.

—Qué rápido haces las deducciones.

—Mientras no me estrelle... —dijo John, con seguridad.

Yo me eché a reír de nuevo.

—Sí. La policía cree que Raymond ha matado a alguien, y Etta quiere que averigüe qué pasó. —No había motivo alguno para mentir a John. Sabía más secretos que un monasterio entero lleno de confesores retirados.

—¿Ahora sale la policía con eso de que Ray «ha matado a alguien»? —dijo John, con un humor tan hondo como nuestra propia historia.

—No a uno cualquiera, hombre.

—Ah, te refieres a Pericles.

La perspicacia de John era como notar el punto de mira de tu enemigo en el cráneo.

—¿Conoces a Tarr?

—Tres semanas antes de que Raymond dejara de venir, él y Pericles eran uña y carne.

—¿Amigos?

—Uf, sí. Ray pagaba una ronda y Perry la siguiente. Las mujeres se acercaban a ellos, y ellos las rechazaban. Eran amigos, pero la cosa era seria.

—¿Conoces mucho a ese tal Pericles?

—Venía aquí de vez en cuando intentando escapar durante unos minutos —dijo John.

—¿Escapar de quién?

—De sus niños, muy feos. Tenía una docena por lo menos y decía que sólo soportaba a una.

—¿Leafa?

Esta vez le tocó el turno de sonreír a John.

—Sí, así la llamaba. Decía que los niños armaban escándalo hasta dormidos. Su mujer no hacía más que pedirle dinero y más dinero, los niños chillaban y aquello parecía un manicomio. Perry se sentaba allí en la punta de la barra, pedía dos cervezas y se tiraba toda la noche. Le había dicho a su mujer que tenía un segundo trabajo, pero lo que pasaba es que no podía soportar a todos esos críos.

Yo había pensado que era posible que Perry hubiese abandonado a su familia. Pero ¿por qué iba a implicarse el Ratón en aquel asunto?

—Y hace unos tres meses, empezó a venir con esa mujer —acabó John.

—¿Cómo se llamaba?

—Nunca lo dijo. Ya sabes lo reservados que pueden ser los asuntos de un negro, Ease. Pericles se iba a una mesa cuando estaba con esa chica, y siempre venía a recoger las bebidas a la barra y se las llevaba. A ella le gustaba el whisky... solo.

83

16

*L*legué a casa poco después de la una. El perro me gruñía lleno de odio en la puerta. Por el desorden de los cojines en el sofá sabía que Jesus y Benita todavía estaban en casa, y aquello hizo que me sintiera bien. Pascua y Feather estaban en la cama de Feather. Essie murmuraba en sueños.

Fui a la antigua habitación de Juice y me desnudé. Fue un niño bajito y se había convertido en un hombre no muy alto, de modo que nunca le compré una cama grande. El pequeño colchón lleno de abolladuras era bastante bueno para mí, sin embargo. La habitación de Jesus olía a desierto. A menudo pensaba que él era un alma antigua que había conseguido regresar a la tierra de su pueblo después de haber sido destrozada por el hombre blanco... y los esclavos del hombre blanco.

Como norma, pensar me calma. No me asusta la sangre ni el dolor. No tuve protección de niño y, por lo tanto, sabía que moriría un día. El peligro y la vida eran sinónimos en mi diccionario particular; el baile y el boxeo también.

Esa idea vino a mí allí echado en la cama del hijo de mi corazón. Las palabras que yo conocía sólo tenían una leve relación con las mismas palabras en el léxico de los americanos blancos. No se trataba de que yo sintiera más, ni con más profundidad, sino de que mi forma de pensar era diferente. Yo sabía otras cosas.

Siguiendo esa línea de pensamiento esotérica llegué a Leafa; esa niña oscura, fea, adorable, de un hombre que tenía demasiadas bendiciones.

Leafa me había dicho que su padre era un superviviente, que sería capaz de permanecer a salvo entre hombres empeñados en su destrucción.

Yo sabía otras cosas, y la mayoría de los niños también. A los adultos les gusta pensar que conocen mejor el mundo porque los niños no tienen palabras para expresar sus visiones y porque carecen de miedo. Pero yo sé que los jóvenes siempre ven el mundo con mucha mayor claridad y cercanía que yo. Que huelen las cosas, que ven las variaciones más diminutas. Piensan sin extraer conclusiones por anticipado, y escuchan con el corazón.

Pericles Tarr no estaba en deuda con el Ratón; no de la forma habitual. Raymond hacía amigos de vez en cuando, los frecuentaba, tramaba planes clandestinos con ellos. El Ratón era un criminal, un maestro del crimen. También era miembro activo de una comunidad de marginados. Fuera el que fuese el asunto que había hecho desaparecer a Tarr, seguro que tenía algo que ver con los negocios del Ratón. Yo no dudaba de que Perry estuviese muerto, pero no porque el Ratón le hubiese prestado dinero.

¿Y dónde estaba Raymond? No era de esas personas que matan a un hombre y salen huyendo. El Ratón corría detrás de las cosas, no huyendo de ellas.

El esfuerzo de pensamiento que estaba haciendo me dejaba exhausto. Ya casi me dormía cuando recordé el recibo de compra que Tourmaline había robado para mí. ¿Por qué habría hecho aquello? ¿Porque era una estudiante universitaria pobre que necesitaba dinero para libros? Pero me lo había entregado y había rechazado el dinero...

A medida que me hacía viejo, mi profesión empezaba a ocupar un lugar primordial en mi vida. Quería saber por qué pasaban las cosas, pero no como cuando era joven. En las primeras etapas de mi vida quería dinero y mujeres, éxito y respeto, no por lo que yo hiciera, sino por ser quien era. Ahora me interesaba Tourmaline porque no podía comprender del todo sus motivaciones; no sabía qué era lo que veía ella en mí, y eso era muy poco habitual.

Y además no importaba.

Amanecer de Pascua dormía en la habitación de Feather soñando con el hombre a quien llamaba padre. Un día, él le entregaría una pistola y le diría que había asesinado a sus padres, tíos, tías, primos, a todos sus amigos... pero hasta aquel día, el amor de la niña por él sería tan grande como el propio cielo.

Esos pensamientos me consolaban. Por la mañana volvería a buscar a Navidad. Quizá pudiera ayudarle. Quizás él me ayudase a buscar al Ratón, incluso.

Ray: el amigo más íntimo de toda mi vida antes de que apareciese en escena Bonnie.

Pensar en Bonnie era precisamente el giro que me garantizaba una noche más sin dormir. Una vez había hecho aparición Bonnie en mi mente, ya no había posibilidad de reposo. Ella era el libro que no podía dejar a un lado, los ahorros de una vida perdidos, la pregunta sin respuesta.

Y no era sólo ella. Yo tenía una hija de mi propia sangre por ahí, completamente perdida para mí, y unos padres que habían muerto antes de que cumpliera los ocho años.

Recordaba a una mujer, Celestine. Era una prima lejana de mi madre que me llevó a vivir con ella cuando me quedé huérfano. Su casa estaba tan limpia que yo tenía miedo de andar por el suelo, porque allá donde fuera, se desprendía de mi cuerpo un montón de polvo y tierra, migas y restos de todo tipo. La vida de Celestine estaba perfectamente ordenada, impoluta. Yo no pertenecía a su mundo, aunque ansiaba hacerlo.

A la edad de nueve años me escapé después de romper un tarro de mermelada de fresa que se hizo añicos en el suelo de su cocina, en sus baldosas perfectas. Yo no sabía limpiar aquel desastre, todo rojo y pegajoso, así que huí y no volví nunca.

Luego me hice mayor y fui a la guerra. Las manchas rojas se las llevaron las explosiones, las moscas y los perros que se comían a quienes antes fueron sus amos. Limpiar en Europa era matar. Eso sí que sabía hacerlo.

Llevaba en la cabeza una lista de todos y cada uno de los seres humanos a los que había matado. La lista era larga, demasiado larga. Y aunque nunca asesiné directamente a nadie, muchos inocentes murieron por mi mano: hombres blancos y negros, jóvenes y viejos. Una vez disparé a un tirador alemán que resultó ser un niño de nueve años encadenado a su puesto por su superior, un adolescente.

La larga y oscura mañana pasó así, como una interminable cadena de asociaciones entre cosas perdidas o delitos que yo había cometido. Justo antes de que el sol empezara a salir llegué a comprender que mi mente era un abismo muy profundo, una falla llena de culpabilidad. Antes de que la echara, Bonnie me reclamaba cuando empezaba aquella inevitable caída dentro de mí mismo.

Me di cuenta de otras cosas, pero no significaban nada. Era como un fumeta resolviendo los problemas del mundo con una pipa de hachís y demasiado tiempo entre manos.

Un rato después salió el sol y yo me levanté del abollado lecho de mi hijo. Me duché, me afeité y me puse el mismo traje color antracita con el que había salido.

Durante un momento intenté pensar qué tal habría sido el sexo con Tourmaline, pero no pude acostumbrar mi mente a esa idea.

Cogí el expediente con los nombres que me había dado Gara tras su investigación de las medallas y empecé a examinar los nombres y sus breves descripciones.

El primero que rechacé fue a Xian Lo. El hombre al que conocí no era asiático, y aunque era posible que un occidental tuviese un nombre asiático, la probabilidad era ínfima. Morton, Heatherton y Lamieux eran demasiado bajos para ser mi hombre.

Tampoco era Charles Maxwell Bob, porque era negro. Así lo indicaba en la parte inferior de su hoja. *Rz. neg.* Era la única indicación de raza en cualquiera de los expedientes. Eso no me sorprendió; no habría sorprendido a dos personas entre dos millones en la América de aquellos años. Sí que me fijé en lo tendencioso del asunto, pero ese era otro caso.

La mañana de trabajo había sido productiva. Acababa de reducir mis sospechosos de ocho a dos. Buenas probabilidades.

Mi hombre era Glen Thorn o Tomas Hight. A Tourmaline no le habría gustado el primero, pocas sílabas para ella.

Busqué en mis guías telefónicas del sur de California y encontré la dirección de ambos hombres. La vida no era buena, pero al menos las cosas seguían su curso.

17

Pocos minutos antes de las 18.30 estaba sentado en una silla de la cocina cuando el bebé se echó a llorar. Estaba pensando en cuál de los problemas que tenía debía abordar primero. Tenía la dirección más reciente de Navidad y dos soldados a los que podía investigar. Sabía que Pericles Tarr tenía una novia por ahí en algún sitio. Esos dos posibles caminos tenían un peso similar en mi mente.

Si hubiese tenido una pista del paradero del Ratón, ésa hubiese sido la dirección que habría tomado.

Echaba de menos a Ray, no porque pudiese ayudarme en aquel periodo violento, sino por su sentido del humor. Le gustaba reír y contar buenos chistes. Además, el Ratón no comprendía lo que era la culpabilidad o los corazones rotos... ese tipo de ignorancia que yo anhelaba, justamente.

—Hola, papá.

Jesus estaba de pie en la cocina con Essie en los brazos. Yo tendí las manos para cogerla, sin pensarlo. La niña se echó a llorar y luego hipó. Una vez se hubo acostumbrado a mi olor, empezó a practicar los pataleos y volver al cabeza de un lado a otro.

Jesus fue a hacer café. Hacía casi veinte años que aquel muchacho me preparaba café y me traía el don de la vida. Habían abusado de él brutalmente cuando era sólo un poco mayor que su propia hijita, pero de alguna manera, aquello no había conseguido malearlo. Me habría gustado pensar que era mi firme mano y mi amoroso hogar lo que había salvado al muchacho, pero en realidad fue él quien me salvó a mí la mayoría de las veces. Fue Jesus quien vació mis botellas de licor cuando me abandonó mi primera esposa. Era Jesus quien me preparaba el café y la comida más veces de las que puedo contar. Y ahora me había regalado una nieta. No podía haber allí un solo gen en común sin remontarnos a más de veinte mil años, pero aquel chico era de mi propia sangre.

Trajo dos tazas a la mesa y me cogió a Essie. Viéndole acunar a aquella niña pensé en los pocos años que pasó con mi amigo Primo, antes de venirse a vivir conmigo. Quizás el mexicano y su esposa panameña, Flor, hubiesen salvado el alma de Jesus.

—Feather dice que te pusiste furioso con ella —dijo mi hijo.

—No es verdad.

—Dice que te dio una paliza con lo de la boda y todo eso, y que tú te enfadaste muchísimo.

Essie le cogió el labio y tiró, sólo un poquito.

—¿Recuerdas cuando eras pequeño? —le pregunté.

—Sí.

—¿Te acuerdas cuando no hablabas, aquellos primeros años que no decías ni una sola palabra?

Jesus me miró tan mudo como si hubiese vuelto a aquellos días.

—¿Por qué? —le pregunté—. ¿Por qué no hablaste todo aquel tiempo?

—Sí que lo hice —dijo, con una voz que recordaba sus primeros años de conversaciones entre susurros—. Lo hacía en mi mente. Pensaba respuestas y me imaginaba que tú podías oírme. Y realmente era así, papá. Tú sabías todo lo que yo quería decir.

—Entonces, ¿por qué hablar luego? —pregunté.

—Un día, cuando Feather era pequeña, tú estabas en el trabajo. Ella iba a tirar sin querer una olla caliente y yo no estaba lo bastante cerca, así que le dije «no».

El rostro de mi hijo expresaba fascinación. Recordaba aquella palabra.

—Nos sorprendió mucho a los dos —continuó—. Feather se quedó con la boca abierta, con los ojos como platos. Yo noté como si, al abrir la boca, hubiese salido volando un pájaro. Me pregunté si habría más dentro de mí, y entonces Feather echó a correr y me abrazó y me dijo que le leyera un cuento.

Nunca pregunté cuál había sido la primera palabra de Juice. Temía que preguntar acerca de su habla le hiciera volver al silencio.

—¿Te enfadaste con Feather? —me preguntó entonces.

—No. Es que no entiendo cuándo ha dejado de ser una niña y ha empezado a ser una mujer. Eso ha sido lo que me ha dado rabia.

—No creo que Bonnie quiera casarse con él —dijo Jesus, como si fuese la continuación lógica de nuestra charla.

—¿No? ¿Crees que no le ama?

—Sí —replicó el muchacho sabio—. Sí le quiere. Él a ella también, y la necesita, y por eso ella acepta que puedan ser pareja. Pero si tú la hubieses llamado, habría vuelto contigo y con nosotros, aquí.

—Entonces déjame que te pregunte una cosa a ti, Juice —le dije—. ¿Estás enfadado conmigo?

Essie emitió un sonido parecido a una risa. Jesus me miró como el hombre que siempre había sido.

—No —dijo, meneando la cabeza—. Yo estoy con Benita y en mi barco, ahí fuera, la mitad del tiempo. Feather habla con Bonnie casi todos los días. Bonnie tiene a Joguye y aunque te quiere a ti, ya es algo.

Parecía que cada frase que pronunciaba era un clavo que remachaba mi ataúd. Quise decirle que dejara de hablar, pero yo le había preguntado.

—¿Señor Rawlins?

Amanecer de Pascua fue mi salvadora. Llevaba una faldita a cuadros que ya no le valía a Feather desde hacía años y una camiseta de seda blanca. El pelo negro lo llevaba atado atrás con una cinta amarilla, también de seda. Los zapatos eran negros, los calcetines blancos, y también llevaba un anillo de plástico rosa de Crackerjacks en el índice de la mano derecha. De su hombro colgaba un bolsito de fantasía que parecía un maletín.

—Qué elegante vienes —dije, cogiendo a la diminuta niñita de ocho años y sentándola en mi regazo.

—Feather me ha dicho que podía ponerme su ropa vieja —confesó Pascua, con un asomo de culpabilidad en la voz.

—Y estás guapísima con su ropa.

La niña sonrió y juntó las manos.

—Quiero ir al colegio —dijo.

—¿Sí? ¿No te gusta estar de vacaciones?

—No. Yo prefiero ir al colegio. Mi papá dice que el colegio

es malo, que hace a la gente mala, pero Feather y Juice son buenos y han ido al colegio. Además, Feather tiene que quedarse en casa todos los días para cuidarme, y se está perdiendo los exámenes.

—Bueno... es verdad. Supongo que tienes razón. De acuerdo. Ve a buscar a tu hermana y te llevaré al colegio a las ocho.

Mientras Amanecer de Pascua corría a la parte de atrás de la casa me di cuenta de que había llamado hermana suya a Feather. Supongo que me estaba preparando para lo peor. Llevaba preparándome para el desastre tanto tiempo que ni lo recuerdo.

Llevé a las niñas en coche al colegio. Feather fue a la biblioteca a estudiar y yo llevé a Amanecer de Pascua a las oficinas para inscribirla. Allí encontré a la señora Canfield.

Ella tenía diez años más que yo, y además muy trabajados y viajados por un camino lleno de surcos y bastante duro. Era una mujer blanca, pero su tono de piel tenía algo propio de enferma del hígado. Su boca no conocía la sonrisa y seguramente no la había conocido nunca, y sus ojos te daban la impresión de que eras la persona más insignificante del mundo.

Una vez le dije mi nombre y ella me dijo el suyo, le expliqué:

—Soy el padre de Feather.

—Ah —dijo, altiva—. Feather llamó hace unos días. Dijo que tenía una emergencia familiar y que usted llamaría, pero no tengo registrada ninguna llamada suya.

—Estaba intentando solucionar la emergencia —dije.

—La educación es la parte más importante de la vida de un niño, señor Rawlins. Si usted no se la toma en serio, ¿cómo pretende que sus hijos tengan una oportunidad en este mundo?

No era la mañana adecuada para que ella y yo nos conociéramos. Yo soy un negro americano, y aunque no soy ningún estereotipo de Rochester ni un payaso servil de los blancos, fui muy consciente de cómo debía tratar a la gente como la señora Canfield. No se equivoquen: ella no me menospreciaba por causa de la raza; ella estaba en una posición de poder y le habría dado lecciones al mismísimo Lyndon Banes Johnson si hubiese aparecido ante su vista. Y Lyndon podría haber apren-

91

dido algo de mi larga experiencia. Yo le habría dicho que la única forma de tratar con la Canfield era decir: «Sí, señora. Lo siento, señora. Tiene usted razón, señora».

Eso fue lo que debí decir, pero no era el día adecuado.

—¿Ah, sí? —repliqué—. A mí me parece que la comida sana en la mesa, amor y cobijo deberían venir antes de que un niño sea capaz de pensar siquiera en leer un libro. Quiero decir que no se puede esperar que un niño enfermo y hambriento venga aquí y haga unos exámenes, ¿verdad? ¿Sirve usted comida gratis aquí, señora Canfield?

El filo de su mirada podría haber cortado un diamante.

—¿Qué quiere usted exactamente, señor Rawlins?

—Quiero inscribir a esta niña para que venga al colegio.

—No parece que sea hija suya.

Después de hablar, la administradora se arrellanó un poco en su asiento. Sus ojos agudos habían captado un asomo de violencia en mi postura. Antes de que yo pudiera tramar una mentira conveniente, la señora Canfield añadió:

—Para poder inscribir a una niña en este colegio tendría que traer su certificado de nacimiento, su cartilla de vacunación y pruebas de custodia.

—Puedo tener todos esos documentos para el martes que viene.

—Tráigala entonces.

Amanecer de Pascua me tiró de la manga de mi chaqueta color antracita.

—Pensaba que quería usted que los niños estuviesen en el colegio todo el tiempo —dije.

—Esta niña no es hija suya.

Pascua me tiró de nuevo de la manga.

—Estamos hablando, cariño —dije.

—Mire, señor Rawlins... —La niña me tendía su bolso de fantasía.

Cogí el bolsito de seda bordada y lo abrí. En su interior se encontraba un expediente con unos documentos, entre otras cosas. El expediente marrón contenía la información que me había pedido la Canfield. Navidad me había convertido en el custodio legal de Pascua y había obtenido los certificados de aptitud del Consejo Educativo de Riverside de los exámenes de evaluación de primer, segundo y tercer curso. La niña había sido vacunada de la viruela, polio, tuberculosis y tétanos.

Tendí los documentos a la señora Canfield y ella los examinó como un jugador de póquer en la mayor apuesta de su vida. Pasaron tres minutos durante los que Pascua y yo permanecimos en silencio.

—Todo parece en orden —dijo la ogresa al fin—. Llevaré a la señorita Black a su clase.

—Por favor, que Feather la traiga luego a casa —dije, feliz de poder mostrarme educado y victorioso con una sola frase.

$\mathcal{M}$e llevé yo el bolsito de Pascua porque me pareció mejor idea que dejárselo a ella o sacar los dos paquetes bien atados de billetes de mil dólares.

Billetes de mil. Doscientos.

Navidad era soldado y planeaba las cosas hasta sus últimas consecuencias. Sabía que yo tendría que llevar a Pascua al colegio. Sabía mejor que yo mismo lo que exigiría el colegio para admitirla. Había un sobre cerrado en el bolsito con una lista de nombres y direcciones: su abogada, una tal Thelda Kim; su médico, Martin Lewis; un directivo de un banco de Riverside con el curioso nombre de Bertrand Bill, y sus padres. Cada nombre tenía al lado un número de teléfono y la dirección. Los padres debían de estar separados. Navidad me había dicho que casi todos los matrimonios en su familia se disolvían; era algo que tenía que ver con el rigor militar entre los soldados profesionales.

Mentalmente Navidad estaba preparado para todo, hasta para lo que faltaba en aquel catálogo suyo mecanografiado.

No había carta alguna para mí, ni una nota siquiera. Ni un solo detalle de por qué traspasaba a mis manos su más preciada posesión. Aquel espacio negativo, aquel silencio, era un claro mensaje de que debía trabajar con lo que se me daba, estrictamente.

Navidad Black, a pesar de su estatus de civil, pensaba en sí mismo como en mi superior. Era el comandante táctico, mientras que yo era sólo un recluta con un galón o dos.

Así es como pensaba Navidad, pero él no me conocía demasiado bien. Yo era un perro solitario, alejado de la manada a temprana edad. Yo no era ningún soldado, ni el peón de líder alguno. El presidente de Estados Unidos no se arrodillaba ante nadie, y yo tampoco.

ϒ

Así que fui con mi coche hasta Venice Beach a buscar a Glen Thorn, en Orchard Lane, el primer nombre de la lista que escogí a partir de la de Gara.

Era una casita pequeña, detrás de tres manzanos silvestres. Había un porche y una puerta delantera verde que parecía sólida y cerrada. Llamé con la culata de la pistola y grité con voz áspera, esperando ocultar mi identidad. Nadie me atacó ni me contestó.

La ventana estaba cerrada también, pero la madera estaba algo deteriorada. Me limité a tirar con fuerza, desgarrando el alféizar con la cerradura y todo, y me introduje por allí.

Me cercioré de que Glen Thorn no era mi hombre por el estado de aquella choza de una sola habitación. El fregadero estaba desbordado de platos y el suelo lleno de ropa, bolsas y cajas de comida preparada, revistas de chicas y periodicuchos sensacionalistas. EL PRIMO SECRETO DE KENNEDY TIENE UN HIJO DE DOS CABEZAS; LOS EXTRATERRESTRES CONTROLAN LA MENTE DE LADY BIRD; UN AMANTE DESPECHADO SE CORTA EL PENE EN UN LAVABO DE TIJUANA.

No había armas, ni fotos a la vista o escondidas en algún cajón o en el armario. El héroe de guerra que yo vi no tenía nada que ver con aquel revoltijo. Mentalmente le taché de mi lista, salí por la puerta delantera y me dirigí hacia mi coche.

95

Quería que mi presa fuese Glen Thorn porque Tomas Hight vivía muy lejos, en el camino hacia Bellflower; había un largo trayecto a través de territorio enemigo.

Todo era muy, muy blanco en Bellflower, por aquel entonces. Mucha de la gente que vivía por allí tenía acento sureño y aunque sé muy bien que los racistas pueden tener todo tipo de acentos, el peor fanatismo que había experimentado en mi vida iba siempre acompañado por las vocales arrastradas del sur.

Pero yo era ciudadano americano, y tenía derecho a meterme en el peligro, si lo decidía así.

ϒ

Tomas Hight vivía en un edificio de apartamentos de seis pisos pintado de color lavanda en el Northern Boulevard, una especie de arteria principal por aquel entonces. Vivía mucha gente en aquel edificio, y casi todos ellos se interesaron mucho por mí: mujeres blancas que llevaban cochecitos de bebé y hombres blancos que discutían acaloradamente en las esquinas; adolescentes blancos que cuando me veían, veían atisbos de algo que sus padres nunca podrían comprender, y por supuesto, la policía... la policía blanca.

Un coche patrulla aminoró un poco para estudiar mi perfil, pero luego siguió adelante.

Ir solo y bajo el sol de última hora de la mañana era lo único que me salvaba de un acoso inmediato. Más de un negro en un barrio blanco en 1967 era una invitación a la pelea o al abuso policial.

Llegué a la puerta principal del edificio de pisos preguntándome si la serie de mentiras que había tramado conseguirían que sorteara el obstáculo al que llevo enfrentándome desde los ocho años.

Le diría a Hight que había visto sus medallas y las había buscado y había encontrado su dirección de ese modo. Le diría que había encontrado a Navidad, pero que éste casi me mata. Que tenía miedo de volver a mi despacho, y no sabía cómo ponerme en contacto con su capitán. Daría confianza al antiguo PM y luego, cuando éste bajara la guardia, sacaría la pistola y conseguiría que me pusiera al tanto de lo que estaba haciendo.

No era un plan perfecto, pero cuadraba bien con mi estado mental, y mi necesidad de dar salida a toda la ira que me llenaba.

Un hombre blanco grande, de aspecto poderoso, con un pelo muy largo, rubio y sucio que flotaba desde su cabeza y su mandíbula, se colocó ante las escaleras para impedirme el acceso al edificio. Llevaba migas y pelos enredados en la barba. Olía a sudor y a incienso. Los leves vapores del alcohol se elevaban a su alrededor, igual que una enorme y perezosa mosca.

—¿Qué se le ofrece? —me preguntó con un acento de Texas que me llegó hasta la suela de los zapatos. Luego me empezó a doler el testículo derecho y supe que mi mente se estaba preparando para la guerra.

—Busco a Tomas —dije, como si no estuviera preparándome para matar a aquella enorme aberración del movimiento hippie.

—¿Y quién cojones eres tú?

—¿Por qué no se lo preguntamos a Tomas? —le contesté yo con displicencia.

—¿Me estás tomando el pelo, negro?

—Si quisiera tomarte el pelo, hermano —le dije con la misma ligereza—, ni siquiera te darías cuenta.

—¿Cómo?

Me llevé la mano derecha al bolsillo intentando imaginar que era el Ratón y dije:

—Apartáte de mi camino de una puta vez o te mato aquí mismo.

En algún lugar en el interior del mecanismo de mi mente encontré la voluntad y la temeridad para matar al hombre que se había apropiado del lenguaje transformado por mi propia gente para amenazarme con él.

Sus ojos de un azul porcelana vacilaron. Estaba acostumbrado a ser el más chulo, pero también sabía lo que yo tenía en mi bolsillo. Lo sabía, y yo sabía que él lo sabía, y por tanto, se apartó a un lado y me dejó pasar escaleras abajo.

Después de aquella representación yo supe que no tenía demasiado tiempo. Fui a los buzones de correos, fijé mi atención en T HIGHT y subí a la carrera los tres pisos de escaleras hasta el apartamento 4C.

La puerta era una combinación imposible de rosa y lima con un pomo lacado de aspecto oxidado. Imaginé que el centinela de la melena estaba reuniendo a su tribu para darle una lección a todo mi pueblo a través de mi ejemplo.

Llamé y antes de que tuvieran tiempo de responder, volví a llamar de nuevo. Llegó un sonido de abajo. Volví a llamar una vez más. Voces de hombres, voces airadas, subían por las escaleras.

Intenté forzar el pomo, pero no se movía. Probé a llamar de nuevo, mientras buscaba a mi alrededor alguna posición adecuada para la defensa.

Estaba desesperado, pero aun en aquel momento era consciente de la ironía de la situación. Ahí estaba yo en busca de

Hight, queriendo echarme encima de él para ayudar a mi amigo, pero al mismo tiempo llamaba a su puerta con la esperanza
de que me salvase de unos extraños a los que ya oía pronunciar
la palabra «negrata» mientras subían las escaleras.

Frente a la puerta de Hight había otra puerta algo inserta-
da en la pared, sin número de apartamento en ella. Debía de ser
una habitación de almacenaje, o quizás el conducto de servicio
del portero. Estaba sólo a unos centímetros de la protección,
pero crucé ese camino.

Mis perseguidores estaban sólo a medio tramo de escaleras
de distancia cuando yo saqué la pistola y me apreté contra
aquella entrada sin nombre.

Estaba dispuesto a salir de allí protegiéndome cuando de
pronto se me ocurrió una idea.

Se me ocurrió que yo no sólo era la víctima de aquellos
hombres, sino también del condicionamiento que me hacía esperar a que ellos vinieran antes de actuar yo mismo. Estaba seguro de que un grupo de cuatro o cinco hombres subía aquellas
escaleras para causarme un grave daño corporal.

Yo era inocente de cualquier delito que pudiese provocar
aquel ataque. ¿Por qué esconderme en un rincón dándoles ventaja, en lugar de bajar corriendo entre ellos, disparando mi pistola?

Yo actuaba como un hombre culpable, aunque en realidad no
lo era. Me estaba mostrando defensivo cuando en realidad debía
sentirme ofendido. Tenía seis balas y estaba entrenado para hacer lo necesario.

La decisión de matar a aquellos hombres llegó sin temor a
la ley, o a la prisión, o a la muerte.

Estaba a punto de bajar corriendo y disparando. El grito de
guerra ya se formaba en mi garganta.

Cuando la puerta del 4C se abrió, cambié tan rápido de
marcha que me quedé un momento confuso. Me metí la pistola en el bolsillo y al momento el hombre de pelo oscuro apareció en la puerta. Medio segundo después, el hombre del pelo
largo a quien había amenazado aparecía también en la parte
superior de las escaleras.

—Aquí está. —Pelo Largo me señaló con un dedo nudoso y
manchado por los cigarrillos.

Se oyeron otros sonidos de rabia e indignación, procedentes de las gargantas de otros hombres a los que no conocía.

—¡Tomas Hight! —grité yo.

El hombre blanco que salía del apartamento era alto y fuerte. Llevaba el pelo de un color castaño oscuro muy corto, pero
no al estilo militar. Sus ojos negros me estudiaron brevemente
y luego se volvió a los cinco hombres que venían a por mí.

—¿Qué pasa, Roger? —preguntó el hombre a mi rubio y
hasta entonces innominado archienemigo.

—Ese negro me ha insultado y me ha amenazado —replicó Roger.

Unos cuantos amigos suyos accedieron, aunque no habían
presenciado nuestro encuentro.

—¿Y has traído a toda esta gente sólo por un negro? —le
preguntó el otro, poniendo un extraño énfasis en la última palabra.

—Decía que te buscaba —dijo Roger, intentando atraer a su
bando a un nuevo jugador.

—¿Me está buscando? —me preguntó Tomas Hight.

—Quiero hablar con usted acerca de otro PM —le dije—.
Un tal Glen Thorn.

Tomas guiñó los ojos como si le doliese, y luego se volvió
hacia Roger y el grupito, repentinamente dócil.

—Este hombre y yo tenemos que tratar unos asuntos
—dijo Tomas—. Así que largaos de aquí y dejadnos solos.

—Pero tiene un arma —dijo Roger, con un último y desesperado intento de dar la vuelta a la marea de su posible venganza.

—Entonces probablemente acabo de salvarte la vida —exclamó Tomas.

Y era cierto. Hasta Roger pareció comprender que perse-
guir a un hombre armado y acorralarlo en un rincón era una
forma de actuar muy estúpida.

—Vamos, entre —me dijo Tomas.

Me alegré de que no fuese el hombre que andaba buscando.
Y me sentí feliz de que fuera el hombre a quien había encontrado.

$\mathcal{T}$omas Hight vivía en un estudio de un solo ambiente. Las paredes estaban pintadas de un color fucsia claro, y los muebles sobre todo eran color verde bosque y de madera oscura. No había lecho alguno a la vista, de modo que me imaginé que el sofá era también cama. Vi un casco amarillo colocado encima de la mesa de roble con dos periódicos debajo.

Hight llevaba una camiseta blanca y unos vaqueros negros. Iba descalzo y era mi héroe.

—¿Lleva usted un arma? —me preguntó.

Le tendí mi licencia de detective privado. La examinó, me la devolvió y me volvió a preguntar:

—¿Lleva un arma?

Yo asentí.

—Pero no he venido aquí buscando problemas.

Vale la pena explicar la complejidad de mis sentimientos, en aquellos momentos. Tomas Hight era el hombre blanco por excelencia, el hombre blanco que quieren ser todos los hombres blancos. Era alto, guapo, fuerte y sobrio, pero dispuesto a la acción. Me había salvado el culo de una buena paliza o de la cámara de gas, e incluso me había dejado entrar en su casa, al final, aunque yo podía ir armado, ser peligroso y depravado. Sentía gratitud hacia él, pero al mismo tiempo sentía también que él era todo lo que se interponía en el camino de mi libertad, mi hombría y la liberación final de mi pueblo. Si esos sentimientos en conflicto hubieran sido meteorológicos, habrían conjurado un tornado en aquel pequeño apartamento.

Unido a mis ambivalentes sentimientos se encontraba el profundo deseo que anidaba en mí de respetar y admirar a aquel hombre, no por quién fuera Tomas Hight o lo que hubiese hecho, sino porque era el héroe de todas las películas, libros, programas de televisión, periódicos, clases y elecciones que yo había presenciado en mis cuarenta y siete años de edad. Yo estaba condicionado para estimar a aquel hombre, y me resultaba odioso ese hecho. Al mismo tiempo, el hombre que se encontraba ante mí en realidad me había hecho un inmenso favor, y sin coerción alguna. Le debía respeto y admiración. Era una deuda amarga.

Mis dos estados mentales chocaban uno contra otro y yo estaba algo aturdido. Eso y la adrenalina de mi reciente experiencia casi mortal explican mi franqueza en la conversación que tuvimos a continuación.

—¿Y qué tengo yo que ver con Glen Thorn? —me preguntó Tomas Hight.

—¿Puedo sentarme?

Él señaló hacia el sofá y cogió una silla de roble de debajo de su mesa multiusos. Me senté esperando que al relajarse la tensión de mis piernas pudiera pensar con más claridad, pero no fue así.

—¿Glen Thorn? —me pinchó Hight.

—Me han contratado para encontrar a un hombre llamado Navidad Black —expliqué—. Era un boina verde, tenía el cargo de mayor, pero dejó el servicio armado por motivos políticos. Le estaba buscando cuando tres soldados, u hombres vestidos de soldados, me sorprendieron e intentaron obligarme a que encontrara a Black.

—¿Uno de esos hombres era Thorn?

—Eso creo.

—¿Y dice que fingían ser soldados? —preguntó Hight—. ¿Por qué no se creyó lo del uniforme?

Si no me hubiese salvado la vida, podría haberle dado una lista de razones sin sentido alguno, pero le respondí:

—Cuando dijeron que tenía que buscar a Black por cuenta de ellos, les hice saber que yo cobro trescientos dólares por una semana de trabajo...

—¡Trescientos dólares!

—Los detectives no trabajan todas las semanas, pero tienen que pagar las facturas igualmente —expliqué—. El caso es que me pagaron al momento: me dieron tres billetes nuevos de cien dólares.

101

Hight también era listo. Asintió como demostrándome que sabía que ningún soldado, ni siquiera un general, saca billetes de ésos.

—¿Y cómo me ha encontrado? —me preguntó.

Le expliqué lo de las medallas y la biblioteca.

—Realmente es usted detective... —dijo con admiración.

Yo no quería su aprobación, pero al mismo tiempo era lo más importante del mundo para mí tenerla.

—¿Sirvió usted con Thorn? —le pregunté, para evitar pegarle un tiro a Hight o a mí mismo.

Hight se echó atrás en la silla y frunció el ceño. Algo tramaba; algo que llevaba ya rato fermentando, antes incluso de que yo llegase ante su puerta.

—Yo trabajaba con una unidad de PM que custodiaba un almacén donde guardábamos envíos de suministros que procedían de aquí y de otros lugares. Éramos guardianes, ya sabe. Nos asegurábamos de que los del mercado negro no pusieran las manos en nuestros artículos.

Mientras yo me sentía incómodo conmigo mismo, Tomas Hight estaba absolutamente seguro de sus objetivos y de su lugar en el mundo. Había hecho lo correcto en Vietnam, aunque Vietnam fuera un error. Hizo lo correcto en la entrada de la casa; no importaba que yo no resultase merecedor de sus actos.

—¿Thorn trabajaba con usted? —le pregunté.

Observé que había una pequeña foto enmarcada encima de la mesita de centro. Era un marco de peltre antiguo con la fotografía de un niño de unos cinco o seis años de pie, muy erguido y sonriendo. Se encontraba delante de una pared de bloques de cemento rosa. El sol le daba en los ojos, pero aun así sonreía.

—Se hacía el enfermo —dijo Hight con una pequeña mueca de desdén—. Siempre desaparecía. Lo encontraron sacando una bolsa de un cajón de embalaje grande de vajilla que venía de Austin, una vez, y le arrestaron por contrabandista.

—¿Y qué había en la bolsa?

—No tengo la menor idea —dijo el héroe—. La confiscó el oficial al mando.

—¿Qué le ocurrió a Thorn?

—Nada. Nada en absoluto. Lo transfirieron a otra unidad,

y al cabo de seis semanas ya estaba en casa. Creo que incluso se licenció con honores. ¿Puede usted creerlo?

—No he creído otra cosa desde hace cuatrocientos años —dije.

—¿Cómo?

Me levanté, ya con las piernas firmes. Sabía algo más de mis «empleadores» y, aunque él no me hubiese comprendido, compartía una misma confusión con Tomas Hight.

El niño de la foto se parecía mucho a Hight, en pequeño. ¿Sería su hijo? ¿Su hermano? ¿Él mismo? ¿Por qué no tenía fotos de una novia, o de sus padres?

—¿Adónde va? —me preguntó.

—Abajo, a mi coche.

—Me disponía a ir al trabajo. Le acompaño.

Me di cuenta de que no podía escapar a la amabilidad de Tomas Hight. Iba bajando las escaleras a mi lado con su casco bajo el brazo porque sabía que Roger y sus amigos podían esperarme abajo. Me prestó su protección sin pensar siquiera en la raza ni en el hecho de que yo lo mereciera o no. Habría protegido a un falso enfermo del mismo modo.

Cuando llegamos ante mi coche nos estrechamos la mano.

—Tenga mucho cuidado con Thorn —me aconsejó—. Un par de amigos suyos de la PM fueron asesinados después de que se fuera. Y tampoco fue Charlie quien lo hizo.

$\mathcal{T}$omas Hight siguió en mi mente todo el camino de vuelta a la ciudad. Había salvado una vida en su casa, pero no necesariamente la mía, pues era igual de probable que uno o más de sus conocidos hubieran recibido un disparo.

Pensé en su apartamento de una sola habitación. Yo poseía dos casas y tres edificios de apartamentos, pero aun así sentía que él tenía mucho más que yo. Pensaba que era más heroico también, pero ¿no era yo acaso el que había plantado cara a aquellos hombres?

Es curioso que uno sepa algo y sin embargo no lo sienta, que uno pueda codiciar los bienes ajenos aunque ni se le ocurriría intercambiar el lugar de uno con el del otro.

La dirección que me había dado Tourmaline de Navidad Black estaba en la calle Gray. Era una sola manzana en una zona entre el barrio negro y el centro. Había almacenes y pequeños negocios de venta al por mayor en todo ese barrio sin urbanizar. El edificio que había enfrente de la casa de Navidad era Distribuciones Cairo Cane.

No había ni un alma a la vista. Esperé hasta media mañana para acudir a la puerta de Navidad, porque él no era el tipo de hombre a quien uno desea pillar por sorpresa. Black era un asesino al menos igual de competente que el Ratón. Además, estaba un poco loco y paranoico y, encima, tenía a gente persiguiéndolo.

Aparqué frente a Cairo Cane, pero no salí de inmediato del coche. La dirección de Black era una casita, y el patio que la rodeaba estaba pavimentado con cemento verde. También tenía un amago de porche, pero dudé de que hubiese sitio suficiente para un simple taburete en aquella estrecha franja de madera.

Unas macetas sin flores colgaban a ambos lados de la puerta principal.

Contemplé la casa durante cinco minutos, pero no pasó absolutamente nadie. El desastre en casa de Tomas Hight me había vuelto momentáneamente precavido. No quería salir huyendo de otra situación peligrosa y tenía que pensar qué le diría a Navidad cuando al fin lo encontrase.

Los minutos pasaron y mi confianza fue volviendo al fin.

Durante un rato olvidé la respuesta a la pregunta no formulada, enmarcada por una precaución temerosa. «¿Voy a morir?», se pregunta el mortal, por un temor compartido por todos los de su especie. «Sí, morirás», llega la respuesta, procedente de la infinita experiencia de nuestra raza. Yo podía resultar herido, pasar hambre, hacerme viejo, contraer alguna enfermedad fatal. Cuando mis hijos me planteaban esos temores, yo les decía que no se preocupasen, que no iba a ocurrir nada. Pero en la vida mi experiencia era otra. La única forma de acabar con el miedo era dejar de respirar, dejar de moverse... y allí estaba yo en una calle llamada Gray, bajo un sol resplandeciente y sin nadie a la vista.

105

La puerta principal estaba rota y la habían arreglado a toda prisa. No era un buen presagio. Crucé las manos y me dispuse a retroceder. Vacilé, pero mis pies seguían allí clavados en aquel seudoporche.

No tenía ningún otro sitio adonde ir. Si no quería ser detective, tenía que volver al Distrito Escolar de Los Ángeles y pedir que me readmitieran como portero de instituto. Seguro médico, jubilación, dos semanas de vacaciones...

Agarré el pomo con una mano enguantada e hice palanca en la puerta sin goznes. Así llegué a un vestíbulo. Aquel vestíbulo tan poco corriente era quizás el motivo por el que Navidad alquiló aquella casa. Cualquiera que intentase entrar quedaría obstaculizado por la nueva puerta y al mismo tiempo el ocupante quedaría advertido de la presencia de su atacante.

Volví a colocar la puerta delantera en su sitio y entré en el salón, abriendo también la segunda puerta.

Allí fue donde encontré el primer cuerpo.

En realidad tropecé con su pierna cuando buscaba el interruptor de la luz en la pared. Casi me caigo. Entonces agité la mano por encima de la cabeza y encontré la cadenilla de una lámpara suspendida. Cuando la luz se encendió me encontré mirando uno de los ojos grises y brillantes de Glen Thorn. El otro había quedado destruido por el picahielos que tenía alojado en el cráneo.

Miré rápidamente a mi alrededor en la pequeña habitación. El suelo era de madera de pino, sin alfombras, y había un par de sillas marrones tapizadas. Entre las sillas se veía una mesa redonda con un vaso de whisky encima. Por debajo de la mesa, ocupando la mayor parte del espacio en el suelo, se encontraba el cuerpo que en tiempos había albergado a Glen Thorn. No llevaba uniforme sino sólo unos pantalones negros, una camisa a cuadros rojos y negros y unas zapatillas de tenis como las de los niños.

También llevaba una pistola en la mano izquierda.

Lo único limpio que tenía aquel hombre, ahora lo sabía, era su aspecto. Yo había visto su sucia casa y la literatura que devoraba. Había que reconocerlo, su aspecto engañaba. Glen Thorn me había enseñado algo, y se merecía un último adiós.

Era una casita modesta con fachada de casa residencial. Atravesé la puerta siguiente y encontré otro cadáver. Éste era el segundo PM que acompañaba al hombre que se hacía llamar capitán Clarence Miles. El cadáver había sido estrangulado a mano; se notaban las marcas de los dedos en torno a su garganta y cuello. Mientras Glen no tenía expresión alguna en el rostro, los ojos y la boca de aquel otro hombre estaban distorsionados por el miedo. Yo también me habría asustado mucho si hubiese visto el rostro asesino de Navidad Black mientras me iba arrebatando poco a poco la vida.

Aquella habitación era una cocina, y el cuerpo que contenía, una adivinanza. ¿Cómo había podido Navidad Black, por muy eficiente que fuese, matar a dos soldados bien entrenados en dos habitaciones distintas, cuando seguramente estaba dentro de la casa? No había ningún sitio en el que ocultarse en la habitación donde murió Glen Thorn. Navidad no había tenido tiempo de saltar por una ventana y dar la vuelta. Y aunque hubiese usado ese truco, ¿por qué dejar un arma perfectamente útil en el ojo de su primera víctima, cuando podía haber otro asesino en la casa?

Entré en la siguiente habitación con creciente inquietud. Esperaba ver al capitán Miles, o quienquiera que fuese, en el suelo, con una flecha clavada en el pecho.

Pero el pequeño dormitorio estaba vacío. Sólo había un colchón en el suelo y una lámpara. La cama estaba bien hecha, al estilo militar, impecable. Había también una ventana, pero cerrada.

Busqué unas pistas que sabía que Navidad no habría dejado jamás, pero me sorprendí. Debajo del colchón encontré un folleto de Ahorros Beachland, en Santa Monica. Prometían un ventilador eléctrico gratis a cualquiera que abriera una cuenta por cien dólares o más.

Me guardé el folleto y volví a la habitación del muerto. Intenté imaginar al segundo PM llegando y siendo reducido por Black. Hasta el boina verde hubiese hecho algo de ruido matando a un hombre con las manos desnudas. ¿Y dónde estaba Thorn mientras ocurría todo eso? ¿Por qué matar al primer PM con el picahielos y luego encargarse del otro con las manos? ¿Por qué no usar un arma?

La única respuesta era que había dos hombres en la primera habitación cuando irrumpieron los PM. Uno de esos hombres, probablemente Navidad, fingió que huía a la cocina mientras su acompañante estaba acorralado en un rincón, como me ocurrió a mí en casa de Tomas Hight. Navidad agarró a su perseguidor en la cocina, o quizá se volvió y arrastró al desprevenido PM que iba tras él. El otro hombre, el acompañante de Navidad, atacó por sorpresa entonces a Glen Thorn, que debía de estar concentrado en Black, que huía. Glen recibió un picahielos en el ojo mientras estrangulaban a su amigo en la cocina.

Pero nada de esto me ayudaba. La única lección que se podía sacar de todo aquello era apartarme del camino de esa furia asesina. Pero aquel día no era buen alumno.

Υ

107

De camino a la salida miré a ambos lados de la calle y suspiré, aliviado por vivir en Los Ángeles, donde nunca había nadie en la calle que pudiera presenciar nada, ni siquiera a un hombre negro que salía de una casa con la puerta rota, tras la cual se escondía más destrucción de la que la mayoría de los angelinos vería jamás en toda su vida.

21

Saul Lynx había dicho a menudo que pensaba en mí como el detective a su pesar. Cuando le pregunté qué quería decir con eso me contestó:

—No es una profesión para ti. Sólo sales para ayudar a la gente, porque no te gusta lo que les ha ocurrido. Pero en realidad preferirías estar leyendo un libro.

—¿Y no preferiría todo el mundo ser rico a trabajar? —le pregunté.

—Eso dicen, pero la mayor parte de la gente que tiene un trabajo como el nuestro están en esto porque les gusta mirar por las cerraduras y mezclarse con la chusma.

Bueno, pues yo ya no era un detective a mi pesar. Me dirigía voluntariamente hacia un destino, aunque no tenía ni idea de dónde estaba ni de cuál era.

Durante algún tiempo el Ratón tuvo una novia llamada Lynne Hua, una belleza china que había aparecido en diversas películas y programas de televisión. Nunca llegó a tener papeles de más de dos líneas, a veces ni siquiera eso, pero era muy guapa y tenía trabajo regularmente. No quería casarse ni vivir con nadie, y por eso era la novia perfecta para el Ratón, que tenía el problema perenne de que sus amantes temporales querían sustituir a EttaMae y convertirse en la señora Ratón.

La compañera de Jesus, Benita, fue una de esas chicas en tiempos. Cuando ella quiso más atención por parte del Ratón él la dejó y ella se tomó cuarenta y siete pastillas para dormir. Después de llevarla al hospital para que expulsara las pastillas y curar su corazón, yo me la llevé a casa, donde Jesus empezó a cuidar de ella como había hecho con todos aquellos a los que había ido recogiendo.

Iba de camino desde el centro de Los Ángeles a Santa Mónica cuando pensé en Lynne. Salí de la autopista en La Brea y me dirigí hacia el norte, a Olympic, donde ella vivía, en el tercer piso de un edificio de apartamentos estilo colonial.

Ya había ido a casa de Lynne antes, con Ray. Me había tomado un refresco con ellos antes de que fueran a no sé qué fiesta elegante de Hollywood. Quizá Lynne no fuese una estrella, pero tampoco tenía que preocuparse porque la gente del cine se sintiera desconcertada por el hecho de que fuera con un hombre negro. A nadie salvo a sus tías chinas les preocupaba que saliera con Ray.

La escalera era externa y de color óxido, y conducía hacia arriba en una espiral cerrada. Cuando llegué ante su puerta me detuve y me pregunté qué diría si encontraba allí al Ratón. A él no le gustaría que yo estuviera intentando encontrarle por Etta. No, ese no era el enfoque adecuado. Yo necesitaba ayuda a causa de Navidad, eso es lo que diría.

Me abrió vestida con un corto quimono de seda roja sin nada debajo. Iba maquillada y llevaba un martini en la mano. Por un momento pensé que había encontrado a mi amigo descarriado.

Sus labios dijeron: «hola, Easy», pero el tono de su voz y su sonrisa decían: «me pregunto por qué habrás venido tú solo».

—Hola, Lynne —le dije yo, respondiendo a sus palabras—. Busco al Ratón —añadí, replicando a su insinuación.

—No está aquí. Pero ¿por qué no pasa? No me gusta nada beber sola.

La habitación principal del apartamento de Lynne era su salón, un espacio grande y octogonal con un ventanal que ocupaba casi toda la pared y que daba a las colinas de Hollywood. Había estanterías con libros en todas las paredes, y un sofá amarillo perfectamente redondo, de dos metros y medio de diámetro, descentrado con mucha gracia.

—¿Zumo de sandía y vodka? —me ofreció.

—Ahora no bebo —dije, aunque sí que quería.

—Vamos, siéntese.

Ella se dejó caer incitadoramente en el sofá, y yo me senté junto a ella, como un colegial con picores.

—No he visto a Raymond desde hace una semana —dijo Lynne, haciendo un pequeño puchero.

—¿Sabe dónde ha estado?

—No. Decía que tenía varios negocios. Eso significa que no quería que le preguntara adónde iba o cuándo volvería.

—¿Estaba preocupado?

—Nunca se preocupa. Nunca se asusta por nada. Yo ya sé que es malo enamorarse de un hombre así. —Ella estaba apoyada en la espalda, mirándome a los ojos. Yo veía con toda claridad su pecho izquierdo, y ella notaba que lo miraba—. ¿Ha vuelto su novia? —me preguntó, incorporándose. Su cabello negro cayó en torno a ambos lados de su cara.

—Se va a casar.

Una combinación de travesura y tristeza se fue formando en el bello rostro de Lynne.

—Lo siento muchísimo —dijo—. ¿Puedo hacer algo por usted?

Me tocó el antebrazo izquierdo con la yema de los dedos.

—Sí. Sí que podría.

—¿El qué? —me preguntó, esbozando una sonrisa cómplice.

—Vaya a ponerse algo para que yo no pierda la cabeza y nos maten a los dos.

Esto trajo consigo una serie de cambios en aquella actriz. Primero su rostro se tensó, luego se puso en pie y asintió con la cabeza. Mientras se alejaba por la habitación me pregunté si comprendía algo en realidad de las mujeres... y de los hombres.

Fui hacia las estanterías y empecé a examinar los títulos de los libros, que eran eclécticos. Había un libro de texto de física junto a *Moby Dick*; libros en francés, inglés, chino y español; una guía para hacer punto. Después de ver los distintos títulos e idiomas pensé que los libros no eran más que una decoración del diseñador, un contrapeso para la carga erótica de la sala, pero luego me di cuenta de que estaban colocados por orden alfabético, por título.

Mientras me preguntaba por su biblioteca, Lynne Hua volvió. Ahora llevaba una falda de colegiala a cuadros verdes y blancos y una blusa blanca abrochada hasta la garganta. Incluso llevaba zapatos negros y calcetines tobilleros blancos.

Su sonrisa parecía hacer esfuerzos por reprimir algo de sorna. Se sentó y yo también me senté.

—Lo siento —me dijo—. No he trabajado desde hace un tiempo y Raymond se ha ido, no sé por cuánto tiempo. A veces bebo demasiado.

Ya tenía toda la información que necesitaba de ella, pero no podía salir sin más después de hacer que se vistiera.

—¿No tiene trabajo? —le pregunté.

—Estaba esperando a empezar con uno.

—¿Y cuál es?

La sorna semioculta fue desapareciendo.

—Una nueva serie de televisión llamada *Mi padre es soltero*, que se supone que saldrá en antena este otoño. Yo tengo un papel que aparece regularmente.

—¿Y de qué trata?

—Usted sel homble muy estlaño, señol Lawlins. Yo chica chinita hablo lalo, palezco patito feo junto a blanco cisne. —Representó el papel para mí y yo sonreí con compasión.

—Oh.

—Pagan bien —dijo—. El papá soltero tiene un criado chino que le cuida a los niños. El criado, Ralph, tiene una novia que siempre le está chillando e insultando en chino. Es lo único que hace. Él le dice algo y ella le chilla. Salgo una vez cada tres semanas para hacer eso, y ellos me pagan el alquiler.

—Pero ¿por qué hablan de una mujer tan guapa como usted como si fuera una mujer fea? —pregunté.

—A usted le parezco fea... —dijo.

—Sabe que eso no es cierto. Me parece tan guapa que tengo que cruzar las piernas para mantener la decencia. Lo que pasa es que Ray es amigo mío, y como bien ha dicho, es un hombre muy serio.

La sonrisa que mostró ante la insinuación de la muerte era todo lo que yo necesitaba saber de Lynne Hua.

—Mamadas —dijo.

—¿Cómo dice?

—Hago unas mamadas estupendas. Hay un tipo que hace cástings para anuncios y que actúa como si fuera agente mío porque sabe que si consigo un trabajo, él obtiene una recompensa.

Ella intentaba epatarme y lo consiguió. No es que me sorprendiera lo que podía hacer un hombre por conseguir que una mujer se arrodillara ante él, pero me sorprendió que ella lo admitiera tan despreocupadamente.

—¿Le he escandalizado, señor Rawlins?

—No... En realidad, sí.

—¿No cree que una mujer tenga que hacer esas cosas para salir adelante?

—Ah, no, sí, sí, claro que tienen que hacerlas. No es eso —dije—. Es el hecho de que me lo cuente.

—¿Cree que debería contarle a Raymond lo que hago para conseguir trabajo?

—No. Sólo me preguntaba por qué me lo cuenta a mí.

—Tengo que explicárselo a alguien. —Su rostro aparecía completamente serio y con un aspecto honrado. Las palabras que decía, de eso estaba seguro, eran la pura verdad.

—Pero ¿por qué yo?

—Porque —dijo Lynne—, Raymond dice que usted es el hombre más fiable que ha conocido en su vida. Dice que a Easy se le puede contar cualquier cosa. Dice que es como tirar un arma homicida en la parte más profunda del océano.

El zumo de sandía con vodka era su receta para los momentos de soledad. Simplemente, coincidió que yo pasé por allí cuando ella estaba bajo el influjo de su medicina.

—Y por eso quería hacer el amor con usted —dijo.

—¿Por qué?

—Pensaba que después podría contarle lo que hacía, que usted me perdonaría y que guardaría mi secreto. Pero ni siquiera he tenido que hacerlo, ¿verdad?

Tendí una mano hacia ella y ella me envolvió entre sus brazos. Nos quedamos un momento sujetos en aquel abrazo. Yo le besé la coronilla y le apreté el hombro. Cuando nos soltamos le pregunté:

—¿Cómo haría para encontrar al Ratón si tuviera que hacerlo, Lynne?

—Mama Jo.

Por supuesto.

22

*D*espués de dejar el barrio de Lynne tomé Olympic y bajé hacia Santa Monica. De camino intenté resolver las diferencias entre gente como la actriz china y Tomas Hight. Lynne vivía una vida emocionante, dividida entre gángsters negros y las fiestas elegantes de Hollywood. Era una mujer bien educada, me parecía a mí, y radiante como un día sin nubes en el desierto de Palm Springs. Tomas, por otra parte, no tenía demasiado... ni quizá comprendiera gran cosa. Lo único que tenía era un trabajo en la construcción y la habitación en la que vivía. La diferencia era que Tomas podía ser un día presidente de Estados Unidos y lo único que podía esperar Lynne era hacerle una mamada al presidente.

Esa realidad no tenía nada que ver con ser negro ni moreno ni de color, ni llevar en uno mismo la herencia de la esclavitud. Lynne procedía de una cultura que se remontaba a mucho antes de que los colonizadores americanos hubieran empezado siquiera a especular.

Mientras daba vueltas a esos extraños pensamientos yo iba conduciendo y pasando junto a las palmeras, árboles coral, eucaliptos... todo un jardín botánico con árboles de todas las especies. Y también era Los Ángeles. Éramos un desierto con toda el agua que necesitábamos, un terreno de cultivo para las contradicciones de la naturaleza. Cualquier semilla, insecto, lagarto o mamífero que se encontraba en Los Ángeles tenía que creer que había una oportunidad de medrar. Vivir en el sur de California era como despertarse en un libro infantil titulado *Si puede ser, será*.

Pero el desierto nos esperaba a todos nosotros. Un día, el agua dejaría de manar y entonces los amos de toda aquella tierra reclamarían sus dominios.

Υ

Aparqué en Lincoln Boulevard, una manzana al norte de Olympic. Fui andando una manzana al este y llegué a Ahorros Beachland. El edificio tenía la forma de un pedazo de pastel, con cobertura por encima, y estaba en una esquina. La parte delantera era un amplio arco de cristal que revelaba las idas y venidas de la gente que acudía a consultar sus cuentas de ahorros o las cuentas especiales de Navidad.

Entré feliz por el hecho de que no era probable que encontrase a un militar muerto en aquel edificio; contento por seguir adelante, sencillamente.

Todavía llevaba el traje gris antracita y seguía estando presentable, pero aquello era Santa Monica, y toda la industria de aquel banco la llevaba gente blanca. Si yo hubiera entrado allí en 1964 habría sido una anomalía, algo fuera de lugar, obviamente, teniendo en cuenta por igual los rostros de empleados y clientes. Pero en 1967, dos años después de los tumultos de Watts, ya no era una simple anormalidad sino una amenaza.

—Perdóneme, señor —me dijo un guardia uniformado, acercándose a mí.

—¿Sí?

—¿Qué se le ofrece?

Era más bajo que yo, con la cara roja y los ojos claros. Había una certidumbre sólida en su mirada. Su cuerpo me decía que yo no podía seguir avanzando hasta que respondiera a su pregunta, y por tanto pensé las diferentes rutas que podía emprender hasta mi objetivo. Al cabo de un momento respondí:

—¿Todavía siguen regalando ventiladores aquí? En mi casa, ¿sabe usted?, hace tanto calor como en un horno. Mi novia quiere que ponga aire acondicionado, pero no es sólo lo que cuesta el aparato, sino también la electricidad que chupa eso.

—Tiene usted que abrir una cuenta nueva con un mínimo de cien dólares para conseguir un ventilador.

Saqué uno de los billetes de doscientos dólares que me quedaban todavía y se lo tendí, como si fuera el acomodador que tuviera que comprobar mi entrada para guiarme hasta mi asiento.

Él casi fue a coger el billete, pero luego recordó quién era y dónde estábamos. El resentimiento reemplazó a la indiferencia en su mirada. Las aletas de su nariz se hincharon un poco.

Esperó todo lo que pudo y luego hizo un gesto hacia la izquierda, donde una señora anciana y un hombre con un traje a cuadros se encontraban sentados en un banco de mármol, muy largo.

—Es usted el tercero de la cola —dijo el guardia, como si me recordara mi lugar en el diseño conjunto de las cosas.

Le di las gracias con una sonrisa y un movimiento de cabeza exagerado y luego fui a sentarme, y el hombre y la señora me ignoraron.

Frente a nosotros se encontraba una pared de pino tan delgada como el papel, de unos sesenta centímetros de alto y pintada de rojo. Detrás de aquella pared, dos empleados del banco estaban sentados detrás de dos escritorios de roble gemelos; un hombre con huesos de pájaro que llevaba unas gafas de montura verde y gruesos cristales junto a una rubia hollywoodiense muy vivaracha que podría estar representando el papel de empleada de préstamos en una película.

Ambos empleados se hallaban en animada conversación con los hombres que se sentaban frente a ellos. Observé la actuación de las personas sentadas allí. El empleado de las gafas verdes estaba abriendo una nueva cuenta, pero procedía como si todo fuera muy oficial. Comprobaba la identificación y estudiaba toda la información que había escrito en su formulario su cliente, un hombre con el pelo largo con unos pantalones cortados y una camiseta.

La otra empleada tenía una expresión triste. El hombre de negocios con el que hablaba había pedido un crédito que estaba en proceso de serle denegado. Él se mostraba agresivo, señalaba hacia sí mismo y hacia otras partes del banco. La mujer hacía un gesto de impotencia y conseguía fruncir el ceño y sonreír al mismo tiempo.

Me sentí atraído por su empatía por aquel cliente tan grosero. Podía oír su voz furibunda, aunque no entendía las palabras. Él discutía la autoridad de la mujer, pero ella no se enfadaba.

Supongo que la miraba cuando ella empezó a fijarse en mí.

Al principio fue sólo una mirada de refilón, pero al cabo de un rato ella se distrajo por completo. Nadie más lo habría notado. Ella todavía siguió mostrándose paciente con el hombre de negocios, todavía estaba sentada muy compuesta y perfecta para la cámara. Pero yo había captado que intentaba mirarme.

No era una situación inusual aquella en la que me encontraba. A menudo ponía incómodas a las mujeres blancas cuando me fijaba en ellas. A veces, incluso las veía pensar respuestas a las preguntas que sabían que yo pronunciaría si tenía ocasión, intentando ligármelas. Yo creía que había comprendido lo que ella pensaba, pero entonces la mujer levantó la vista y me miró de frente, directo a los ojos. Mostraba un interés sincero en mí, en el hecho de que estuviese allí, y comprendí lo que iba a pasar.

Ella miró al hombre de negocios y dijo algo categórico. Ya no sonreía, ya no se mostraba comprensiva. El hombre movió la cabeza como si le hubiesen abofeteado. Entonces se sentó erguido, muy tieso, pensando qué responder. Hubo un enfrentamiento momentáneo, pero luego el hombre se puso de pie y salió por la puerta de pino pintada de rojo y dejó el banco, evitando conscientemente el contacto visual con cualquier otra persona.

Yo le vi salir, notando que el traje azul que llevaba estaba muy raído, y que sus zapatos eran tan viejos que casi se habían amoldado por completo a la forma de sus pies.

117

—¿Señor?

La empleada rubia estaba de pie ante mí. Tenía una figura que hacía desviar la vista por pudor. Sólo apareciendo de pie ante mí ya hizo que me sudaran las manos.

—Nosotros estábamos primero —dijo el hombre con el traje a cuadros. Llevaba bigote y tenía un tic en el párpado derecho. No había mirado antes su rostro, de modo que no sabía si el tic se debía al hecho de que la empleada viniera hacia mí o no.

—Estaremos con usted en cuanto podamos —dijo la curvilínea empleada. Y luego a mí—: Venga conmigo, señor.

Ocupé el lugar del hombre de negocios venido a menos y vi el nombre de la empleada en una placa: Faith Laneer.

—Gracias, señorita Laneer —le dije—. Pero ese caballero estaba antes que yo.

—El señor Green viene una vez a la semana a quejarse por el redondeo decimal de sus intereses —dijo ella con una voz muy agradable, sin prisas—. Le decimos que es política del banco redondear a la baja cuando los decimales son cinco o menos, pero él quiere discutir. Si su tiempo vale tan poco, quizá debería esperar hasta el final. En fin, ¿en qué puedo ayudarle, señor...?

—Rawlins. Ezequiel Rawlins.

La miré a los ojos para ver si conocía el nombre, pero no parecía ser así.

—¿Qué desea, señor Rawlins?

—Ese ventilador eléctrico —dije, sacando el folleto y señalando—: Mi novia dice que quiere aire acondicionado, pero...

Me detuve porque vi la desesperación en la expresión de Faith. Ella había visto algo en mí, y ahora resultaba ser otra cosa. Quizá yo fuese una amenaza, o simplemente un idiota buscando comida gratis.

La crisis no había llegado todavía, pero se encontraba cerca.

Yo coloqué mi mano sobre la suya y ella la cogió.

—Lo siento —dije—. No quería jugar con usted.

Aparté la mano y saqué mi cartera. La abrí y le mostré una fotografía de Amanecer de Pascua que la niña me había dado unos meses antes, el día de Acción de Gracias. Navidad llevaba a Pascua a un fotógrafo cada tres meses para que sus recuerdos estuviesen bien documentados.

—¿Conoce a esta niña? —pregunté.

Ella asintió, sin llorar.

—Su padre la dejó en mi casa hace tres días. Llevo todo este tiempo buscándole —le expliqué.

—¿Cómo me ha encontrado?

—Fui a dos casas donde había estado Navidad. En la segunda había un folleto de este banco; en la primera una foto suya de pie en un yate que se llamaba Zapatos nuevos...

—Ah. —Faith levantó la vista hacia el reloj y luego la bajó hacia sus manos.

Se estaba viniendo abajo justo ante mí. En cualquier momento se derrumbaría por completo.

—¿Por qué no salimos de aquí y vamos a ese restaurante que hay ahí enfrente? —sugerí—. Puede decirle a su jefe que necesita un pequeño descanso...

Ella asintió y yo me levanté. Me miró como si yo fuera

una secuoya, un árbol que vive entre la niebla, un árbol que jamás podría prosperar en un desierto aunque ese desierto estuviese inundado y cubierto por la dulce podredumbre de la corrupción.

119

23

*E*l restaurante podría haber sido diseñado por la misma empresa que construyó el banco. Cristal y cromo, linóleo rojo y vinilo era lo único que se veía por allí. Había un mostrador con catorce taburetes y seis mesas a lo largo de la cristalera. Me senté en la mesa del rincón, la que estaba más lejos de la pared con ventanales. Una camarera con los ojos rojos, la cara roja y el pelo rojo, de unos treinta y tantos años, se acercó a mí y me dijo:

—Lo siento, cariño, pero las mesas son para dos personas o más.

El nombre que se leía en su etiqueta era RILLA.

—Mi amiga vendrá del banco dentro de un minuto —dije—. Quiere un trozo de tarta helada de fresa y un café. Yo tomaré lo mismo, pero sin la tarta de fresa.

Eso hizo sonreír a la camarera de dura vida. Me mostró sus dientes amarillos y salientes y dijo:

—Yo tuve un novio como tú allí en San Diego, una vez. Jugaba tan bien con las palabras y me hacía reír tanto que incluso cuando me robó el dinero y el coche seguí pensando que casi valió la pena.

—Eso nunca se sabe —dije yo—. Y él no supo lo que se perdía.

Su sonrisa se ensanchó, mientras movía la cabeza como si asintiera.

Miré a Rilla pensando en las miles de especies de árboles que proliferaban bajo el sol del sur de California. No se pueden contar porque cada día aparece una nueva. Hay más tipos de personas que de árboles en Los Ángeles. Rilla, con su uniforme de cuadros azules y blancos, y yo con mi traje color antracita, éramos semillas análogas traídas por el viento desde lejos. Pensar aquello aligeraba mi espíritu.

La camarera se habría quedado un rato más a ver qué gemas podía obsequiarle, pero entonces entró Faith Laneer. Yo levanté la vista y Rilla se volvió.

—Aquí, señorita —dijo la mujer rojo sobre rojo—. Este hombre es una risa por minuto.

Faith intentó sonreír, pero sólo consiguió que pareciera que sentía náuseas. Rilla la miró y meneó de nuevo la cabeza.

—Cuídela ahora usted, Groucho —me dijo la camarera.

Me pareció un anuncio, un pronunciamiento de la deidad que yo imaginaba que sólo aparece de vez en cuando para aconsejarnos y contemplar nuestros errores.

Rilla se fue y Faith se dirigió hacia mí. Estaba destrozada. No era un estado de ánimo que la hubiese invadido de pronto; yo podía leer su historia en las arrugas en torno a sus ojos y el declive de sus hombros.

—¿Qué ha ocurrido? —le pregunté.

Ella consiguió levantar la mirada, pero no le salieron las palabras. Envidié su habilidad para trabajar tan amigablemente cuando soportaba al mismo tiempo aquel peso.

—Lo siento —dije—. Sé que deben de ser malas noticias lo que la trae aquí. Quiero decir que conseguir que Navidad se aparte de Amanecer de Pascua es algo muy serio en sí mismo.

Había algo etéreo en Laneer. Su mente parecía presionar la mía mientras me miraba, preguntándose cómo podía yo comprender su dolor. Me sentí atraído hacia ella como un animal que huele el agua y recuerda vagamente su propia infancia distante, jugueteando con sus gruñones hermanos y hermanas cachorros, desaparecidos hace muchas estaciones.

Aquel fue un momento especial para mí... O quizá no, quizá no fuese un acontecimiento fundamental, sino un momento en el que contemplar en qué me había convertido. Mientras Faith me examinaba buscando fuerza y lealtad, yo la contemplé pensando en Bonnie Shay. Faith tenía aquel aura a su alrededor, la misma que Bonnie. Sentado allí, sintiendo lo que había desaparecido de mi vida hacía tanto tiempo, comprendí que ya no podía vivir más sin Bonnie. No importaba que hubiese estado con otro hombre, no importaba mi masculinidad, ni mi rabia. O bien volvía con ella o, de una manera u otra, yo acabaría por morir.

121

—Aquí tienen —dijo Rilla, poniendo dos cafés y una porción obscenamente grande de tarta helada de fresa en la mesa.

—Yo no he pedido esto —dijo Faith.

—El hombre simpático lo pidió —le informó Rilla.

Faith se volvió hacia mí mientras Rilla se iba. Desapareció una barrera de los ojos azules de la empleada bancaria, y sonrió, por el hecho de que yo hubiese pedido algo dulce para que se sintiera mejor. Resulta divertido cómo inventamos las verdades sobre las personas.

—¿Ha oído hablar alguna vez de las Hermanas de la Salvación? —me preguntó ella.

—No, de las hermanas no, sólo del Ejército.

—Éramos... somos un grupo de antiguas monjas de diferentes denominaciones y religiones que se unen para ayudar a las mujeres en todo el mundo. Tenemos una misión en Vietnam. Yo trabajé allí tres años y medio. Llevaba un orfanato a las afueras de Saigón.

—Eso es más que un trabajo —dije yo.

—Navidad me trajo a Pascua después de masacrar a diecisiete civiles junto a la zona desmilitarizada. Venía a visitarla siempre que podía, y me confesó en qué se había convertido, cómo le habían transformado los militares.

»Lo pasó muy mal. Pensó en unirse a las fuerzas de Ho Chi Min o matarse para expiar sus crímenes. Al cabo de unos pocos meses le convencí de que adoptase a Amanecer de Pascua. Le dije que ambos se podrían salvar el uno al otro, y supongo que así ha sido... al menos hasta ahora.

La mayoría de las bellezas se evaporan cuando se examinan más de cerca. Unos rasgos algo bastos, unas peculiaridades que no se habían notado, dientes falsos, cicatrices, embriaguez o simplemente tontería; existen un montón de defectos que podemos obviar a primera vista. Esas imperfecciones son las que llegamos a amar con el tiempo. Nos vemos atraídos por la ilusión, pero nos quedamos por la realidad que es la que construye a la mujer. Pero Faith no sufría bajo la luz del más severo escrutinio. Su piel y sus ojos, la forma de moverse, aun bajo el peso de sus temores, eran... impecables.

—Pero el problema ahora no es Navidad, ¿no?

—No —afirmó ella.

Esperé más, pero no estaba demasiado comunicativa.

—Veo que llevaba usted un anillo de boda no hace demasiado tiempo —dije.

Ella se cubrió la marca más clara del dedo anular con la mano derecha mientras el café se enfriaba y el helado se derretía.

—Craig —dijo—. Era farmacéutico del ejército. Trabajaba en un transporte aéreo, preparando medicinas. Le conocí y... le convencí para que donase algunas pastillas y medicamentos para los niños que yo cuidaba.

—¿Y dónde está Craig ahora?

Sucedía algo extraño con el tiempo mientras estábamos allí los dos sentados. Había algo extraño en mí. Yo era el animal que olía un lago lejano. Rilla y yo éramos los cachorros que en tiempos jugábamos juntos, inconscientes de los peligros a los que íbamos a enfrentarnos, y Faith era el ser que nos cuidaba. Yo sentía ansia de ella. Me acerqué unos centímetros por encima de la mesa. Los minutos no pasaron, sino que se acumularon a nuestro alrededor, esperando una señal para seguir su mecánico camino.

—Se me ofreció la posibilidad de traer a todos mis niños de vuelta a Estados Unidos para buscarles unos padres adoptivos. Craig me pidió que me casara con él. —Faith enlazó sus ojos con los míos—. Era un hombre débil, señor Rawlins. Quería que todo el mundo le quisiera y le respetara. Alardeaba y fanfarroneaba, pero no era un mal hombre.

No «era».

—Así que usted volvió a América y trajo a sus huérfanos —dije—, y a su reciente marido.

—Encontramos un hogar para todos ellos, y luego Craig compró una casa enorme para nosotros en Bel Air.

—Guau —dije yo—. Débil pero rico.

—Él y otro hombre habían hecho un trato con un señor de la guerra en Camboya. Sacaban heroína de Vietnam y la distribuían en Los Ángeles y otras ciudades. Cuando me enteré de que vendía droga, le dije a Craig que yo no lo toleraba, y que tenía que dejar de hacerlo. Él me explicó que necesitaba tiempo para salir de aquello, y le dejé.

Ella me miraba a la cara, pero veía las imágenes de su marido y la elección que ella había hecho.

123

—Fui a casa de una amiga en Culver City y le dije a Craig dónde estaba. A la mañana siguiente leí el periódico y vi una foto suya en la página tres. Decía que le habían encontrado torturado y asesinado y que yo había desaparecido. Me levanté de la mesa y la ventana del comedor estalló en mil pedazos. Alguien me disparó. Salí corriendo y seguí sin parar durante dos días. Estaba fuera de mí...

—¿Llamó usted a la policía?

—No.

—¿Por qué?

—En el artículo del periódico parecía que yo era culpable. Nuestros vecinos dijeron que nosotros discutíamos, y yo estaba muy preocupada, porque los hombres que le habían matado a él eran del ejército. Pensé que me arrestarían y me matarían. Ya sabe lo que ocurría siempre en Saigón.

Entonces le cogí la mano. Me pareció que era lo que debía hacer.

—Me alojé en un motel tres días —continuó ella—, hasta que pensé en Navidad. Me sabía su número de memoria porque le llamaba cada semana para saludarle y para ver qué tal le iba a Pascua. Ella es una niña muy especial. Entonces él vino y me sacó de allí. Al cabo de unos pocos días me instaló en un apartamento en Venice.

—Quiero creer todo esto —le dije—, pero no entiendo lo de Pascua. Ella le vio en el coche con Navidad, pero no la reconoció.

—Era un bebé cuando él se la llevó. No se acuerda de mí, y debido a las circunstancias de la muerte de sus padres decidimos no contarle demasiadas cosas. Ella no me recordaba antes de que fuera a su casa en Riverside.

—¿Sabe quién ha intentado matarla? —le pregunté.

—No exactamente. Conocía a algunos de los hombres con los que estaba implicado Craig. Había un teniente de la Marina llamado Drake Bishop y un tipo al que llamaban Lodai. Y luego estaba aquel cabrón sonriente, Sammy Sansoam.

—¿Un hombre negro? —le pregunté—. ¿De un metro cincuenta y cinco más o menos?

—Sí. Craig me dijo que habían ganado miles de dólares. Supongo que intentaron matarme porque soy la única que sabe algo de ellos. Mataron a Craig porque yo intenté que les dejara.

La culpabilidad que sentía era tan intensa que hasta yo la notaba. Durante un momento sus sentimientos anegaron mi corazón roto.

—Los asesinos son ellos, no usted —dije, cogiéndole ambas manos.

—Ya lo sé —dijo.

Ella me agarró los dedos con tanta fuerza que me hacía daño. Me sentí muy feliz de darle una salida.

—¿Queréis algo más, chicos? —preguntó Rilla. Ninguno de los dos la había oído llegar.

—No —dije yo, dándome cuenta de que mi voz estaba empapada de emoción—. Eso es todo, Rilla. Gracias.

Rilla, mi antigua hermana cachorrilla, me miró con auténtica empatía. Dejó la nota de fino papel amarillo encima de la mesa de color rojo, diciendo:

—Pueden dejarlo aquí mismo.

Cuando se fue la camarera le pregunté a Faith:

—¿Sabe cómo puedo ponerme en contacto con Navidad?

—No.

—¿Puedo hacer algo por usted?

—Puede llevarme en coche a mi apartamento.

—¿No va a volver a trabajar?

—Le he dicho al jefe que venía a reunirme con usted, y me ha dicho que tenía que volver a mi puesto, así que me he despedido. Lo habría hecho pronto, de todos modos. Es demasiado duro fingir que todo va bien.

Faith tenía un apartamento que daba a un patio, junto a la playa, en Venice. La acompañé hasta la entrada, bastante apartada. Ella se volvió hacia mí. Me pareció que la cosa más fácil del mundo en aquel momento habría sido abrir aquella puerta de par en par, llevarla a través del umbral y hacerle el amor hasta que se pusiera el sol y luego saliera de nuevo. Esos pensamientos parecían estar en la mente de ambos, allí de pie.

—¿Navidad no le dio algo para los casos de emergencia? —le pregunté.

—Me dio un número para que le llamara —dijo ella, y lo recitó.

—Es mi teléfono —dije.

—Easy —dijo ella, levemente sorprendida—, la abreviatura de Ezekiel...

Maldita sea.

—¿Me llamará? —preguntó.

—Sí.

—¿Vendrá a visitarme?

—Claro que sí.

24

$\mathcal{F}$ui conduciendo largo rato sin otra cosa en mi mente que la rubia Faith. Ella se había dejado engañar por el poder de su propio compromiso con la vida. No sólo sabía lo que estaba bien, sino que hacía algo al respecto. Y ahora su caridad la había traicionado, su propio marido la había entregado a unos asesinos.

Al fin comprendía por qué Navidad había traído a Pascua a mi casa. Él también creía que los militares podían llegar hasta Faith, a pesar de la protección policial. Él iba detrás de aquellos hombres por su cuenta y, a juzgar por el recuento de cuerpos, estaba haciendo un buen trabajo.

Ya había resuelto el misterio. Conocía a los jugadores, sus motivos y los peligros que planteaban. Ahora la elección correcta consistía en ir a casa y quedarme con mi familia. Pero la idea de mi casa era como un ataúd para mí. Jesus y Benita cuidarían de los niños, y yo debía continuar mis investigaciones sin ningún motivo, simplemente para seguir con el impulso que ya llevaba.

Pero aun en aquel momento febril de mi vida no era tan estúpido como para creer que podía continuar mi camino sin apoyo. Así que me dirigí hacia Watts y luego lo atravesé camino de Compton, un barrio negro cada vez más poblado. Seguí circulando hasta que me encontré en una calle llamada Tucker, y la enfilé hasta que un callejón sin salida con unos aguacates me detuvo. Aparqué mitad en asfalto y mitad en tierra, salí del coche, me abrí camino entre las densas hojas y los arbustos espinosos hasta llegar a una puerta que parecía más bien un portal a otro mundo que la entrada a una casa. Ni siquiera se veía el edificio que había detrás, sólo árboles y hojas, la tierra bajo los pies y un trocito de cielo por encima.

«Pregúntale a Mama Jo», había dicho Lynne Hua.

Era una casa muy parecida a aquélla donde había vivido Mama Jo en las marismas junto a Pariah, Texas. No sé cómo pudo encontrar un lugar semejante en el sur de California. Parecía que lo hubiese conjurado y extraído de sus propios deseos espinosos.

Estaba a punto de llamar a la puerta cuando ésta se abrió. Alta, con la piel muy negra, sin edad, bella y resplandeciente de poder, Mama Jo me sonrió. Sospeché que había instalado algún tipo de alarma como la que empleaba Navidad Black, pero igual lo que ocurría es que era una auténtica bruja y era capaz de percibir cuándo se aproximaban aquellos que la amaban u odiaban.

—Te estaba esperando, Easy —me dijo.

Me pregunté qué quería decir con aquello. ¿Esperarme para qué?

Habíamos hecho el amor una vez, hacía décadas, cuando yo tenía diecinueve años y ella cuarenta. Ahora era quizás un par de centímetros más baja, y eso y unas cuantas canas habían marcado el paso de los años.

—Jo.

Ella me pasó un brazo por los hombros y me llevó hasta su cubil de bruja. El suelo era de tierra bien barrida, las paredes estaban forradas de estantes llenos de botes de cristal y porcelana que contenían hierbas y trozos de animales muertos. La chimenea en realidad era un hogar bajo donde se asaba un cerdo pequeño en un espetón. Por encima de aquel hogar se encontraba un estante que albergaba los cráneos de doce armadillos, seis a cada lado de una calavera humana: la prenda que conservaba Jo del padre de su hijo, ambos llamados Domaque.

—¿Qué tal está Dom? —le pregunté mientras me sentaba en el banco de madera ante su enorme mesa de ébano.

—En una comuna en el norte.

—¿Una comuna?

—Ajá. La llama la Ciudad del Sol —dijo Jo, mientras servía un poco del té que siempre tenía a punto en un lado del fuego—. Conoció a una chiquita en un picnic en el parque Griffith y ésta le pidió que se fuera a vivir con ella allí, junto a Big Sur. Un sitio muy bonito. Los niños que viven allí están intentando sacarse toda la locura ésta de los huesos. —Jo meneó la cabeza y sonrió al pensar en una tarea tan imposible como aquélla.

—¿Cuánto tiempo hacía que conocía a esa chica? —probé el oscuro brebaje. Los tés de Mama Jo eran medicinales y fuertes. Casi inmediatamente empecé a notar que mis músculos se relajaban.

—No más de un día, pero creo que ella le pidió que se fuera a vivir con él incluso antes de llevárselo a la cama.

—Qué rapidez, ¿no, Jo? —dije, disfrutando del flujo de las hierbas que entraban en mi organismo.

—El amor no responde al reloj, cariño —dijo, mirándome a los ojos.

Yo aparté la cara y di un buen trago.

Jo se sentó a mi lado en el banco. Su aliento calentó mis antebrazos y yo lamenté haber ido allí. Jo podía ser una bruja, eso no lo sabía, pero desde luego era botánica y física, y poseía una comprensión muy profunda de la naturaleza humana, de mi naturaleza.

Desde que le había pedido a Bonnie que se fuera, evitaba a Jo. Sabía que ella vería perfectamente el dolor que había provocado con mi estupidez.

—¿La has visto? —me preguntó Jo.

—No. Pero me ha llamado. Se va a casar con ese príncipe suyo.

—El hombre al que la empujaste.

—Sí, eso es.

Jo me miraba mientras yo contemplaba la tierra amarilla y dura sobre la que caminaba. Llevaba los pies descalzos, y las llamas de la chimenea proyectaban ondulaciones de luz de extraños colores en la habitación.

—Sabes que tenías que haber ido a buscarla, cariño —dijo Jo, después de largos minutos de silencio.

—Sí —asentí de nuevo—. Lo sé.

—El hombre no es hombre sin mujer y sin hijos que lo amen —dijo ella—. Tienes que recuperarla o dejarla ir.

Un chillido áspero retumbó en la habitación. Yo me puse de pie de un salto y *Blackie*, el cuervo doméstico de Jo, extendió las alas, alarmado. El pájaro de ébano estaba tan quieto en su rincón que ni siquiera lo había visto.

Me latía apresuradamente el corazón, y me encontré cansado, muy cansado.

—¿Has fabricado alguna vez pociones amorosas, Jo? —le pregunté a la bruja.

—Tú no necesitas ninguna pócima amorosa, Easy. Tú siempre has tenido mucho amor dentro, y ahora sabes cómo usarlo.

Me agaché en el banco, colocando los codos en las rodillas. Jo me puso la mano en la nuca como cuando hacíamos el amor, hacía mucho, mucho tiempo.

—Es como despertarse en una tumba poco honda, cariño —susurró—. Notas la tierra en la boca, y tienes tanto frío que ya ni siquiera te das cuenta. Quieres volver a dormirte, pero sabes que eso sólo atraerá la muerte.

—¿Y qué puedo hacer? —le pregunté.

—Lo que estás haciendo, hijo.

Me eché a reír.

—Lo que estoy haciendo es correr por ahí como un loco sin sentido —le conté.

—Tú siempre sabes lo que está bien, Easy —dijo ella, dulcemente—. Siempre. Si vas corriendo por ahí es que existe un motivo para ello, aunque no sepas ahora mismo cuál es.

Una conmoción suave pero espeluznante penetró en mi mente como un cable eléctrico cortado y suelto de su raíz. De repente conseguí orientarme. Sabía dónde estaba, y no me sentía nada feliz de encontrarme allí.

—Estoy buscando a Ray, Jo —le expliqué sin sentirme ya triste, ni con el corazón roto, ni inquieto.

—Vosotros dos siempre os andáis buscando el uno al otro —comentó ella, sabiamente—. No sé dónde está ahora mismo. Vino hace un par de semanas diciendo que se iba un tiempo... por negocios.

Ambos sabíamos lo que significaba aquello: en algún lugar, un banco o un coche blindado o una nómina iban a robar, o quizás hubiese un alma destinada a la muerte.

—Si se pone en contacto contigo, llámame —dije, levantándome y sintiéndome más fuerte.

Jo se levantó también y me besó con suavidad en los labios. Aquello me hizo sonreír, incluso reír.

—Tú sueles ver siempre la verdad —dijo—. Pero a veces eres como un hombre perdido en una isla, mirando por encima del mar hacia una costa lejana.

25

*Y*o comprendía perfectamente la verdad. Era como nadar en un lago pacífico y de repente ver los ojos diminutos de un cocodrilo que me observaban.

No fui corriendo a toda velocidad de vuelta a casa porque no quería que me detuviera la policía, y por tanto perder tiempo. Ver a Mama Jo siempre era una revelación. Por eso la gente se apartaba de ella. ¿Quién quiere saber la verdad? No el hombre condenado, ni la mujer moribunda, ni el niño que quedará huérfano.

Decidí, en algún rincón de mi mente, dejar a Bonnie en paz y seguir adelante. No iría a la boda. No lamentaría más mi pérdida. El mundo no giraba a mi alrededor, ni alrededor de mi sufrimiento.

Repasé mentalmente una lista de decisiones que había pospuesto el año anterior, sobre todo para no pensar en lo que podía haber ocurrido mientras yo me regodeaba como un cerdo en su pocilga.

Sammy Sansoam, conocido también como el capitán Clarence Miles, conocía mi nombre y la dirección de mi despacho.

Y aunque yo no aparecía en la guía, no le habría costado demasiado tiempo encontrar mi casa. Si sospechaba por algún motivo que era amigo de Navidad Black, vendría a verme. Jesus moriría protegiendo a Pascua, y también podían morir Feather y Benita.

Luchar contra los hombres que habían matado al marido de Faith era como luchar contra el crimen organizado o contra el FBI. Tenían unos recursos ilimitados y eran implacables.

Aparqué junto a la acera y salté del coche con la pistola en la mano. Corrí hacia la puerta principal, metí la llave en la cerradura y entré corriendo.

El cuerpo de Jesus parecía el de un muerto reciente, echado

en el sofá con los dedos de una mano rozando el suelo y la otra por encima de la frente. Tenía los ojos cerrados y en la sombra.

—¡Juice!

El cuerpo muerto abrió los ojos y se incorporó con una mirada inquisitiva.

—¿Qué pasa, papá? —preguntó.

Feather llegó corriendo con Pascua justo detrás de ella. Me retumbaba el corazón contra el pecho y la habitación me daba vueltas. Fui hasta el sofá y me dejé caer sentado mientras Jesus apartaba las piernas. Si no, me habría caído.

Sentado allí, intenté controlar la respiración, pero no pude. El corazón me latía tan rápido que creí que iba a morir allí mismo. Si hubiese habido whisky en la casa me lo habría bebido. Si hubiese habido opio en casa me lo habría tragado.

—¿Qué ocurre, papá? —preguntó Feather.

Ella se sentó a mi lado y me pasó las manos en torno al cuello, mientras Pascua se sentaba en el regazo de Jesus y me ponía las manos en el muslo.

Mi corazón seguía latiendo con fuerza, mientras tanto. Tenía las orejas calientes y quería matar a Clarence Miles.

«Todos los hombres son idiotas.» Aquellas palabras llegaron a mi mente pero no pude recordar dónde las había oído. El origen no importaba, porque lo que decían era cierto. Todos los hombres son idiotas, y yo el que más. Mis hijos podrían haber muerto mientras yo estaba por ahí comportándome como un niño.

Me levanté. Jesus se levantó también, cogiendo mi brazo derecho. Me metí el arma en el bolsillo y le dije:

—Coged todo lo que necesitéis y haced las maletas, nos vamos de viaje.

—¿Adónde vamos? —preguntó Feather.

—Nos vamos un tiempo. Hay unos hombres malos por ahí y quizá vengan aquí.

—Pero ¿por qué? —preguntó Benita.

Jesus se llevó a su compañera de la mano y la condujo hacia la habitación de atrás. Feather no necesitaba instrucciones. Pascua empezó a recoger sus cosas con precisión militar.

Yo respiré con fuerza. Era un idiota, sí, pero también afortunado. Esa idea me hizo llorar. Encendí un cigarrillo mientras Benita y Jesus discutían y las niñas hacían el equipaje. Quince

133

minutos después estábamos todos apiñados en el coche y yo
me dirigía hacia el mar.

Llegamos ante una puerta a media manzana del océano Pacífico, en una calle que se llamaba Ozone. Llamé a la puerta, toqué el timbre y volví a llamar con los nudillos. Jewelle abrió la
puerta con un vestido amarillo que realzaba a la perfección su
piel de un color marrón oscuro. A medida que pasaban los
años, la niña feúcha se había convertido en una joven de una
belleza sutil. Fue la amante del gerente de mis propiedades,
Mofass, hasta que éste murió heroicamente, y ahora estaba con
Jackson Blue, que era el hombre más listo y más cobarde que
yo conocía.

—Easy —dijo Jewelle, mirando a toda mi progenie, que me
rodeaba—. ¿Qué ocurre?

—Necesito ayuda, cariño. La necesito muchísimo.

Jewelle sonrió y yo recordé que ella experimentaba por mí
unos sentimientos que no tenía por ningún otro hombre. No
se sentía atraída sexualmente por mí, sino que teníamos una
conexión como la que una hija tiene con un padre.

—Vamos, pasad.

La entrada conducía a un largo tramo de escaleras que ba-
jaban a la distancia de dos pisos al apartamento de abajo. Los
techos eran de seis metros de alto por lo menos, y aquellas paredes estaban llenas de estanterías con libros desde el suelo
hasta el techo.

Jackson Blue había leído todos y cada uno de los libros de
aquellos estantes al menos un par de veces. Sólo guardaba los
libros que pensaba leer de nuevo, una y otra vez. Jewelle también se había introducido en la biblioteca de Jackson y tenía
largas discusiones con él sobre los sentidos y ramificaciones de
los textos. Jackson Blue era el primer hombre a quien conocía
que había demostrado ser más listo que ella, y le amaba por ese
hecho.

—Eh, Easy, ¿qué ocurre? —preguntó Jackson cuando llegamos al salón principal, al fondo de la larga escalera. Llevaba un

batín de casa de seda rojo oscuro, atado descuidadamente en torno a su esbelta cintura. Bostezaba, aunque ya estábamos a última hora de la tarde.

—¿Te he despertado? —le pregunté.

—Llevo los últimos tres días trabajando día y noche en Proxy Nine —explicó—. Estaban montando esa línea especial para pasar información por el teléfono, pero los técnicos no conseguían dejarla bien. He tenido que arremangarme yo mismo, ya sabes...

—¿Tú has instalado una línea de ordenador desde Francia? —le pregunté.

—Pues sí —suspiró Jackson. Era perezoso en todo, excepto mentalmente. El trabajo físico era una abominación para él, pero Emanuel Kant era pan comido.

—Pero si no estás preparado para hacer eso... —dije, no porque creyera que fuera verdad, sino para sacarlo de su estupor y poder pedirle ayuda.

—No seas tan duro, Easy —dijo—. Lo que me dio más problemas fue aprender francés para poder hablar con los técnicos extranjeros.

—¿Pero tú hablas francés? —le preguntó mi hija.

—*Oui, mademoiselle. Et tu?*

—*Un peu* —replicó ella, modesta.

—Jewelle, ¿puedes llevarte un rato a los chicos al patio? —le pedí—. Tengo que hablar con Jackson.

Feather, Jesus, Benita, Pascua y Essie siguieron a la dama de los inmuebles afuera, al jardín, al fondo de un patio muy bien cuidado.

Cuando se fueron le conté a Jackson lo que estaba pasando.

—Maldita sea, Easy —dijo cuando hube acabado—. ¿Por qué no haces nunca cosas sensatas? Mierda. ¿Crees que realmente podrían haber matado a los niños?

—Estoy seguro de que sí, tío. ¿Querrás cuidármelos?

—Claro. No hay problema. Quiero decir que será más bien Jewelle quien cuide de ellos. Yo tengo que ir al despacho, pero ella hace casi todo su trabajo por teléfono.

—¿Cómo te va con ella?

—Es socia en la sombra de ese nuevo hotel Icon International del centro —dijo, orgulloso—. Si la cosa funciona, será tan

135

rica que podremos irnos a vivir al centro de Roma, y no me refiero a Roma, Nueva York.

—Quizá tenga que recurrir a ti de nuevo, Jackson —dije. Esa petición hizo que apareciese el miedo en la cara del hombre. Él no quería tener nada que ver conmigo. Tenía un buen trabajo y ganaba más dinero que nadie que yo conociese, excepto Jewelle. Quería echarme de su casa, pero hasta un cobarde como Jackson sabía cuándo había que pagar una deuda.

—Espero que no, Easy —dijo—. Pero aquí estaré.

Salí fuera y expliqué a mi extensa familia que iban a tener que quedarse apartados de sus amigos y vecinos, de su hogar y sus colegios. No debían llamar por teléfono a nadie, ni responder llamadas, ni decirle a nadie dónde estaban.

—¿Y si mi mamá quiere hablar conmigo? —preguntó Benita.

—Dile que Juice te lleva a Frisco unos días en barco. Dile eso y esperará a que vuelvas.

—¿Son tan malos realmente esos hombres? —preguntó Benita.

—Hacen que el Ratón parezca Juice —dije, y no me hicieron más preguntas.

26

Cuando llegué a mi coche de nuevo sentí un momento de exultación. Mis hijos estaban a salvo, mi familia protegida de los asesinos del mundo de Navidad Black.

También me había sacudido la melancolía que antes me invadía. Recordaba lo que era vivir al margen; ser esclavo, negro, oscurito, moreno, macaco, carbonilla, bozal, salvaje, hotentote. Caminando por las calles de los elegantes blancos uno siempre era un objetivo. Y un objetivo no puede permitirse tener raíces, ni tener el corazón roto. Un objetivo no puede devolver el fuego a los hombres que lo usan como diana.

Lo único que podía hacer un hombre como yo era esperar a que se pusiera el sol, moverse en la oscuridad y no perder los ánimos.

La validez de esa letanía del pasado se estaba difuminando ya, pero todavía no había desaparecido. Es cierto: yo era también ciudadano americano, un ciudadano que tenía que vigilar dónde pisaba, un ciudadano que debía desconfiar de la policía y del gobierno, de la opinión pública e incluso de la historia que se enseñaba en los colegios.

Era muy extraño que esos pensamientos negativos me tonificaran. Pero saber la verdad, por muy mala que sea, le da a uno una cierta oportunidad, una cierta ventaja. Y si esa verdad es una antigua amiga y la base común para todo tu pueblo, y se remonta hasta tus orígenes, entonces al menos te encuentras en terreno familiar; al menos no te pueden coger por sorpresa, no te pueden tender una emboscada o engañarte. Puede que intenten matarme, pero yo les veré acercarse a mí. Puede que ellos me vean también, pero yo les veré a ellos primero.

Υ

Yo ni siquiera pensaba en Faith Laneer, pero estaba aparcado frente al patio de su complejo de apartamentos. Era lógico que fuera a verla. Ella era el vínculo más cercano con Navidad y los hombres a quienes él había engañado haciéndoles pensar que le acechaban.

El sol era sólo un resplandor rojizo en el horizonte y me quedé sentado en mi coche sin pensar en nada en particular. Bonnie pasaba por allí de vez en cuando, pero yo la había dejado a la luz del día, donde la gente tiene vidas como estatuas de mármol que no se pueden mover.

Yo era una sombra, y el sol estaba bajando ya. En esa transición recordé un libro del que Gara, Jackson Blue y yo habíamos leído algunos fragmentos tiempo atrás: *Fenomenología del espíritu*, de Georg Hegel, un filósofo alemán que no sentía respeto por África. Gara y yo habíamos encontrado aquella prosa densa difícil de leer, pero Jackson se abalanzó sobre ella como un buitre desgarrando las vísceras de un elefante muerto. Nos explicó que Hegel veía una cosa y su contraria como si estuvieran conectadas, y que era esa conexión precisamente la que causaba el progreso.

138

—Es como cuando derrapas, Easy —decía Jackson Blue—. Te deslizas hacia la derecha y te vuelves en la misma dirección. La lógica te dice que vas a seguir yendo más hacia la derecha, pero la verdad es que te enderezas.

La oscuridad era mi libertad negativa. Mientras todos los demás temían y evitaban la noche, yo la veía como mi liberación. Vivía una vida opuesta a la luz y la verdad brillantes de Hegel, y por tanto me daba cuenta de que él, mi enemigo, y yo estábamos de acuerdo en el camino que nos conducía a cada uno a la garganta del otro.

Ella respondió a la llamada de la puerta sin preguntar quién era. El vestido color antracita era recto, pero su atractiva figura no se podía ocultar.

—Señor Rawlins —dijo, y el temblor de su voz me confesó que llevaba sola demasiados días y que necesitaba la compañía de un hombre que le comprara un pastel de fresa para endulzar su amarga suerte—. Entre.

El salón era pequeño, pero la ventana daba a la inmensidad del Pacífico.

—Lo único que tengo es agua —me dijo.

—¿Quiere que le compre algo? —me ofrecí.

—Siéntese un rato —me dijo ella.

El pequeño sofá era color coral, para dos personas y media. Ella se sentó en un extremo y yo en el otro, pero aun así estábamos cerca.

—¿Ha encontrado a Navidad? —me preguntó.

—No. Estaba preocupado por mi familia y los he trasladado, sacándolos de casa.

—¿Está usted casado?

—No. Adopté a unos niños. Uno de ellos tiene novia y ahora los dos tienen un bebé. Y luego está Amanecer de Pascua.

—Usted es como yo, señor Rawlins —dijo Faith.

—¿Y eso?

—Tiene un pequeño orfanato que cuida y ama.

Yo tendí una mano con la palma hacia arriba y ella la cogió entre las dos suyas.

—Tuve una novia —dije—. Pero ella no lo tenía claro. Había un hombre, un príncipe africano, al que veía de vez en cuando. Así que la dejé.

—¿Y ella le amaba a él?

—Sí. Pero no como me amaba a mí, o a nuestra pequeña familia.

—¿Y entonces por qué la dejó?

Su pregunta me agarró como un par de alicates que sujetan una tuerca oxidada. Al principio me resistí, pero luego cedí.

—¿Nunca ha tenido la sensación de que había algo que quería? —le pregunté a la rubia Faith—. ¿Que le hicieran el amor de una forma determinada? ¿Que le acariciasen de una forma especial?

Faith respiraba agitadamente. Yo notaba el apretón en mis manos, tenso, aunque suave.

—Sí —susurró.

—Pues así éramos Bonnie y yo. La forma que teníamos de estar juntos era todo lo que yo había deseado, aun sin saberlo. De alguna manera, ella creó mi deseo y luego lo satisfizo.

Una de las manos de Faith se desplazó a mi brazo. Me hacía cosquillas, pero yo no quería reír.

—Luego averigüé lo de ese hombre, y todo quedó manchado. Aunque la amaba más de lo que nunca quise a ninguna otra persona, el hecho de que no fuera totalmente mía significaba que yo siempre iba a ser infeliz cuando la mirase y pensase en él... Y luego la conocí a usted.

—¿A mí? —Faith se acercó más a mí, un efecto de la gravedad, más que nada.

—Sí —dije, pensando en las sombras que invalidaban la oscuridad de mi vida— Usted entregó su amor a un hombre, a pesar de sus defectos. Le dio una oportunidad y luego él la traicionó, pero usted no dijo nada malo de él. Escuchó a aquel hombre que quería un crédito, aguantó que la insultara y le gritara y aun así siguió sonriendo, incluso lo sintió por él.

»Eso es lo que me enseñó Bonnie. Ella me enseñó que se puede querer a alguien y eso no es el fin del mundo. Por eso la quería.

—¿Cómo sabe que el señor Schwartz quería un crédito? —me preguntó Faith.

—Porque hablaba usted todo el rato —dije—. El otro tipo, el de las gafas...

—El señor Ronin.

—Sí. Él buscaba entre unos formularios y cosas, y le daba al otro tío una libreta de ahorros y un talonario de cheques. Usted estaba diciendo que no.

Supongo que la perspicacia fue un motivo suficiente para que Faith me besara. Su boca tenía la textura de una fruta madura que rogaba que la comieran. Intenté pasar los brazos en torno a su cuerpo, pero ella me apartó.

—Craig era siempre tan brutal... —dijo, mientras me empujaba hacia abajo en el sofá, besándome y desabrochándome la camisa.

—¿Quieres que me quede aquí echado? —pregunté.

—Sí —dijo. Noté que tiraba de mi cremallera y buscaba dentro.

Me di cuenta de que me estaba haciendo viejo, no porque no respondiese a sus caricias, sino porque por primera vez en mucho tiempo tenía una erección como la de un adolescente.

Aspirando el dulce olor a melocotón del champú perfumado de su cabello le dije:

—Tengo que darme una ducha.

Agarrándose a mi virilidad, ella me guio a la ducha, en el baño. Yo fui a quitarle la ropa, pero suavemente rechazó mi mano. Comprendí entonces. Se quitó el vestido gris, revelando uno de esos cuerpos que sólo se ven en las revistas y en las películas. Sus pezones eran del tamaño de albaricoques; ella estaba fuera del alcance de la gravedad.

No hablamos durante mucho rato. Me quedé de pie en la pequeña ducha mientras ella se agachaba y me lavaba con una esponja suave. Mi erección cada vez era más intensa, pero no sentía ninguna necesidad urgente.

—¿Quieres que te ponga polvos? —me preguntó, cuando estábamos secos.

—¿Puedo tocarte la cara?

Dejé que mis dedos viajasen por sus sienes, hasta los pechos. Ella tembló y se agitó.

—Vámonos a la cama —sugerí.

141

Estaba echado junto a ella mientras Faith se movía arriba y abajo lentamente, sujetándome la cara para que la mirase todo el tiempo. Cada vez que me excitaba, ella decía:

—No, todavía no, Easy. Todavía no, cariño.

Ni siquiera recuerdo el orgasmo, sólo que me miró a los ojos pidiéndome que la esperase.

27

*A*nduvimos cogidos de la mano por la playa bajo la luna creciente. Nadie podía vernos con claridad, pero estábamos allí. La preocupación de Faith Laneer me hacía sentir seguro. Allí estaba ella, bajo la protección de Navidad Black, pero al mismo tiempo refugiándome a mí.

Hablamos de Jackson Blue durante un rato. En realidad fui yo más bien quien habló. Me gustaba contar historias de aquel genio cobarde que durante la mayor parte de su vida lo había hecho todo mal.

—Es un genio, pero algo retorcido —dije yo—. Como si fuera un hombre de las cavernas que inventa la rueda y luego la usa para huir del jefe cromañón porque se ha acostado con su mujer.

—¿Es un buen amigo? —preguntó Faith.

—Antes no pensaba que lo fuera. Es un mentiroso y un cobarde, pero un día estaba contando una historia sobre él y me di cuenta de que me importaba tanto que podía reírme de sus defectos. Y eso lo convierte en amigo.

Faith se cogió a mi brazo, apretándose a mi costado.

—Me gusta cómo huele tu piel —dijo—. Quiero frotar mi cara contra la tuya y que respires en mi interior.

Mientras estábamos allí de pie, besándonos bajo la luna de plata, noté que mi alma gritaba. Allí estaba un hombre negro besando al epítome de la belleza europea norteña con una pistola en un bolsillo y mis malas pulgas en el otro. No había sexo en el mundo mejor que aquél.

No volvimos a hacer el amor. Fui hasta su casa y me quedé con ella en la puerta, hablando de algunos hechos de nuestra vida. A mí me gustaba cocinar; ella pintaba antes de hacerse monja.

Yo había visto la aurora boreal en Alemania mientras se li-

braba un duro combate de artillería; ella se casó con un homo-
sexual llamado Norman después de colgar los hábitos.

—Así pensé que podría mantener el celibato —me confesó—. Pero resultó que le deseaba por las noches. Iba hasta su
puerta y les oía a él y a sus amantes...

Al cabo de más de una hora rozó sus labios contra los míos
y entró. Yo me alejé dando tumbos como en una neblina.

Estaba ya completamente envuelto por la oscuridad. Mi familia estaba escondida. Yo conocía la identidad de mis enemigos. Faith me había enseñado, aun sin proponérselo, que había
amor para mí en alguna parte si quería cogerlo. Mi estupor era
similar a la sensación que se tiene cuando se despierta de una
noche de sueños confusos. Al principio te preguntas si todas
esas locuras han ocurrido de verdad. ¿Había sido yo arrestado y
sentenciado a muerte? ¿Me había encontrado con dos hombres
brutalmente asesinados en una casa que llevaba un disfraz?

Volví a casa a medianoche y encontré la puerta delantera
destrozada. Aunque sabía que los niños no estaban allí, corrí al
interior y encendí las luces.

No habían tocado ni robado nada. El contenido de los cajones de mi armario estaba ordenado, mi correo estaba sin abrir.
Lo único que querían los hombres de Sansoam era sangre.

Intenté recordar la luna y los labios de Faith en los míos.
Intenté no hacer caso del allanamiento y de lo que significaba.
Durante un rato trabajé en la puerta, volviendo a colocar las
bisagras y eliminando las partes desgarradas de la jamba.

Me senté en mi sillón favorito y encendí el televisor. Desde
el exterior todo habría parecido normal excepto la puerta, que
se encontraba torcida en su marco, y el 28 en mi mano.

Estaban poniendo una película del oeste. John Wayne iba
abriéndose paso por una historia que yo había visto ya mil veces, por lo menos.

Pensé que nada había cambiado, que Navidad y sus esbirros
sin nombre matarían a los hombres que habían entrado en mi
casa. Me dije que lo único que tenía que hacer era esconderme
y esperar a que todo hubiese acabado o a que llegase el momento adecuado. Pero mi corazón no escuchaba a mi mente.

Me sentía igual que en la Segunda Guerra Mundial, cuando nos preparábamos para enfrentarnos al enemigo. La muerte, mi muerte, era una conclusión previsible. Yo no pensaba en la supervivencia; lo único que podía comprender era la promesa de arrojar sobre mi enemigo muerte y desolación.

Quería beber algo. El aroma punzante del bourbon parecía flotar e introducirseme en la nariz. Miré a mi alrededor pensando que quizás hubiese una botella cerca. Era demasiado tarde para que estuviera abierta ninguna tienda de licores y no quería ir a un bar. Yo quería un trago para tranquilizar mi mente rabiosa. Habría sido como un bálsamo contra los asesinatos que planeaba. Pero luego decidí con todo mi corazón no entregarme al alcohol. No quería estar calmado, ni entumecido. Lo único que quería era matar a Sammy Sansoam antes de que Navidad tuviese el placer de hacerlo.

Ya estaba borracho.

La simple idea de que aquellos hombres, fueran quienes fuesen, irrumpiesen en una casa que mis hijos llamaban hogar destruía cualquier pacto por el que se mantenía el mundo civilizado.

Esa idea me hizo reír; la de imaginarme pensando que yo vivía en un mundo civilizado, que los linchamientos, la segregación basada en la raza, que todos los hombres que habían muerto por la libertad se encontraban de algún modo bajo la protección del pensamiento ilustrado.

Fui riéndome y dando tumbos de camino al coche. Raramente me sentía tan embriagado. Ni tan malvado.

28

Alguien había gritado un ruego desesperado, pero yo no entendía la pregunta.

Las palabras sonaban claras, pero no conseguía entenderlas. Quería comprender lo que se estaba diciendo y quién hablaba, pero no lo suficiente como para abrir los ojos. El cobijo del sueño era demasiado delicioso.

El colchón que tenía debajo era pesado y duro como el barro grueso bajo una delgada capa de paja.

Alguien chilló y luego rio.

Abrí los ojos en la habitación oscura. Entreví un escritorio lleno de papeles apilados y una estantería que contenía de todo, desde una Biblia a un juego de llaves inglesas.

Me llegaron más gritos y risas, el golpeteo de pies que corrían y olor a frito. Al otro lado de aquella puerta cerrada había una casa llena de niños ocupados en sus quehaceres matinales. Unos estores verde amarillento bajados cubrían las ventanas, pero había pequeños agujeros en la tela y al otro lado el sol brillaba con fuerza. Diminutos hilos de luz quedaban suspendidos por encima de mi cabeza, poblados por motas de polvo bailarinas.

Era la habitación de un hombre, podía decirlo por el olor algo fuerte. Y la pregunta que planteaba la voz infantil había sido formulada en español, una lengua que me encantaba escuchar pero que yo no entendía.

Pensé en incorporarme. Los diversos cuerpos que gobernaban mi mente estuvieron de acuerdo en que sería algo bueno, pero había una cierta discusión sobre el momento concreto.

Dos chicos empezaron a gritar y me acordé del Ratón y de Pericles Tarr. Pericles iba a un bar cada noche con el Ratón para alejarse de su ruidoso hogar, pero Primo, el dueño de aquella casa, sólo salía a beber una vez por semana. A Primo le encantaba estar con sus niños, aunque parecía ignorarlos la mayor parte del tiempo y, en aquella época tardía, la mayoría de los niños que acogía ya no eran hijos e hijas, sino nietos, sobrinos, sobrinas y niños abandonados recogidos de la calle como las tortugas marinas que corren locamente hacia las olas.

Aquella habitación y la casa entera me pertenecían. Era la primera propiedad que había tenido en mi vida. No había vivido allí desde hacía veinte años, pero no podía soportar venderla. Primo, su esposa Flor y la inacabable caterva de niños a los que criaban vivían allí sin pagar alquiler porque aquel terreno era más un sueño que una finca, en realidad.

Pericles Tarr. Me pregunté por qué pensaba en él, y eso me trajo a la mente a Faith Laneer. Hacer el amor con ella había eliminado, al menos momentáneamente, mi depresión por Bonnie. Ésta seguía estando en mi mente. Ella y yo habíamos visitado a Primo y a la panameña Flor una docena de veces. Ella era todavía el amor de mi vida, pero el velo de su ausencia, o de su próximo matrimonio, se había levantado ya.

Recordé que estaba furioso con Sammy Sansoam por haber entrado en mi casa. Eso también ayudaba a eliminar la tristeza.

Encontrar al Ratón significaba Pericles Tarr.

Me senté con todos los cuerpos que dominaban mi mente en armonía. Llevaba unos pantalones de algodón y una camiseta que había visto días mejores.

En el vestíbulo encontré a dos niños pequeños, una chica y un chico. Parecían tener unos cinco años y ser parientes, aunque lejanos. Estaban tirando cada uno del pijama heredado del otro cuando se abrió la puerta del despacho de Primo. Los ojos del chico se abrieron mucho al verme. La chica cogió al chico por la chaquetilla y lo arrastró hacia la cocina, gritando algo con mucho susto en aquella hermosa lengua.

Yo les seguí hasta la gran cocina que en tiempos había sido mi territorio.

Con mi permiso, Primo había ampliado la cocina para que cupiera una mesa de roble que albergaba a dieciséis personas. El bajito y moreno emperador de aquella mesa estaba allí sentado, entre los caballeros y las damas de entre dos y dieciséis años, comiendo judías y tortillas con huevos, chorizo y queso blanco del que se deshace.

—Easy —dijo Primo, y el estruendo y el desayuno cesaron al momento. Cuando el jefe tenía un invitado, los niños debían callar.

—Hola, Primo. Gracias por dejarme dormir aquí anoche, hombre.

—Parecía que ibas a matar a alguien, amigo mío.

Yo no respondí ante aquella intuición. Por el contrario, volví la vista hacia el fregadero donde los asustados niños, que me habían visto llegar desde el refugio nunca violado de su guardián, habían corrido a esconderse detrás de las faldas de un azul intenso de Flor.

Yo me dirigí hacia la panameña, de oscura piel, y la besé en ambas mejillas. Algunos de los niños medianos dijeron «uuuuh». Primo saltó desde su silla, haciéndola caer al suelo, y dijo:

—¿Cómo? ¿Te atreves a besar a mi mujer delante de mí?

Corrió hacia mí y por un momento compartí el miedo de su enorme familia. Pero entonces Primo me echó los brazos alrededor y me abrazó estrechamente.

Me di cuenta de lo confusos que eran mis sentimientos porque el abrazo dio aire a una vaciedad y un ahogo que notaba en mi interior.

Los niños lanzaron vítores y todos desayunamos juntos. Flor no se sentó en ningún momento. Hizo tortillas de trigo y de maíz que había preparado ella misma y siguió friendo judías y salchichas mientras los niños iban vaciando bandeja tras bandeja. Yo comí de buena gana y compartí bromas con mis viejos amigos. No tenía prisa alguna. Era temprano, y mis nuevos planes necesitaban tiempo para madurar al sol del desierto.

Después de que Flor se llevase rápidamente a todos los niños en edad escolar, Primo y yo salimos al porche delantero y nos sentamos. Fue entonces cuando se tomó la primera cerveza del día. Me ofreció una, aunque sabía que yo no bebía. Habría aceptado su oferta, pero temía perder el filo de mi rabia.

—¿Qué tal le va a Peter Rhone en tu garaje? —pregunté a mi amigo.

—Me gusta que esté ahí porque el Ratón viene de vez en

147

cuando con ese maravilloso tequila que le da un hombre con el que hace negocios. Es el mejor que he probado en toda mi vida.

Raymond tocaba muchas teclas allá por 1967. Una de las cosas que hacía era contrabando de artículos y de gente a través de la frontera, de vez en cuando. Le caía bien Primo porque le encantaba reír.

—Al principio le dije a Pete —continuó— que debía apartarse de esa casa. Le dije que Raymond era un mal hombre, y que a veces mataba a algunas personas sin motivo alguno. Pero ya sabes que los disturbios lo cambiaron todo para bien y para mal.

—¿Qué quieres decir?

—Pete trabaja muy duro y saca un buen dinero con su trabajo, pero se lo da todo a EttaMae y vive en el porche. Le pregunté por qué se hace eso a sí mismo.

—¿Y qué te dijo?

—Que está intentando remediar todas las cosas malas que ha hecho su gente. Le dije que está loco, que él no nos debía nada ni a mí, ni al Ratón ni a Etta.

—¿Sí? ¿Y qué dijo él a eso?

—Que sí nos debía algo, porque nadie le ha obligado a hacer lo que hace. Dijo que si ha elegido servir a su familia eso prueba que era culpable.

Raramente había hablado con Rhone desde que demostré que no había matado a su amante negra, Nola Payne. Pero al oír aquella explicación comprendí que no era simplemente un blanco loco como cualquier otro. Estaba loco, sí, de eso no había duda, pero la locura la había provocado su sensibilidad al pecado. Yo podía pasar algunas horas discutiendo aquella rareza con Primo, o Gara, o incluso con Jackson Blue, pero tenía que resolver otros problemas.

Le conté a Primo la historia del Ratón y de Pericles, incluyendo lo de la casa de los Tarr, que era como un reflejo de la suya propia.

—Es curioso, Easy —dijo Primo—. Para un hombre como yo, los niños son un tesoro. Los críos como si fueran cosechas y te compensan o mueren. Los amas como Cristo los ama a todos, y ellos te aman como si fueras Dios. Siento esto porque vengo de otro país donde mi gente tiene un lugar. Quizá seamos pobres, pero formamos parte de la tierra.

»Pero ese hombre tuyo, Pericles, no es como yo. Cada hijo nuevo le hace temer lo que pueda ocurrir. Yo lo veo en mis propios hijos. En Estados Unidos no son de la tierra, sino de la calle. Pericles lo sabe, pero su mujer es fértil, y él no es más que un hombre.

—¿Conoces a Perry? —le pregunté.

—Ah, sí. El Ratón y él me compraron un Pontiac azul oscuro hace tres semanas.

—¿Juntos?

—Vinieron juntos.

—¿Ah, sí?

Ante mí se abrió una nueva vía de pensamientos. Me habría ido en aquel preciso momento si Primo no me hubiese puesto la mano en el brazo.

—Me voy de tu casa, amigo mío.

—¿Vuelves a México un tiempo?

—No, al este de Los Ángeles, donde viven los mexicanos.

—¿Echas de menos a tus amigos? —le pregunté

—Los niños se pelean sin parar con los niños negros ahora. Especialmente nuestros nietos, que parecen mexicanos. Son los disturbios; todos se odian entre sí.

Pericles se borró de mi mente como si nunca hubiese oído su nombre. Mi casa iba a escaparse de mis manos. Sentí agudamente aquella pérdida.

—¿Conoces a mi abogada, Tina Monroe? —le pregunté.

—Sí.

—Ve a verla la semana que viene. Firmaré un documento vendiéndote esta casa por cien dólares. Véndela y cómprate otra allá donde vayas.

Nos miramos un rato el uno al otro. Estaba claro que mi regalo significaba muchísimo para él.

—Es que necesito un lugar donde ir de vez en cuando —añadí—. Lo consideraré como una inversión para el futuro.

149

$\mathcal{Y}$o guardaba un traje en el armario de la guarida de Primo. Fue idea de Flor.

—Vienes en mitad de la noche después de unos golpes o habiendo sudado mucho —me dijo ella entonces—. Guarda aquí algo de ropa.

—No quiero ser una imposición en tu casa, Flor —le respondí.

Nos cogimos de las manos mientras Primo estaba sentado en una silla en el césped, bebiendo cerveza.

—Es la casa de Dios —respondió ella.

Mientras me ponía mi traje marrón claro pensé en lo que ella decía. Yo no era creyente. No iba a la iglesia, ni me emocionaba cuando se citaba el Evangelio. Pero creía que aquella casa estaba más allá del control de nadie. Para mí era un trozo de historia, un recuerdo que había que agradecer.

En ese estado de ánimo agradecido llegué a los grandes almacenes Portman hacia las nueve y cuarto. Pericles Tarr tenía que haber dejado algún rastro suyo en el último lugar donde trabajó.

Lo llamaban «grandes almacenes», pero en realidad lo único que vendían eran muebles. Había una planta donde se exhibían artículos baratos y un sótano lleno de porquerías. La mercancía del primer piso consistía en dos mesas de comedor de arce con unas sillas que más o menos hacían juego, un sofá rojo, una silla reclinable polvorienta y diversos taburetes para esa sala de juegos que todo el mundo quiere tener pero nadie construye.

Nadie compraba mesas ni sillas a aquellas horas de la mañana, de modo que el encargado estaba sentado detrás de su escritorio al fondo de aquella habitación tan mal provista.

Su escritorio era la pieza más bonita de la exposición. Era de madera oscura, con toques granate y más claro en algunos lugares: señales de vida bajo la opresión o protección de la noche.

El vendedor negro estaba compuesto de grasa suelta sujeta por una piel de un color amarillo de crema fresca recién salida de las ubres de una vaca. Su rostro era flojo, fue feliz a los veintitantos o treinta años, pero ahora, que ya estaba a mitad de la cuarentena, su sonrisa expresaba un tibio descontento.

La placa de plástico del nombre colocada en un lado de su escritorio me dijo que debía llamarle Larry.

No se levantó a saludarme. Supongo que no le ofrecía buenas perspectivas.

—¿Cuánto pide por el escritorio? —le pregunté.

—No está en venta —replicó, dirigiéndome su sonrisa ligeramente asqueada.

—¿Pericles anda por aquí? —inquirí, mirando a mi alrededor y preguntándome cuándo habría barrido alguien aquello por última vez.

—¿Quién?

—Pericles Tarr. Me vendió un juego de comedor pero no he *quedao* muy contento —pronuncié mal el participio para demostrarle que era un idiota.

Larry sacó su generoso labio inferior y apenas meneó su enorme cabeza rapada.

—No. Parece un personaje de los cuentos de Mamá Gansa o algo así. Me acordaría de ese nombre.

Era lo único que me iba a dar Larry. Si quería más, tenía que subir la apuesta. —¿Conoce a los demás vendedores?

—Sólo estoy yo. Desde las 8.45 hasta las 19.15 de lunes a sábado, excepto Semana Santa y Navidad.

—¿Y cuánto tiempo hace que trabaja aquí?

Después de mirar su reloj, dijo:

—Tres semanas, dos días y treinta y siete minutos.

Le dirigí una débil sonrisa bien medida para que igualase a la suya y asentí.

Él asintió a su vez y nos separamos para siempre.

151

Υ

La mayoría de los niños de la casa de Tarr estaban en el colegio cuando llegué allí, un poco después de las nueve. Leafa abrió la puerta. Verla me hizo feliz. Supongo que eso se transparentó en mi cara, porque los ojos de la niña se iluminaron y ella levantó los brazos hacia mí. Fue lo más natural del mundo cogerla y sujetarla con el brazo.

—¿Tú no deberías estar en el colegio? —le pregunté.

—Mamá está triste —respondió ella. No hacía falta ninguna explicación más.

Entré en la casa llevando en brazos a Leafa. La niña y yo estábamos unidos. La quería, me había convertido en su protector. No tenía ningún otro sentido ese sentimiento que había entre nosotros; sólo intentar ser humano en un mundo que idolatraba al reino de las hormigas.

Con la cabeza contra mi pecho, Leafa señaló la puerta del rincón derecho salón, que estaba muy revuelto. Al atravesarla encontré a Meredith sentada en una silla de respaldo alto, con la cabeza enterrada entre las manos, flanqueada por dos cunas y tres bebés.

Con un sutil cambio de peso Leafa me indicó que necesitaba bajar al suelo para asegurarse de que sus pequeños y feos hermanitos y hermanitas no hacían algo terrible. Yo la bajé y le besé la mejilla.

—Señora Tarr —dije, todavía agachado.

Ella levantó la vista y yo comprobé que había envejecido seis meses por lo menos desde que nos vimos hacía sólo unos pocos días.

—¿Sí?

—Lo siento mucho, señora, pero si le parece que puede resistirlo, me gustaría hacerle algunas preguntas.

Ella me miró como si no comprendiera aquellas palabras. Junto a ella, Leafa reunía a todos los bebés en un rincón.

Le tendí la mano y Meredith la cogió. La conduje fuera de la habitación de los niños, a través del salón devastado y hasta la cocina, donde aparté los trastos que llenaban dos sillas rojas y la hice sentar. Preparé un café instantáneo mientras ella se quedaba sentada, mirando al suelo.

Se me ocurrió que probablemente Meredith no le hubiese pedido a Leafa que se quedase en casa. La niña sencillamente había visto que era su responsabilidad y la había asumido, igual que había hecho Feather con Amanecer de Pascua.

—¿Quiere leche y azúcar en el café? —pregunté.

—Leche.

Sólo quedaban unas gotas en el fondo de un cartón de litro. Le entregué el café y me senté frente a ella.

—He averiguado muchas cosas sobre Alexander y su marido en los últimos días —le expliqué—. Sé que les vieron juntos en un bar y que recogieron un coche en un garaje en el sur de Los Ángeles.

—La policía ha estado aquí —dijo ella.

—¿Y qué han dicho?

—Me han preguntado si sabía algo de Ray Alexander.

—¿Ha vuelto a la ciudad?

—Supongo que sí. Ellos creen que a lo mejor me llama, puesto que yo llamé a la policía. Dicen que es un hombre peligroso y que yo debería trasladarme a otro sitio y que él no sepa dónde estoy, por si quiere vengarse. Pero ¿cómo voy a trasladarme con todos estos niños? ¿Adónde iba a llevarlos?

Era una buena pregunta. Me resultaba difícil imaginar a una mujer que diera a luz diez veces.

—¿Cómo puede herirme más de lo que ya ha hecho? —se quejó.

Yo le cogí las manos. Su piel era áspera y rugosa, cenicienta, y los músculos tirantes.

—Tengo que hablar con los amigos de Perry —dije yo, bajito—. ¿Conoce a alguno de ellos?

—¿Sus amigos? —me preguntó.

Yo asentí y le apreté la mano.

—¿De qué sirven los amigos cuando no tienes nada y ellos no te llaman nunca?

—Quizá sepan algo, señora Tarr. Quizás él dijo algo cuando iba por ahí con ellos.

—Pusieron una orden de desahucio en mi puerta —contó ella—. ¿Dónde estarán los amigos de Perry cuando yo me quede en la calle con doce niños? ¿Dónde estará la policía cuando tenga que buscar entre los cubos de basura para alimentar a mis hijos? —Me miró entonces—. ¿Dónde estará usted cuando ocurra todo esto? Ya le diré dónde: durmiendo en su cama, mientras nosotros vivimos con las ratas.

Ser pobre y negro no es lo mismo en América, no exactamente. Pero hay muchas cosas que tienen en común los negros y los pobres de todos los colores. La particularidad más importante de nuestra vida es la comprensión de la parábola del Nudo Gordiano. Hay que ser capaz de cortar todo aquello que te ata. Quizá sea dejar a una mujer o irrumpir en un banco a cubierto de la oscuridad; quizá sea agachar la cabeza y decir «sí, señor» cuando un hombre acaba de llamar puta a tu mujer y perros a tus niños. Quizá pases toda tu vida como un John Henry cualquiera, golpeando con un mazo un pedrusco que no cede nunca.

Saqué un billete de cien dólares de mi cartera y lo coloqué en las manos de Meredith. Podría haberle mentido, haber llamado a un asistente social, hablar por los codos. Pero el nudo era el alquiler, y la espada era aquel billete de cien dólares.

—¿Qué es esto? —me preguntó ella, lúcida al fin.

—Es lo que necesita, ¿no?

Leafa estaba de pie en la puerta, detrás de su madre. Me hacía feliz que contemplase nuestra conversación.

—¿Mamá?

—¿Alguien se ha hecho daño? —preguntó Meredith, mirándome aún.

—No.

—¿Puedes ocuparte tú?

—Sí, creo que sí.

—Entonces ve, cariño. Iré dentro de unos minutos.

Leafa retrocedió y Meredith se enderezó.

—¿Por qué me da esto? —me preguntó, suspicaz.

—Me paga mi cliente —contesté, con toda sinceridad—. Tengo que saber quiénes son los amigos de Perry y usted lo necesita para el alquiler. La incluiré en mis documentos como informante.

Era una lógica que ella nunca se había encontrado antes. Nada en su vida había tenido jamás valor monetario, sólo coste o sudor.

—¿Si le doy el nombre de tres negros insignificantes me puedo quedar este dinero?

—El dinero es suyo —insistí—. Se lo acabo de dar. Ahora le pediré esos nombres.

Leafa apareció de nuevo en la puerta. Aquella vez se quedó callada.

—Esto es absurdo —dijo Meredith. Estaba furiosa.

—Tiene usted razón —asentí—. Es lo que se suele llamar irracional. Pero fíjese, señora Tarr, que nosotros, todos los seres humanos, pensamos que somos racionales, cuando en realidad nunca hacemos nada que tenga sentido. ¿Qué sentido tiene dejar en la calle a una pobre mujer y a sus hijos? ¿Qué sentido tiene que un hombre me odie por el acento que tengo o por el color de mi piel? ¿Qué sentido tiene la guerra, o los programas de la tele, o las armas, o la muerte de Pericles?

Con eso le llegué muy hondo. Su vida, mi vida, la vida del presidente Johnson en la Casa Blanca, nada tenía sentido. Estábamos locos si pretendíamos que nuestras vidas fueran cuerdas.

155

30

*H*abía un pequeño aparcamiento en el centro de Watts, junto a una escultura gigante llamada Torres Watts. Las chillonas torres fueron construidas por un hombre llamado Rodia a lo largo de un periodo de treinta y tres años. Las construyó a base de desechos y materiales sencillos. Es un lugar alto y fantasioso en una parte muy sombría de la ciudad.

El parque tenía pocos árboles y unas mesas de picnic en un césped muy ralo, pisoteado por cientos de pies infantiles. Meredith Tarr me dijo que Timor Reed y Blix Redford iban allí casi cada día, «a beber ginebra y pasar el rato». Pericles iba a visitar a Tim y a Blix una vez por semana o así, para compartir su matarratas y jugar a las damas.

Llegué allí justo antes del mediodía. Salía música a todo volumen de una casa que estaba al otro lado de la calle, dos amantes adolescentes hacían novillos para estudiar los hechos de la vida y dos hombres de edad indefinida estaban sentados uno frente a otro en una mesa de picnic de secuoya, inclinados sobre un tablero de damas de papel plegable. El tablero se sujetaba con una cinta adhesiva que en tiempos fue transparente y ahora amarilleaba. La mitad de las piezas eran piedras con una equis roja o negra encima pintada con lápices de colores.

Viendo a aquellos hombres y aquel tablero me sentí como si estuviera presenciando la decadencia de una cultura. El parque decrépito, la ropa andrajosa que llevaban Blix y Timor, hasta Otis Redding lanzando sus quejidos sobre el «muelle de la bahía» en unos altavoces diminutos pero potentes hablaban de un mundo que estaba estancado.

—Señor Reed, señor Redford —dije a los hombres.

Los dos levantaron la vista y me miraron como dos soldados procedentes de campos de batalla enormemente distantes que hubiesen muerto simultáneamente y que ahora estuviesen sentados en el limbo esperando el veredicto del Valhalla.

Uno de los hombres era gordo y llevaba un sombrero gris y negro con diminutos ojetes para la ventilación cosidos en la parte lateral, y una gabardina gris muy vieja. Por la descripción de Meredith sabía que se trataba de Blix Redford. Él me sonrió, expectante, y se levantó, diciéndome:

—Sí, señor, ¿le conozco?

Al mismo tiempo Timor, más menudo, se echó hacia atrás y frunció el ceño. Llevaba unos vaqueros de jovencito y una camiseta raída, y no dijo nada. A juzgar por la mirada de desesperación que puso, quizás estuviese pensando en salir corriendo para salvar la vida.

—Me llamo Easy Rawlins —le dije a Blix—. Vengo de casa de Perry Tarr. Le he dicho a Meredith que buscaba a su marido y ella me ha enviado aquí a verles.

Timor se calmó un poco y la sonrisa de Blix se apagó.

—¿No le ha dicho que Pericles había fallecido? —preguntó Blix.

—No —le respondí, conmocionado ante la información. Así aproveché la oportunidad para sentarme junto a Timor. El hombrecillo se volvió a mirarme, suspicaz. Vi que llevaba el pie izquierdo enyesado, y que el yeso estaba sucísimo.

—Ah, sí —me aseguró Blix. Se volvió a sentar—. Sí. Raymond Alexander lo mató y lo llevó a enterrar a algún sitio por ahí al lado de San Diego, he oído decir.

—¿De verdad? —le dije—. ¿Y ese Raymond está en la cárcel ahora?

—Pero ¿de dónde viene usted, hombre? —me preguntó Timor. La mueca de su rostro contenía un odio más antiguo que la boca que la mostraba—. Todo el mundo en Los Ángeles conoce al Ratón.

—¿Quién?

—Ray Alexander, bobo —dijo—. El hombre que mató a Perry Tarr.

Levanté las manos hacia el cielo y meneé la cabeza. Yo era un extraño en otro país, donde el folclore común era un misterio.

—¿Me está diciendo que ese tal Ratón mató a mi amigo

Perry y que la policía no lo ha metido entre rejas? —Había amenaza en mi voz.

—Baje la voz, míster —dijo Blix—. Con Ray no se juega; eso es lo que se dice por ahí. Quizás allá en Arkansas o Tennessee o de donde venga usted no sepan esto, pero aquí ese tipo es el de la guadaña, en persona.

—¿Y sabe dónde puedo encontrar a ese hombre, ese Raymond Alexander? —pregunté.

—Pero ¿no ha oído lo que le digo, hermano? —preguntó Blix—. Es un asesino. Le aplastará como a un gusano.

—Una mierda —dije yo, procurando que mi tono sonase como el de muchos idiotas a los que había oído—. Si el tío ese tiene una pipa, yo también tengo una.

—Vamos, BB —dijo Timor a su amigo—. Juguemos a las damas y dejemos que se vaya este loco. Ya se lo hemos dicho. Es lo único que podemos hacer.

Timor volvió a clavar la vista en el tablero. Blix siguió mirándome.

—No sabemos dónde está, tío —me dijo el más amistoso.

—¿Y cómo podría encontrarle? —insistí.

—Pues tírate desde el tejado del Ayuntamiento, hermano —dijo Timor, sin levantar la vista—. Estarás igual de muerto, pero muchísimo más rápido.

Estaba visto que ya no sacaría nada más de allí. Me levanté, fingiendo que me sentía furioso, dispuesto a buscar al hombre que había matado a mi amigo. Y entonces me detuve.

—Dime una cosa, tío —le dije a Timor.

—¿Qué? —seguía sin mirarme.

—Si ese hijoputa es tan peligroso, ¿cómo sabes que estás a salvo?

Eso atrajo su atención.

—¿De qué coño hablas, negro?

—De ti.

—¿De mí? Tú a mí no me conoces.

—Sólo sé que estás ahí sentado con tu pata rota y acusas de un crimen a Raymond Alexander *el Ratón*. Sé que has dicho que él mató a Pericles Tarr y le enterró en San Diego.

—¡Lo ha dicho Blix! —chilló Timor—. ¡A mí no me eches las culpas!

Se puso de pie y echó a andar cojeando con el pie roto. Blix lo llamó, pero Timor se alejó corriendo tan rápido como pudo con aquella cojera.

Blix se quedó sentado ante el tablero, riéndose para sí.

—Esa ha sido buena, tío —me dijo—. Me has dado con qué pincharle los próximos cinco años.

$\mathcal{H}$abía un enorme mercado de pescado en Hoover por aquel entonces. Consistía simplemente en una serie de puestos en una plaza, en un solar vacío. A lo largo de todo el día, un tipo llamado Dodo recogía hielo y hielo seco y lo entregaba en aquellos puestos para mantener bien húmedo y fresco todo el pescado, caballas, percas, anguilas y halibut; platijas, cangrejos, tiburón y pez espada. Unas camionetas traían el pescado muy temprano por la mañana en cuanto llegaban los barcos de pesca que faenaban por la costa de California.

Gente de todos los barrios de Los Ángeles acudía a aquel mercado de pescado sin nombre: japoneses, chinos, italianos y mexicanos. A todas las culturas angelinas les gustaba el pescado.

El propietario de aquel mercado al aire libre era un irlandés grandote llamado Lineman. No sé si ése era su nombre de pila o su apellido o quizá sólo un apodo que le habían puesto al jugar al fútbol de joven, ya que «lineman» significa «defensa de línea».

Lineman era un tío enorme, un personaje de lo más adecuado para la parte más oscura de la ciudad. Hablaba muy alto y trataba con confianza a todo aquel que conocía. Decía palabrotas, contaba bromas subidas de tono y juzgaba a las personas únicamente por la forma que tenían de responderle en los negocios y en la vida. No encajaba demasiado bien en el mundo de los blancos. Quizá si hubiese sido un trabajador silencioso en la trastienda de algún negocio las cosas no le habrían ido tan mal, pero Lineman era un buen negociante, y por eso los blancos se ponían furiosos cuando aparecía en alguna fiesta de postín con una señorita de piel demasiado oscura o cuando invitaba a alguien como yo a asistir con él al club de campo en la parte más occidental de la ciudad.

Los círculos blancos más adinerados de Los Ángeles encontraban a Lineman demasiado intransigente con su intransigencia, y por tanto el empresario del pescado poco a poco fue limitando su vida a trabajar con las comunidades negras y morenas. Vivía en Cheviot Hills, un enclave sobre todo judío, y trabajaba en Watts sirviendo a todo el mundo igual que los demás le servían a él.

—Eh, Lineman —le dije, dándole unas palmaditas en la amplia espalda.

—Easy Rawlins —me saludó—. ¿Qué tal te va?

—No me han dejado acercarme al mostrador de quejas, así que supongo que todo debe de ir bien.

A Lineman le encantaba reír.

Estábamos de pie en la esquina más al norte de los dieciséis puestos. Todos los que vendían pescado eran independientes. Alquilaban los puestos por cien dólares a la semana cada uno. Lineman aseguraba el suministro de hielo y hacía tratos en todo el sur de California vendiendo pescado fresco a todo el mundo, desde restaurantes a cafeterías de los colegios.

—¿Qué puedo hacer por ti, Easy? —me preguntó Lineman.

Le hablé de Pericles Tarr y de que su esposa me había dado el nombre de Jeff Porter. Fuimos caminando por el perímetro de los puestos mientras hablábamos. Lineman nunca estaba quieto. Siempre estaba haciendo algo, yendo a alguna parte o cogiendo carrerilla para salir hacia algún sitio.

En una ocasión le arrestaron por secuestrar y matar a una chica negra, Chandisse Lund, que tenía dieciséis años y trabajó en el mercado de pescado un par de años. La última vez que la vieron entraba en el Cadillac nuevecito rojo cereza de Lineman. Él pagó la fianza y vino a mi oficina y me contó la historia de una jovencita de la que abusaba su propio padre, y que quería escapar a la casa de su hermana mayor. El único problema era que las dos hermanas habían desaparecido, y nadie pudo encontrar un testigo que dijera que ambas iban juntas.

161

—¿Cómo iba a decir que no? —me preguntó—. Si viene una niña a verme y me dice que su padre le está haciendo eso, yo tengo que hacer lo que me pide.

—Podía haber acudido a la policía —le sugerí.

—Sí, y yo también podía haber escupido a la chica en la cara —me contestó Lineman—. Ya sabe que a la policía no le importa en absoluto lo que le pase a una niña negra de Watts.

—O a lo mejor sí.

—¿Correría ese riesgo con una hija suya?

Eso me convenció del carácter de Lineman y de su inocencia, así que salí por ahí y acabé averiguando que la hermana, Lena, tenía un novio llamado Lester. Éste también había desaparecido, pero seguía en contacto con su tío Bob, y así los localicé en Richmond, allá arriba, en Bay Area.

Llevé a Chandisse a la comisaría de la calle 76, donde ella y el pastor de su hermana presentaron cargos contra su padre y al mismo tiempo exculparon a Lineman de cualquier posible delito. Dos semanas después, Lineman volvió a mi despacho.

—No me ha enviado usted la factura, señor Rawlins —me dijo—. Suelo pagar mis deudas.

—Donde yo vengo, lo que hacemos es intercambiar favores —le dije—. Así que pensaba que quizá cada dos meses o así podría pasarme por aquí y llevarme un par de platijas para freír, o unos cangrejos azules para hacer un gumbo.

Desde entonces nos hicimos amigos.

—Tengo que hablar con un tío llamado Jeff Porter —le dije a Lineman mientras íbamos pasando ante los puestos.

Él se detuvo, se volvió al estilo militar y me hizo retroceder tres puestos.

—Hola, Jeff —dijo Lineman a un hombre negro que parecía una morsa por el tamaño, forma y color de piel. Incluso tenía un mostacho caído y canoso.

—Hey, Lineman —respondió Jeff—. ¿Qué pasa?

—Éste de aquí es Easy Rawlins —dijo Lineman—. Es un amigo mío muy especial. Me salvó la vida. Y es un buen hombre, de confianza.

Porter asintió, muy digno.

—Quiere saber algunas cosas —continuó Lineman—. Me harías un gran favor si le respondieras.

Lineman me dio unas palmaditas en la espalda y se alejó como un tiburón que se ahoga si no se mantiene en movimiento. Al mismo tiempo Jewff Porter me tendió su mano para que la estrechara. Fue una extraña experiencia. La mano de Porter era al mismo tiempo potente y fofa. Me pareció en aquel momento que todo el mercado con sus puestos se convertía en una especie de fabuloso paraíso subacuático.

—¿En qué puedo ayudarle, señor Rawlins? —me preguntó el hombretón.

Quise responder, pero me distrajeron la sangre y las entrañas que festoneaban su enorme delantal blanco. Las miles de muertes representadas en aquel confuso mapa de destrucción me oprimieron.

¿Había sido asesinado Pericles Tarr en San Diego, como decía Blix? Yo no estaba seguro de tener ánimos para averiguarlo.

—Parece que va a hacer un buen día, ¿eh? —dije.

—El sol no es bueno para los pescadores, señor Rawlins. Nos gusta más la sombra y las brisas frescas, o si no el producto se estropea.

—Pericles Tarr —dije.

—Dicen que ha muerto —respondió Porter a la pregunta no formulada por mí.

—Me gustaría tener pruebas.

—Es un asunto bastante peligroso, la verdad.

Yo sabía de qué hablaba.

—Yo me crié en Boston —le expliqué—. Uno de mis mejores amigos era un niño muy delgado y algo bocazas llamado Raymond Alexander.

Resulta difícil que una morsa parezca sorprendida, pero Porter consiguió demostrarlo.

—Soy detective privado, Jeff —dije—. Soy uno de los mejores amigos de Ray, pero estoy buscando a Perry porque su hija Leafa me dijo que ella no creía que su padre estuviera muerto.

—Leafa no es más que una niña.

—Pero es la que tiene la mente más aguda en casa de Tarr —dije.

Jeff se echó a reír y luego asintió.

—En eso podría tener razón —dijo—. Y, ¿quién sabe?, a lo mejor la chica está en lo cierto.

—¿Por qué dice eso?

—Ya sabe que Perry no era feliz en esa casa llena de niños feos y traviesos. Venía muchas veces a mi casa a echar la siesta porque decía que cada vez que oía pasos en la suya se echaba a temblar. Meredith era peor que una puta barata en la cama, y Perry trabajaba más duro que tres esclavos en los campos de algodón. Yo no sé si el Ratón lo mató o no, pero si lo hubiera hecho habría sido una liberación, y no un crimen.

—¿Dijo alguna vez que quería huir? —le pregunté.

—No demasiado. Sólo cada día durante cinco años.

—¿Y dice que Meredith no le satisfacía? ¿Tenía otras mujeres para eso?

—Perry es amigo mío. Y uno no habla así de sus amigos.

—Cada uno de los hombres y mujeres con los que he hablado hasta ahora dicen que Perry está muerto. ¿Cómo voy a conseguir que alguien me diga cómo resultó herido?

El hombre-morsa se rascó el mostacho y se quedó pensativo. Al final se encogió de hombros y dijo:

—Nena Mona.

—¿Cómo?

—Así se llama. Su madre le puso ese nombre.

—¿Sabe dónde vive?

—Ni siquiera sé cómo es. Lo único que sé es que Perry la llamaba desde mi casa, a veces. Quizá viniera por aquí y se echara una siestecita con él cuando yo no estaba en casa.

32

Alejándome en mi coche del mercado de pescado tuve la sensación de que había hecho algo bien. Mejor aún: me sentí a gusto con mi vida... durante un momento pasajero. Me caía bien Lineman y los hombres y mujeres que se dedicaban al comercio del pescado, pero no quería que mi vida fuese así: ir cada día al mismo sitio, hacer las mismas cosas y decir las mismas palabras a las mismas personas.

Mis escarceos con Faith Laneer habían metido a Bonnie en una caja, en un rincón de mi mente. No había desaparecido, pero tampoco estaba ya a plena vista. Aquel era, me parecía, el primer paso que me alejaba de la tristeza que hasta entonces me envolvía.

Fui a mi despacho y miré enseguida el listín telefónico. Sólo había una Nena Mona en el barrio negro; bueno, en cualquier barrio.

Me eché hacia atrás en mi silla giratoria y me tomé el tiempo necesario para respirar hondamente y disfrutar del ocio que me proporcionaba aquel momento. Incluso pensé en recoger un libro que había encargado en la librería Aquarian, *El sistema del infierno de Dante*, de un joven escritor llamado Leroi Jones. Era un libro difícil, pero algo en la certeza del tono del autor me hacía pensar en la libertad.

No fui a recogerlo, pero al menos pensé en hacerlo. Era otro hito en mi recuperación. Encendí un cigarrillo y me quedé mirando el blanco techo. No había abejorros falsos, ni marcas de agua que denotasen la pobreza de aquel barrio. Yo me encontraba muy bien, de camino hacia un mañana mejor, libre, o casi libre al menos, lo máximo a lo que podía aspirar un descendiente de esclavos.

Alguien dio unos golpecitos en mi puerta. Toda la comodidad y la esperanza cayeron a mis pies. La fría realidad del crimen y el duro castigo me inundaron con tanta rapidez que apenas pude encajar el cambio. Fue como si no se hubiese producido cambio alguno, como si siempre me hubiese sentido desesperado y asustado, vengativo y dispuesto a salir huyendo.

Cogí una pistola del cajón de mi escritorio y me la metí en el bolsillo. Retrocedí hasta el rincón más alejado de la puerta y grité:

—¿Quién es?

—El coronel Timothy Bunting —dijo una voz joven, acostumbrada al mando.

Di un paso a mi izquierda por si el hombre decidía disparar en dirección a mi voz. Me vinieron al pensamiento todas las preguntas corrientes del criminal no habitual. ¿Estaría solo? ¿Habría venido a matarme? ¿Cuántos traficantes de drogas habría allí? No se me ocurrió enseguida la cuestión de si sería realmente un militar que venía a verme por algún motivo válido. ¿Por qué iba a pensar tal cosa? Lo único que me había encontrado hasta el momento eran víctimas y asesinos, y los asesinos iban todos de uniforme... o al menos lo llevaron en algún momento.

—¿Señor Rawlins? —dijo el hombre.

Por un momento pensé en dispararle a través de la puerta. Después de todo, ¿no estaba allí para matarme? Entonces supe que mi combate contra la locura todavía no había llegado a su fin. Estaba dispuesto a matar a un hombre a quien ni siquiera había visto. Me había convertido en uno de aquellos hombres blancos que me acostaban escaleras arriba, en Bellflower... Aquello no era justo ni aceptable, en absoluto.

Fui hasta la puerta y la abrí de par en par, con el arma en el bolsillo y las manos abiertas, sin convertirlas en puños.

Un hombre joven y elegante, con uniforme de coronel, se encontraba allí de pie ante mí. No exhibía medalla alguna, y la gorra de oficial la llevaba debajo del brazo izquierdo. Su rostro no acabaría de madurar y convertirse en adulto hasta al cabo de una década, por lo menos. Era alto, esbelto y estrecho de hombros a pesar del ejercicio, y su piel tenía un tono oliváceo que no procedía del sol.

—¿Señor Rawlins? —me preguntó el oficial, de unos treinta y tantos años.

—Enséñeme alguna identificación.

—Perdóneme, señor, ¿no ve el uniforme?

—Enséñeme una identificación ahora mismo —dije.

—Represento al gobierno de Estados Unidos, señor Rawlins...

Dejó de hablar porque yo saqué mi 38 y le apunté al ojo izquierdo. El joven oficial sabía muy bien cuándo se encontraba en una situación sin salida, así que sacó cuidadosamente la cartera de su bolsillo trasero y la abrió, mostrándome su tarjeta de identificación militar. En ella se veía su nombre, rango y fotografía.

Me guardé el arma en el bolsillo y una sonrisa apareció en mis labios.

—Entre, coronel —dije—. Hace mucho tiempo que un hombre uniformado no me dice la verdad.

Yo me senté detrás de mi escritorio y el joven oficial ante mí. Pasaron unos cuantos segundos que se convirtieron en un minuto en incómodo silencio. Yo había sacado un arma ante un hombre que estaba acostumbrado a tratar el más mínimo intento de insubordinación con duras represalias, pero allí tenía que tragarse mi desafío y continuar como si nada hubiese ocurrido.

Disfruté viendo cómo intentaba asimilar su rostro aquella experiencia totalmente nueva. Practiqué para el momento en que pudiese hacer algo semejante con el hombre que se hacía llamar Clarence Miles.

—¿Qué ha querido decir? —me preguntó el coronel.

—Explíquese.

—¿Qué ha querido decir con eso de que unos hombres de uniforme le han... ejem, le han mentido?

Le hablé de Clarence Miles y sus secuaces.

—Haré que busquen a ese tal Miles —dijo, oficiosamente.

—No se moleste, Tim —dije—. No hay ningún Clarence Miles en su ejército, al menos que sea capitán.

—¿Y eso cómo lo sabe?

—Sé algunas cosas que le sorprenderían, Tim, créame. El nombre real de Clarence Miles es Sammy Sansoam.

Bunting conocía aquel nombre. Quizá fuese general, pero no se le daba nada bien poner cara de póquer.

—Debe referirse a mí como coronel, señor Rawlins.

—Si no le gusta cómo le hablo, váyase cagando leches... Tim. En esta ciudad he recibido a todo el mundo, desde guardias de seguridad a coroneles. Me niego a respetarle porque a usted le importo una mierda. Así que si quiere que alguien le bese el culo, ya puede ir bajando a la calle.

El joven tuvo que contenerse de nuevo. Era un soldado, nuestro país estaba en guerra y yo tendría que estar deseoso de ayudarle... eso era lo que pensaba.

—Samuel Sansoam era oficial —dijo Bunting al fin—. Sospechamos que estaba involucrado en actividades criminales en el ejército, incluso después de su cese.

—¿Qué actividades criminales? —pregunté.

—No puedo decírselo.

—¿Quizá tráfico de drogas con un señor de la guerra de Camboya? —dije, intentando parecer inocente.

Bunting guardó un silencio imprudente. No tendrían que haberlo nombrado coronel, pero seguramente acabaría con cinco estrellas.

—¿Tiene más información, Rawlins? —preguntó, con una voz dura como una roca que debía de practicar por la noche ante un espejo.

—Señor Rawlins —dije yo.

Esta vez el rostro de Bunting se mostró herido. Si yo podía llamarle Tim, ¿por qué no podía él usar mi apellido sin más?

«La vida no es justa.» Éste es uno de los pocos consejos que me quedan como recuerdo de mi padre. Lo que quería decir es que un hombre negro debe tragarse su orgullo, su dolor y su humillación diariamente en lo que respecta a su trato con los blancos. Yo me sentía muy bien al dar la vuelta a la tortilla con respecto a aquel dicho, y no sentía remordimiento alguno al hacerlo con aquel oficial engreído y jovenzuelo.

—¿Tiene más información... señor Rawlins?

—Primero dígame por qué ha llamado a mi puerta.

—No estoy aquí para responder a sus preguntas, señor.

—Usted no esta aquí en absoluto, hijo. Usted es un soldado, y yo soy un civil. Yo no respondo ante usted, y usted no tiene jurisdicción sobre mí. De modo que si quiere jugar limpio, pensaré en contestar a sus preguntas. De lo contrario, podemos seguir con este jueguecito tonto.

—Busco al mayor Navidad Black —dijo Bunting—. Era miembro de nuestras fuerzas especiales, pero dejó el ejército.

—¿Y usted cree que él forma parte del conciliábulo de los traficantes de droga? —Estoy seguro de que Bunting no entendió la palabra «conciliábulo», pero disimuló bastante bien.

—No. Tenemos una carta de un antiguo soldado, un farmacéutico llamado Craig Laneer. Él nos dijo que había formado parte de aquel círculo de tráfico de drogas y que quería desenmascarar a la organización. Laneer fue asesinado más tarde. Su esposa, una mujer llamada Faith Laneer, desapareció. Averiguamos por su organización benéfica vietnamita que era amiga de Black. La policía de Los Ángeles nos dijo que Black y un criminal llamado Raymond Alexander eran amigos, y que usted y ese tal Alexander eran íntimos. Así que estoy aquí para ver si usted puede ayudarme a encontrar a Black.

Cuando acabó la explicación yo estaba ya bastante seguro de que el coronel Bunting era quien decía ser, y que buscaba a la misma gente a quien yo quería matar.

—Sí, conozco a Navidad —dije—. Tiene una casa en Riverside.

—Hemos estado allí. Ha desaparecido.

—¿Le dijo la policía que Raymond ha desaparecido, y que se le busca para interrogarlo sobre la desaparición de un hombre llamado Pericles Tarr?

—No.

—Quizá la policía quiere que usted les haga su trabajo —sugerí.

Bunting frunció el ceño, pensando en algo que no quería contarme.

—Tenían razón en lo de que Ray y yo somos amigos —añadí—, sin embargo he intentado encontrarle también. De modo que si me da un número de teléfono, le llamaré si consigo averiguar algo de Navidad.

—¿Lo hará? —Se mostró realmente sorprendido.

—No tengo nada contra usted, coronel —dije—. Simplemente, necesito que me respete igual que respeta la bandera.

El militar me miró de una forma que indicaba que recordaría este encuentro durante el resto de su vida. Quizás olvidase mi nombre y las circunstancias de nuestra reunión, pero los

169

cambios que se habían operado en él resultarían indelebles: su comprensión del poder, su distribución y su uso.

Me escribió sus números en un papel que yo le entregué.

—Es la hora —dije.

—¿Hora de qué?

—Hora de que salga de aquí y siga su instinto.

33

*P*or puro hábito metí la pistola en el cajón superior del escritorio. Tenía que ir a algunos sitios, pero aun después de que se hubiera ido el coronel no me levanté de la silla. Me notaba cansado; no somnoliento, sino maltratado por la vida.

Muchas veces había visitado clínicas y hospitales, dormitorios de casas y apartamentos donde yacían hombres y mujeres moribundos. Tenían los ojos acuosos y la expresión lánguida, la piel pegajosa y nada que decir. Permanecían allí echados entre unas sábanas empapadas de sudor, como si acabasen de correr una carrera de fondo y no tuviesen nada más que hacer. Apenas podían susurrar o levantar una mano.

Yo decía «Hola, Ricky», o Mary, o Jeness, y tenía que contenerme para no preguntar: «¿qué tal estás?». Y ellos sonreían y pronunciaban mi nombre, intentando recordar algo que ambos conociéramos muy bien.

—Hola, Easy —me dijo una vez John Van, como si se lo gritara a la almohada—, ¿recuerdas aquella noche que Marciano tumbó a Joe Louis?

Yo asentí, lleno de remordimientos.

—Te gané veinte dólares. Ya te lo dije: no juegues por un caballo sólo a causa de su color.

Había una silla junto a la cama y un reloj en algún lugar de la habitación. Normalmente siempre había niños jugando en el suelo o en el vestíbulo. Iban trasteando por ahí porque no sabían hacer otra cosa, y era la única forma que tenían de aportar algo de felicidad a una habitación donde se esperaba a la muerte.

A menudo me preguntaba qué sentía toda aquella gente moribunda cuando no había nadie para distraerles de su tránsito. ¿Qué pensarían cuando llegase el sueño, o cuando se pusiera el sol? ¿Sentirían un súbito miedo cuando cerraran los

ojos, o una simple incomodidad como la que yo experimenté
después de hablar con aquel estúpido coronel?

Sentí que podía caer dormido en aquel momento, y que si
lo hacía, quizá no volviera a despertarme de nuevo. Me pregunté qué importaría. Después de todo, Oswald mató a Kennedy y horas después Lyndon B. Johnson juró el cargo de presidente.

Nadie es indispensable.

Feather se iría con Bonnie, o con Jesus, y Amanecer de Pascua tenía un ejército entero para cuidarla. *Frenchie* se mearía
en mi tumba, y yo no tendría pariente cercano alguno excepto
una hija en algún lugar que probablemente ni siquiera sabía
mi nombre. Podía cerrar los ojos y no volverlos a abrir nunca.
Bastaría con eso.

—¡No muevas ni un músculo! —me ordenó una voz im-
periosa.

Salté poniéndome de pie, o al menos lo intenté. Mi pie izquierdo me obedeció, pero el talón derecho resbaló bajo mi
cuerpo. Caí hacia atrás en la silla, busqué la pistola que tenía en
el cajón del escritorio, la agarré y la levanté en un ángulo extraño. Hasta aquel preciso momento no vi al desaliñado y gordo hombre blanco con un traje de mala calidad que me miraba
de arriba abajo.

—¿Me vas a disparar con una grapadora, Easy? —me preguntó el sargento Melvin Suggs, de la policía de Los Ángeles.

Antes tenía siempre la pistola sujeta con una tela metálica
debajo del escritorio, pero con el tiempo me fue preocupando
cada vez más matar a alguien sin mirar, o que alguien se cola-
se en el despacho y me la robase, por lo que la trasladé al cajón
superior junto con las tijeras, grapadora, cinta adhesiva y clips.
Una oportunidad, por débil que sea, es mejor que ninguna en
absoluto.

Me quedé allí sentado con la grapadora en la mano, demasiado preocupado para sentirme humillado y demasiado asustado para bajar mi falsa arma.

—¿Qué pasa, Easy? —me preguntó el hombre.

—Bonnie se va a casar con otro y lo único que hago es quedarme aquí sentado.

Melvin era de estatura mediana, y cada día se sentía un

poco menos seguro de sí mismo. Había empezado con la típica arrogancia de los americanos blancos, y aún tenía más autoconfianza que yo, pero abrió los ojos después de los disturbios de Watts y el horror que ambos descubrimos juntos.

Lamenté mi brusca confesión al agente del orden.

No era adecuado llamar «castaños» a los ojos de Suggs. Eran más bien color topo, o como de ciervo o color hongo silvestre, un don que compensaba en parte la vulgaridad de su vida.

El hombre guiñó un poco los ojos y yo suspiré, con la mitad de mi mente en el despacho y la otra mitad todavía en las salas de espera de los moribundos.

—Estoy aquí por Alexander —dijo Suggs, decidiendo ignorar mis palabras. Por eso sonreí.

—¿Y cómo estás, Mel?

Él empujó la silla que yo tenía para los clientes y se dejó caer en ella. Oí crujir sus articulaciones.

—Estoy bien. Conocí a una chica, conocí a su novio, le enseñé mi pistola e hice una pequeña inversión en la empresa Johnny Walker. ¿Y tú?

Sonreí más aún.

—He olvidado ya cuántos elefantes se balanceaban en la tela de una araña.

Él sonrió.

—Alexander —me dijo Suggs, para demostrarme que seguía sobre la pista.

—Él no mató a Pericles Tarr —dije, con una voz que no era la mía propia. Y no lo era porque el tono pertenecía a aquellos hombres que arrojaron napalm a unos asiáticos que iban armados con palos de bambú, cuyos antepasados predicaron la igualdad pero no para las mujeres o los negros o los blanquitos sin blanca, y que tomaron decisiones en sus corazones sin tener ninguna consideración por sus almas. Quizá sí que fuera mi voz, después de todo.

—¿Y dónde está? —preguntó Suggs.

—No lo sé —dije, volviendo a ser yo mismo—. Le he buscado por todos los sitios que se me ocurren. Pero escucha, Mel: el Ratón no es un usurero, ni tampoco es el tipo de hombre que dispara y sale huyendo. Los dos sabemos lo que es y lo que no es. El Ratón no mató a ese hombre.

—¿Desde cuándo te han nombrado juez?

—La misma noche que os nombraron ejecutores a ti y a los tuyos —contesté, preguntándome quién hablaba ahora a través de mí.

Suggs hizo una pausa entonces. Volvió a sonreír.

—No te mentiré, Easy —dijo—. Esta vez quieren su cabeza pinchada en un palo.

El traje de Suggs era de color marrón, y su camisa era blanca o de un verde muy claro. Ambas cosas estaban manchadas, arrugadas y desgastadas hasta la máxima capacidad de resistencia de su tejido.

—¿Quién? —pregunté.

—El capitán Rauchford —respondió—. De la comisaría 76.

Volví la cara hacia la pared, asimilando aquella información. Rauchford me había empapelado unas cuantas veces antes de obtener la licencia de detective privado por parte del inspector. Era un hombre muy feo y a la vez muy remilgado. Tenía hasta el último pelo en su lugar, y sin embargo las chicas le seguían rechazando; todos los requisitos cumplidos, y aun así le pasaban por alto para los ascensos. Y como todos los hombres blancos que no pueden soportar el peso de la injusticia que les abruma, regurgitaba su rabia sobre los demás: sobre los hombres como yo.

Cuando me volví, Suggs se levantaba ya de su silla, el Benedict Arnold de los hombres de azul. Se bebería una botella entera aquella noche esperando quizás encontrar el perdón al otro lado.

34

*E*l camino hasta la avenida Champion resultó muy agradable. La visita de Suggs, aunque en realidad no restauraba mi fe
en la humanidad, al menos otorgaba un guiño positivo a la naturaleza humana. Él quería que yo supiera que había un plan
semioficial en marcha para asesinar a mi amigo.

Suggs era un buen policía. Resolvía los crímenes y eso era
su ruina. La mayoría de los americanos (y quizá de todas las
personas en el mundo que yo conocía) no se enfrentaban directamente con los problemas. Si oyes tiros, lo primero que
haces es agacharte, y luego correr. Después, la mayor parte de
la gente se esconde. La forma de esconderse de Suggs era
pensar.

Él no sabía si el Ratón era culpable o no, pero sí sabía que
matar a un hombre al que no puedes arrestar legalmente está
mal. No podía actuar contra Rauchford, y no tenía ni idea de lo
que podíamos hacer el Ratón o yo, pero tenía que decírmelo.

Pasé el resto del breve trayecto en coche pensando en el coronel Bunting. En mi interior le llamaba Bumbles (Tropezo-
nes). Era como tantos otros negros jóvenes que se visten a la
última moda y piensan que eso les hace invulnerables. Bunting
creía que su uniforme le hacía superior; mis hermanos de la calle pensaban que eran las camisas con chorreras y los zapatos
de becerro sin curtir. La madurez y el infantilismo se mezcla-
ban tanto en Bumbles como en mis semejantes descendientes
de esclavos; la única diferencia era que los periódicos y la televisión estaban de acuerdo con Bumbles. Nadie se ríe de un
idiota blanco de uniforme hinchado y engallado.

Sonaban las Supremes cantando *Baby Love* a un volumen
muy alto, detrás de la puerta rosa. Apreté el timbre de la puer-

ta repetidamente, parando de vez en cuando para usar el llamador de latón.

Era una casa bonita, pequeña y mucho más atrás en su terreno que las demás casas que la rodeaban. El césped estaba bien recortado y cuidado, y los rosales que bordeaban el camino estaban podados y florecientes. Grandes flores con pétalos rojos, blancos y naranjas colgaban de las ramas espinosas, mientras una profusión de dalias violetas florecía a lo largo de un lateral de la casa. La luz incidía con tanta fuerza en el césped que sentía que casi podía recogerla con las manos, si me agachaba.

La canción llegó a su fin y yo empecé a comprender lo intensas que eran mis emociones. La idea de coger la luz del sol con las manos me hizo estremecer hasta los huesos. Quizás hubiese llegado a alguna revelación profunda, de no ser por el súbito silencio que se hizo al acabar la canción.

Apreté de nuevo el timbre y seguí golpeando la puerta.

La siguiente canción no llegó. Por el contrario, una mujer preguntó con tono ofendido:

—¿Quién anda ahí?

—Easy Rawlins, señora —dije ante la puerta rosa.

La luz del sol estaba ahora detrás de mí, pero la locura todavía me martilleaba en la frente. Sexo y asesinato parecían buenas opciones. Si se hubiese dado la oportunidad, habría robado el fuego de Prometeo y habría arrasado desde San Diego por toda la costa de California hasta el monte Shasta.

Pero entonces se abrió la puerta.

Ella vestía de rojo. Se podía llamar vestido, pero en realidad era más bien un salto de cama. Su figura no habría resultado más obvia si hubiese estado desnuda y untada de aceite. El rostro y los muslos, los brazos y el cuello de un marrón intermedio se veían iluminados por unos ojos lo bastante oscuros como para llamarlos negros. Nena Mona era menuda, creada para repoblar el campo, y encantadora, de esa manera que los cristianos interpretan como pecaminosa.

Lo que yo vi en ella, ella pudo verlo en mí.

Me fijé en sus sandalias. Eran negras con unas tiras de cinta roja entre el segundo y tercer dedo de cada pie. Las cintas ascendían luego, entrelazándose sinuosamente en torno a los tobillos, para sujetarlas en los pies.

—¿Sí? —me preguntó, no tan molesta ante mi llegada como parecía estarlo antes de abrir la puerta.

—Qué preciosas sandalias —dije.

Nena tenía unos labios que ya eran gruesos, pero que cuando sonreía parecían hincharse más aún.

Pensé de nuevo en la luz del sol. Me pareció que la escabrosa y etérea belleza de Nena era como el sol: tangible e intangible, un mecanismo incrustado en mi mente como el hambre y el miedo.

—Me las compré de rebajas en Frisco —dijo—. ¿Cómo me ha dicho que se llama?

—Easy Rawlins.

—¿Le conozco, Easy Rawlins? —Era una sugerencia, más que una pregunta.

—No. Pero sí que conoce a un amigo mío.

—¿Y su amigo le ha mandado aquí? —especuló ella

—Ningún hombre que esté en su sano juicio enviaría a otro hombre a verla a usted, señorita Mona.

Sus dientes eran blancos, y sus uñas, según pude ver, largas, sanas y limpias.

—¿Qué hombre es ése, pues?

—El Ratón.

El rostro de terracota de aquella mujer-niña se heló como si estuviese realmente hecho de cerámica. Tenía que pensar, preguntarse qué peligro suponía yo. Su poder no significaba nada frente a la amenaza del Ratón.

—¿Ese es el nombre de una persona? —me preguntó, sin convicción.

Yo sonreí y meneé la cabeza lentamente.

—Hay diez mil hombres de todas las razas y edades sólo en esta ciudad —dije—, que dejarían a sus mujeres sólo con ver su fotografía. Usted lo sabe, y yo lo sé.

La joven frunció el ceño, intentando resistirse a los cumplidos que sin embargo anhelaba.

—... y —continué—, conoce a Raymond Alexander igual de bien.

—Ah, Ray... Sí, sí que conozco a Ray Alexander. Pero no sabía su apodo.

Volví a sonreír.

—¿Qué quiere, señor Rawlins?

Su voz se había vuelto fría.

—Busco a Ray y un hombre a quien conozco me ha enviado aquí.

—¿Qué hombre?

—No importa quién sea, guapa —dije—. Lo que importa es que él me ha dicho que Ray se ha dejado ver con un hombre llamado Pericles Tarr y que Pericles y usted son buenos amigos.

Siempre resulta triste ver que los ojos de una hermosa mujer se avinagran al mirarlo a uno. Aunque yo quería ver lo que sentía ella, lamentaba también la oportunidad perdida... al menos un poquito.

—Tiene que excusarme, señor Rawlins —dijo—. Tengo que irme.

Retrocedió desde la puerta, disponiéndose a cerrarla.

—Señorita Mona.

—¿Qué?

—¿Sabe usted dónde está Raymond?

178   Decidí no preguntarle por Pericles. Me imaginaba que si Tarr sabía que yo andaba buscándole, suponiendo que todavía siguiera vivo, podía desaparecer completamente.

Ella cerró la puerta y yo me permití lanzar una risita.

Fui hacia el camino lateral y recorrí todo el trayecto hasta la esquina, allí doblé a la izquierda y esperé tres minutos. Si Nena me había visto marchar, habría vuelto a la casa por aquel entonces.

—¿Míster? —me preguntó una voz.

Me volví y vi a un anciano negro vestido con una ropa que en tiempos debió de estar llena de color pero que había ido evolucionando hacia unos tristones marrones y grises.

—¿Sí?

—¿Puede ayudar a un veterano? —me preguntó.

—¿De qué guerra?

—La grande, la del dieciséis.

—¿Mató a alguien entonces? —le pregunté. No sé por qué lo hice.

Él me sonrió y observé que sólo le quedaban tres dientes, cada uno tan fuerte y marrón como un antiguo tocón de roble.

Una cucaracha gigante corría en zigzag por la acera entre

nosotros. Levanté la vista y me dí cuenta de que el almacén que estaba tras él se encontraba cerrado y cerrado con tablas. Saqué un billete de veinte dólares de mi cartera y se lo di al hombre. Cuando vio la cantidad, el otro se quedó conmocionado.

—Gracias, míster —me dijo, con gran énfasis.

—No hay de qué, hermano —dije yo.

Él me tendió una sucia mano y yo se la estreché. Aquel contacto tuvo en mí un efecto de limpieza.

—Voy a coger este dinero y voy a intentar hacer algo con él, amigo —dijo el viejo—. Voy a intentar situarme, conseguir un trabajo y dejar el vino.

Me miró a los ojos y supe que lo decía en serio. ¿Qué importaba si luego fracasaba? Todos fracasamos, al final.

35

*D*ejé al veterano y volví a mi coche, en la calle frente a la casa de la novia de Perry Tarr. Los primeros cinco minutos me quedé allí sentado pensando en una forma de leer y vigilar la entrada de la casa al mismo tiempo. Era un problema en el que siempre pensaba cuando hacía alguna operación de vigilancia. Pero la respuesta siempre es la misma: no se puede leer y vigilar a la vez. Cuando llegaba a comprender aquello, me sentía algo amargado.

Me quedé allí resentido, observando y esperando que alguien saliera o entrara apresuradamente de la casa de la bonita joven. Incapaz de distraerme con la lectura y sin querer oír más música, empecé a pensar en la mujer que acababa de conocer.

Nena Mona no era Bonnie ni Faith ni EttaMae Harris. No era el tipo de mujer que me puede obligar a arriesgar la vida. Pero, pensé, ¿no sería mejor la vida con una mujer como Nena? ¿No sería ideal estar con una mujer que te hace correr la sangre como un adolescente, pero que cuando se va no tienes la sensación de querer morir?

Este tipo de ideas resultaba una distracción muy atrayente. La idea de la belleza sin consecuencias y de un amor que fuese puramente físico permitía a mi corazón un breve lapso de euforia. No me imaginaba haciendo el amor con ella. Bastaría con tener una conversación breve y verla sonreír.

Mientras tenía esos pensamientos, un Volkswagen azul marino salió de la casa de Nena. Por lo visto conducía muy bien. Retrocedió por la calle en un arco perfecto y pasó junto a mi coche con alguna misión que mi visita exigía sin duda. Volví la cabeza cuando ella pasó, pero probablemente no fuera necesario. Nadie mira a la cara de nadie en Los Ángeles. En Los Ángeles, la gente está demasiado ocupada aprovechando las ocasiones que siempre aparecen y siempre están calvas.

Y

Pude haber intentado seguir al automóvil azul oscuro, pero según mi experiencia la persecución de vehículos raramente da frutos. Los semáforos van en tu contra, los conductores malos, lentos o borrachos te cortan el paso, y aunque la gente no mira las caras en Los Ángeles, ciertamente mantienen el ojo clavado en el espejo retrovisor. Se necesitan al menos dos coches para realizar una persecución como es debido. Con un solo hombre es mucho mejor intentar un allanamiento de morada mientras el sujeto está fuera, con el coche.

Así que volví a llamar a la puerta. No se oía música fuerte, no hubo respuesta.

Di la vuelta hacia la parte de atrás. Las ventanas estaban todas cerradas. La pintura blanca de la puerta de atrás se estaba desconchando y tenía ya una delgada capa de líquenes color verde oliva. La hierba allí era alta y brillante. Un frondoso pino escondía el patio trasero de la vista. Todo esto, junto con el silencio, era un buen augurio para mi trabajito. Pero la mejor señal era que la puerta trasera de Nena Mona no estaba cerrada, sino abierta de par en par. Si se hubiese tratado de Navidad Black yo habría sospechado que era una trampa, pero sabía que la señorita Mona prestaba mucha atención a su propia belleza y no se dejaba distraer por cerraduras y posibles asaltantes. Después de todo, su riqueza era su belleza, y esa la llevaba consigo adonde iba.

El porche de la parte de atrás estaba equipado con una lavadora y una secadora, pero la cocina a la que daba paso no tenía ni siquiera un cazo para calentarse los restos de comidas preparadas que tomaba. El diminuto salón estaba amueblado con un sofá blanco muy grande que tenía unos gruesos cojines y el respaldo muy alto. Había una docena o más de cojines de diversos tonos pastel encima del sofá. Ante aquel diván del tamaño de una cama se encontraba una mesita baja grande de nogal con un televisor portátil rosa encima y un equipo de alta fidelidad completamente nuevo. La alfombra era blanca y de pelo largo. Tres enormes cuadros abstractos colgaban de otras tantas paredes. Parecía que habían comprimido a un gigante para que cupiera en el espacio de un pigmeo.

El dormitorio de Nena era sorprendentemente espartano: una sola cama con un archivador metálico en lugar de tocador o cajonera. En el armario había estantes donde guardaba medias y sujetadores, ligas y braguitas de seda. De una barra colgaban cinco vestidos, tres de ellos con la etiqueta del precio todavía.

El archivador tenía tres cajones y una cámara Polaroid encima. La puerta de atrás no estaba cerrada, pero aquel archivador sí. Encontré un destornillador debajo del lavabo, en el baño, y hurgué en la cerradura hasta que saltó.

En el cajón superior había siete carpetas colgantes con documentos, la primera de las cuales estaba etiquetada con la palabra HOMBRES. En su interior se hallaba un álbum de fotos de 18x24, quizá de unas cuarenta páginas. En cada página, ocho fotos Polaroid de penes masculinos. Hombres negros, blancos; hombres que no eran ni negros ni blancos. Algunos jóvenes, otros viejos, algunos tan gordos que tenían que sujetarse el vientre levantado para que se vieran sus pollas tiesas. Más de una estaba brillante y húmeda, y una incluso se encontraba en plena eyaculación.

No era ninguna sorpresa que Nena hubiese cerrado aquel archivador. Me preguntaba cómo conseguiría que los hombres posaran para ella. Probablemente les decía que quería recordar su virilidad, su noche de amor.

«Si no estás aquí, podré recordarte dentro de mí», puede que les dijera.

Los otros expedientes contenían sus finanzas, su currículum como modelo, como secretaria, su expediente académico del instituto, su calendario de citas y, finalmente, su agenda telefónica.

La dirección y el número de teléfono de Perry Tarr estaban tachados y los reemplazaba una nueva dirección en Ogden, entre la calle 18 y Airdrome.

Escribí la dirección en un trozo de papel blanco que llevaba en mi cartera para ese fin. Después, abrí las otras dos cerraduras y revolví sus joyas, el escondite del dinero en efectivo, los talones y los bonos. Luego cogí el álbum de los penes y lo puse encima de la cama, abierto.

Hice todo aquello para que pareciera que era algún ladronzuelo adolescente, en lugar de un hombre que iba en busca de Perry Tarr. Ella quizás adivinara la identidad del ladrón, pero era lo único que podía hacer, ya que había roto la cerradura del primer cajón.

Estaba a punto de irme cuando observé la única nota femenina de su dormitorio, por otra parte austero. Era un teléfono rosa de princesita en el suelo, junto a la cabecera de la cama.

No tendría que haberlo tocado, pero cogí el receptor y marqué un número.

—Coches usados Marvel —dijo ella.

—¿Cenamos juntos?

—¿Easy?

—Ajá.

—Esta noche no puedo, Easy —dijo Tourmaline—. Tengo una cita. ¿Quizás otro día de esta semana?

—Sí, estaría bien —dije, pensando que mi tono sonaba ligero y displicente.

—¿Qué te pasa? —me preguntó ella.

—Nada, ¿por qué? ¿Acaso parece que me pasa algo?

—Lo que uno siente cuando una chica te vuelve la cara.

—¿Una chica?

—¿Dónde estás ahora mismo, Easy Rawlins? —me preguntó Tourmaline Goss.

Era una grieta en la presa, una fisura que notaba siempre desde la niñez. Tourmaline era la eterna Mujer Negra, y yo era el niño eterno. Su tono me paralizó en aquel lecho femenino de aspecto militar. Veía el pino frondoso desde la pequeña ventana de Nena. Era posible que Nena hubiese ido a la farmacia para comprar una aspirina para el dolor de cabeza que yo le había provocado. Podía estar ya de camino a casa de nuevo, en aquel preciso momento.

—Pues me he metido en una casa —dije—. Alguien dice que un amigo mío ha matado a una persona, pero yo sabía que esta mujer podía probar que el hombre supuestamente muerto, en realidad todavía vive...

Durante la siguiente hora y media le conté a Tourmaline gran parte de los momentos importantes de mi vida. Le hablé del Ratón, de quien ella había oído hablar; de Jackson, de Etta y de Bonnie. Le conté todo lo que había pasado hasta el momento en

183

que eché a Bonnie de mi casa. No mencioné asesinatos ni muertes, aparte de aquél por el que culpaban al Ratón. Eso habría sido muy injusto para una inocente estudiante universitaria.

Tourmaline me escuchó con paciencia, aunque estaba en el trabajo. La gente le interrumpía de vez en cuando, pero siempre volvía al teléfono y me decía: «continúa».

Yo esperé que la confesión me aliviase, pero por el contrario, me aportó una sensación de vacío. Exponer mi vida de aquella manera me hizo ver que había desperdiciado mi potencial con un orgullo extraviado y gran furia ante los desconocidos.

—Debo irme —le dije al final—, antes de que la chica vuelva a casa.

—¿A qué hora pasas a recogerme? —preguntó Tourmaline.

36

*Y*o planeé irme en cuanto dejase de hablar por teléfono con Tourmaline, pero después de tanta confesión, no tenía fuerzas ni para levantarme. Ella quería saber cosas de mí, de mi vida. La mayor parte de los hombres a los que había conocido o bien eran muy callados o muy fanfarrones. Para ella resultaba raro oír hablar a un hombre de su vida tal y como la sentía. Pero yo no era completamente sincero. Lo que había dicho era verdad, pero lo que había hecho era engañar a mi corazón creyendo que hablaba con Bonnie, confesándoselo todo a Bonnie, intentando encontrar el camino de vuelta a su corazón.

La mentira no hizo daño a Tourmaline, pero a mí me destrozó. Todo lo que pensaba que había conseguido en los últimos días se desvaneció, y me quedé otra vez enfrentado a mí mismo.

La habitación desnuda estaba muy tranquila. Cuando el teléfono sonó yo pegué un salto en la cama. Sonó diez veces. Al principio de cada timbrazo yo decidía abandonar aquella casa, pero luego, cuando volvían los intervalos de silencio, ya había perdido toda mi determinación.

Temí dejar la casa absurda y hueca de Nena Mona. Su vida era muy sencilla y directa; era casi como si viviera en un plató de cine, en lugar de una casa real. Había mucho alivio en semejante simplicidad. Y fuera había peligro.

Cogí el receptor color rosa y marqué otro número.

—Proxy Nine —dijo una voz femenina.

—Jackson Blue —dije yo.

—¿Y su nombre es?

—Ezekiel Porterhouse Rawlins.

—¿De qué empresa, señor Rawlins?

—De ninguna empresa. Yo trabajo solo.

—¿Y cuál es el objetivo de su llamada?

—¿Objetivo? Quiero hablar con mi amigo.

—¿Le conoce él a usted?

La mujer no era idiota, de eso me daba cuenta. Lo que estaba experimentando era simplemente otro cambio en el mundo, mientras yo me quedaba ahí enfurruñado en el mismo sitio.

—Muy bien —afirmé—. Somos amigos desde antes de la guerra.

—Oh.

Casi podía oír cómo intentaba imaginar otra forma de identificarme mejor antes de pasarme a Jackson. Su trabajo consistía en proteger a los mandamases de Proxy Nine, la aseguradora francesa de empresas de seguros internacionales y bancos, y Jackson era un mandamás de los más gordos. Era el vicepresidente a cargo del proceso de datos.

—Un momento, por favor —dijo la telefonista.

Luego se oyeron una serie de clics y un timbre.

—Despacho de Jackson Blue —me contestó otra mujer.

—Easy Rawlins quiere hablar con él.

—¿De qué empresa es usted, señor Rawlins?

En aquel preciso momento mi opinión de Jackson cambió. Tenía «dos» secretarias protegiéndole de las llamadas exteriores. A partir de entonces nuestras relaciones estarían a capricho de su generosidad. De alguna manera, el cobarde genial había conseguido soslayar las maquinaciones del racismo. Tenía más poder, facilidades, protección y estima que la mayoría de los hombres blancos.

—Hola —dijo al fin él a mi oído.

—Hola, Jackson —le dije—. Tengo que ir a verte.

—Estoy muy ocupado —dijo, sin apenas tartamudear.

—Escucha, Jackson. Estoy sentado en la cama, en casa de una mujer. He entrado ilegalmente y ahora tengo miedo de irme. Me da la sensación de que si salgo habrá una emboscada ahí mismo, esperándome.

Aquello no era una continuación de mi confesión con Tourmaline. Jackson y yo teníamos un pie en el lado criminal de las cosas desde que éramos niños. Admitir que había cometido un allanamiento no era nada del otro mundo. Y el miedo era precisamente la lengua materna de Jackson.

—Vale, hermano —dijo—. Está bien. Vente para acá.

Las palabras de Jackson fueron como un conjuro que me sirvió para romper el hechizo que la casa de Nena Mona ejercía sobre mí. Salí por la puerta delantera y la cerré con mucho cuidado al salir. Fui hasta mi coche y me dirigí hacia el edificio de Proxy Nine, en el centro.

Los directivos de la empresa estaban todos en la planta treinta y uno. Lo recordaba porque el día que averiguó dónde estaría situado su despacho Jackson me llamó.

—Les he pedido que lo cambien, Easy —me dijo en el bar Cox, un domingo por la tarde—, pero dicen que debe estar ahí porque Jean-Paul quiere tenerme cerca, al alcance de la mano.

—¿Jean-Paul?

—Jean-Paul Villard. Es el presidente de la empresa —explicó Jackson, como si hablara de un primo lejano en lugar del amo de una empresa multimillonaria—. Así que estoy pensando en dejar el trabajo.

—¿Dejarlo? Pero ¿por qué dejar algo así?

—Treinta y uno, tío —gimió—. El piso treinta y uno. Es trece al revés.

Tuve que utilizar toda mi persuasión, igual que Jewelle y un pastor a quien ella conocía, para evitar que Jackson dimitiera. A mí aquello me resultaba sorprendente. Jackson era el único hombre a quien conocía personalmente que comprendía la teoría de la relatividad de Einstein, y sin embargo seguía siendo más supersticioso que una habitación entera llena de niños de cuatro años.

Me costó tres llamadas telefónicas y cuatro recepcionistas llegar al fin ante la puerta de roble de Jackson. La mujer que me llevó allí tenía acento francés, el pelo castaño y un vestido con estampado de cachemir muy ajustado a su figura a lo Jane Mansfield. Dio unos golpecitos en la puerta, se quedó escuchando, oyó un sonido que yo no fui capaz de oír y metió la cabeza en el despacho.

Cuando salió la cabeza de la ranura de la puerta de Jackson, la joven tenía una expresión de asombro en la cara.

—Quiere que entre de inmediato —dijo, como si no creyera sus propias palabras.

—¿Hay alguna sorpresa? —le pregunté.

—Pues sí —contestó la chica—. Monsieur Villard está con él.

Jean-Paul Villard era un hombre con la piel olivácea, los ojos oscuros y un bigote fino y recortado. Su cabello era negro. Era nervudo pero no flaco, alto, vestido con pantalones negros y una chaqueta de espiguilla sobre una camisa verde manzana iridiscente, con el cuello abierto. Estaba sentado en uno de los dos sofás amarillos que se encontraban uno frente al otro y frente al enorme escritorio de ébano de Jackson.

Yo no había visitado a Jackson desde el traslado. El tamaño de su despacho era monumental: unos techos de casi cinco metros de altura en una habitación que era al menos de diez metros de ancho y veinte de largo. Sus ventanales daban a las montañas que quedaban al norte de la ciudad. En las paredes se encontraban cuadros al óleo originales de famosos músicos de jazz.

Jackson y Jean-Paul se levantaron para recibirme.

—Jean-Paul —dijo Jackson—, éste es Easy Rawlins.

El francés me sonrió y me estrechó la mano.

—He oído muchas cosas de usted, monsieur Rawlins.

—¿Ah, sí? ¿Como qué?

—Jackson dice que es usted el hombre más peligroso que conoce.

—¿Más peligroso que el Ratón?

Las cejas de Villard se alzaron ante la mención del diminuto asesino. Supuse que Jackson le había contado muchas historias adornadas con hipérboles tales que probablemente pensaba que el Ratón, y el peligro que éste representaba, debían de ser un mito.

—Decía que monsieur Ratón era... ¿cómo lo llamaba? El hombre más mortífero, *oui*, el hombre más mortífero que conoce.

—Sobre el Ratón tiene razón —dije, soltándome de su apretón de manos, sorprendentemente fuerte—. Pero no veo cómo podría ser yo más peligroso.

—Raymond te quita la vida, nada más —dijo Jackson, con una mueca mortal en su oscuro rostro—. Easy te quita el alma.

Las palabras de Jackson tenían algo de sentencia. Al cabo de un momento de silencio profundo, nos sentamos. Yo me instalé en un cojín, junto a Jackson, mientras Jean-Paul se inclinaba hacia adelante, al borde del sofá, frente a nosotros. En la mesa de centro baja de mármol había una botella de vino tinto y dos copas.

—Déjeme que le traiga una copa —me ofreció el directivo francés.

—No se moleste, hombre —dijo Jackson—. Easy no *mama*. «Tío...»

—Gracias de todos modos —dije yo. Luego miré hacia las paredes—. Bonitos cuadros.

—Los ha pintado mi amante —dijo Jean-Paul, lleno de orgullo—. Cuando la conoció, Jackson hizo que los trajera aquí, a su despacho.

—Nadie tuvo que obligarme —dijo Jackson—. Ya sabes, Easy. Satchmo en persona posó para Bibi, para éste de aquí. También ha pintado a un montón de escritores. Richard Wright, Ralph Ellison, Chester Himes...

Era una experiencia nueva para mí. Jackson era un cobarde, pero no era ningún lameculos. Realmente le gustaba Jean-Paul y aquellos cuadros extraños de músicos americanos. Estaba en su salsa en aquella habitación.

Durante un rato nos quedamos allí sentados, intercambiando cumplidos. El hombre blanco se sirvió una copa de vino y se arrellanó en los cojines amarillos. Estaba claro que no tenía intención alguna de irse.

Llegamos al final de una breve discusión sobre Vietnam y el hecho de que ningún hombre blanco, americano o francés tenía por qué estar allí.

—Entonces, ¿qué quieres, Easy? —me preguntó Jackson.

Quizá Jackson y el francés fuesen amigos, pero él y yo teníamos una historia mucho más antigua. No habíamos sido amigos todo aquel tiempo, pero podíamos llegar el uno al otro en la oscuridad. Con aquella simple frase, él había contado una historia entera.

Jean-Paul estaba fascinado por Jackson y las historias que

189

contaba. Estaba ansioso por ver una América que no aparecía en la televisión ni en la radio. Quería experimentar la vida negra que había dado origen al jazz y el blues, el gospel y los disturbios de Watts. Jackson era su primer atisbo real de lo que podía haber debajo de la fachada confiada y blanca de los americanos.

Jackson tenía en alta estima a aquel hombre, quería impresionarle y por tanto me preguntaba para permitir al presidente de la Proxy Nine que conociera algo de nuestras vidas. Confiaba en que si yo había matado a alguien, o me encontraba en alguna dificultad grave, me limitaría a contar una historia neutra y volvería más tarde con los detalles auténticos cuando Jean-Paul se hubiese cansado.

Todos los días en los años sesenta eran como un nuevo día. Desde los hippies hasta la guerra, América no tenía salida. Los negros se estaban rebelando por sus derechos y algo sacaban: clubs Playboy, buenos trabajos, héroes negros del deporte, millonarios franceses codeándose con gente como Jackson Blue y como yo...

—EttaMae me ha llamado —dije, decidiendo matar dos pájaros de un tiro.

Cuando Jackson oyó el nombre de Etta su sonrisa amistosa palideció, pero yo seguí hablando.

—... ha dicho que la policía buscaba al Ratón. Creen que ha matado a un hombre llamado Pericles Tarr.

—¿Y quieres que hable con Etta? —me preguntó Jackson, esperando acabar así nuestra conversación.

—No, no, no, no —dije yo—. Escúchame, hermano. Como he dicho, la policía cree que el Ratón ha asesinado a ese hombre y lo ha enterrado por ahí, en San Diego.

—¿Pero han encontrado el cuerpo? —dijo Jean-Paul. Se había metido de cabeza en mi historia.

—Justamente, JP —afirmé—. No, no han encontrado el cuerpo, y la esposa del hombre asesinado dice que el Ratón estaba ejerciendo de usurero y que se cargó a su marido porque él no pudo devolverle el dinero.

—¿Qué es «usurero»? —preguntó Villard.

Jackson se lo explicó en un francés sorprendentemente fluido. Incluso en aquel momento, en que le daba lecciones a él, me demostraba a mí que estar en su compañía era compartir la presencia del genio.

—Ah, sí, muy bien —dijo Jean-Paul en un inglés aprendido de un británico.

—¿Así que tú sabías que ese Pericles no estaba muerto...? —añadió Jackson, esperanzado.

—Sí...

Entonces les conté toda la historia explicando que había obtenido información de la novia, sin admitir el allanamiento.

—Apuesto a que Perry es ese tipo de tío que sale a hurtadillas por la ventana de atrás cuando llegan los problemas ante su puerta —dije yo—. Así que necesito que tú toques el timbre mientras yo espero atrás.

—Lo va a agarrar por la nariz —especuló Villard.

—Y voy a retorcer un poquito —añadí yo.

—¿Puedo ir con usted, señor Peligroso? —me preguntó el presidente.

—Claro —dije—. Nada resulta más indicativo de peligro que un hombre blanco llamando a la puerta de un negro.

37

—¿*Q*ué hiciste durante la guerra, JP? —le pregunté de camino a lo de Ogden.

—Mi familia es muy rica —dijo él—. Se fueron a Suiza y a Sudamérica. Unos cuantos fueron también a nuestra plantación en Mali y el Congo.

—¿Y tú?

—Yo quería luchar contra los nazis. Era joven y quería matar a las personas que estaban violando mi tierra materna.

—¿Y eso fue lo que hiciste?

Jean-Paul iba sentado a mi lado y Jackson en el asiento de atrás. Los ojos del francés relampaguearon y dudó, desconfiado. Yo también desconfié. Allí estaba, hablando con un hombre cuya familia era antigua y rica. Poseían plantaciones en África, de modo que probablemente tuvieron esclavos en algún momento; incluso podían tenerlos todavía por aquel entonces...

—Trabajé en un apartamento creando códigos de radio para la Resistencia —dijo—. Nuestra pequeña emisora estaba justo enfrente de la Gestapo. Nunca abandoné mi puesto. Durante tres años sólo salí al exterior dos veces: una vez porque se declaró fuego en nuestro edificio y temíamos que encontraran el transmisor, y otra vez... otra vez me encontré en un callejón adonde acudía un oficial alemán para mantener relaciones sexuales con niñas pequeñas, de doce y trece años.

—Pero ¿qué hiciste allí? —le pregunté, porque no quería que el hijo de los esclavistas pensase que no podía soportar su experiencia.

—Le corté la garganta, y luego le corté la polla y se la metí en la boca.

Levanté la vista hacia Jackson, en el espejo retrovisor. No sabía qué pensaría él, pero recordé una conversación que ambos habíamos tenido unos cuantos años antes. Yo le había preguntado si él pensaba que un negro y un blanco podían ser amigos.

—Pues claro, demonios —me respondió él—. Claro que sí. Pero un blanco tiene que pasar por algunas cosas antes de poder llamar amigo a un negro. El blanco tiene que ver la mierda y olerla, antes de poder conocer de verdad a un amigo negro.

Jean-Paul había olido la mierda.

La casa de Ogden era una estructura pequeña, como una cabañita, de estuco y de color naranja como con manchitas de sangre. Estaba encaramada en lo alto de un talud con césped y en el centro de la manzana.

Al cabo de unos minutos de deliberación yo decidí pasar por el camino lateral mientras Jackson y Jean-Paul se acercaban por el frente. Tenían que llamar al timbre mientras yo me dirigía hacia la puerta trasera con pies ligeros y rápidos.

Quizás hubiese barreras que me impidieran el paso, una cancela cerrada o un perro guardián, por ejemplo, pero pensaba arriesgarme.

El patio de atrás era pequeño y yermo. Se trataba de un patio pavimentado, bajo la sombra dudosa de un granado moribundo. Dos postes oxidados se erguían a cierta distancia uno del otro, sujetando una cuerda de tender donde se secaban dos camisas y media docena de calcetines.

Yo me quedé de pie a la derecha de la puerta con mi 38 en la mano. A un lego podía parecerle que llevar la pistola en la mano y preparada resultaba excesivo para una situación como aquélla, pero cuando se entra en el terreno de la emboscada hay que ir hasta el final o si no tarde o temprano lo lamenta uno.

No tuve que esperar demasiado. Al cabo de sesenta segundos la puerta de atrás se abrió y dejó pasar a un hombre bajito y sigiloso, que puso un pie fuera.

Era del color de un penique de Lincoln de dos años de antigüedad y muy usado, regordete y con las manos pequeñas y fuertes y un gorro verde. Sus pantalones eran negros, y llevaba una camisa marrón de manga corta.

—Quieto, Perry —dije—, o te pego un tiro.

Esperaba asustarle y que se quedara inmóvil, pero me sorprendió al caer de rodillas y llevarse las manos a la cabeza. Di la vuelta en torno a mi prisionero con el arma bien a la vista. Él tenía la cabeza gacha.

—Mírame, tío —le ordené.

Su rostro y su cuerpo eran un compendio de la auténtica experiencia afroamericana. En sus mejillas y su bulbosa nariz se apreciaban rasgos del norte de Europa, influencia eslava en sus ojos asiáticos, una economía de siervo en su compacta estructura ósea y sus anchas manos. Tenía el pelo lanudo y los labios gruesos. Era la jambalaya criolla del Nuevo Mundo. Una docena o más de razas europeas y africanas competían por un espacio de su geografía corporal.

—¿Quién eres? —susurró el hombre, espantado.

—Easy Rawlins.

—¿Qué problema tienes conmigo, tío?

—Dicen que Raymond Alexander te mató.

—No, hermano. No estoy muerto.

—Pero la policía piensa que lo estás —insistí—. Y van a por Ray.

—El Ratón sabe dónde estoy, hombre. Me ha traído él a este sitio.

—Eres un hijo de puta mentiroso —dije, ahondando más en el lenguaje de la calle.

—Puedo probarlo.

Esperé quizá treinta segundos antes de hablar. Quería que Pericles Tarr se asustara lo más posible para poder llegar a la verdad rápidamente y volver a la pista de Navidad Black.

—Levántate.

Dentro, Jackson Blue, Nena Mona y Jean-Paul Villard estaban sentados en el salón, a un nivel más bajo, charlando como viejos amigos. Nena se inclinaba hacia adelante en su silla para hacerle una pregunta a JP.

Esta vez ella llevaba un vestido cruzado azul con unas sandalias con cintas amarillas para atarlas. Cuando me vio se levantó y exclamó: «¡tú!» con un énfasis que significaba que yo iba a tener problemas. Pero luego vio la pistola en mi mano y decidió que era el momento de volverse a sentar.

—Eh, Easy —dijo Jackson—, vamos, ven aquí. Nena nos estaba contando que vive en esa casita tan bonita, ella sola.

Me preguntaba cómo habrían conseguido mis cómplices aquellas buenas relaciones con la joven mercenaria, pero no tenía tiempo para considerarlo.

—Sí —dije—. En mi breve experiencia con ella he sabido que deforma un poquito la verdad. También dice que no conoce al Ratón.

—He dicho que no conocía su apodo —dijo Nena.

—Oh, oh. Escucha. Vosotros quedaos aquí y continuad con vuestra charla. Perry y yo vamos al dormitorio y tendremos unas palabritas.

Perry echó una mirada a Nena buscando algo de apoyo o ayuda, pero ella volvió la cara.

—Vamos —dije al hombre muerto.

En el vestíbulo, a mano derecha, había un dormitorio con dos camas individuales. La de la derecha estaba deshecha. Me senté en la cama hecha e hice un gesto con la pistola indicando la que habían usado Nena y Perry para el sexo.

Perry se sentó y juntó las manos. Dio una palmada y luego se las frotó como si fuera una mosca ansiosa.

—¿Y bien? —dije yo.

—¿Qué es lo que te preocupa, hombre? —gimió—. Yo no estoy muerto, así que no colgarán a Ray.

—Puede que sí, si no te encuentran —dije.

—No les dejaría que se cargaran a Ray.

—No es eso lo que me parece a mí. —Yo hablaba con el dialecto de la calle, lleno de amenazas no pronunciadas. Era una lengua que la gente negra de todo el país conocía muy bien.

—Te doy mi palabra —suplicó Pericles.

—¿Y a Leafa qué le vas a dar?

—¿Leafa?

—Soy detective, Pericles. Tu mujer pidió prestados trescientos dólares para que te buscara. Ella me contó lo de la emboscada durante la guerra, que te manchaste con sangre de tus amigos muertos en la cara para que no te mataran. Dijo que ella sabía que no estabas muerto.

Mis afirmaciones eran tan sorprendentes que eliminaron el miedo de golpe del rostro de Perry. Él intentó comprender cómo había podido fallar su complot.

—¿Quién le iba a prestar trescientos dólares a Meredith?

—EttaMae Harris, precisamente. Meredith fue a ver a Etta-Mae y le dijo que ella no creía que Ray te hubiese matado. Dijo que me contrataría si Etta le prestaba el dinero.

—¿Cómo? ¿Pidió prestados trescientos dólares sólo por si yo estaba vivo...? ¿Está loca o qué?

—Está desesperada, tío —dije yo, como si fuera un enemigo que finge ser un amigo—. No tiene nada. Te has ido. La quieren echar a patadas de esa casa alquilada.

—He conseguido dinero para ella —dijo Pericles, irguiendo los hombros ante aquel insulto a su virilidad.

—¿Ah, sí?

—Treinta mil dólares.

Mi mente se quedó en blanco un momento. No había ni un solo negro entre mil de los que hubiese conocido jamás en mi vida que pudiera decir que había tenido treinta mil dólares en la mano. Y de los que podían hacer tal afirmación, todos eran jugadores o criminales.

El Ratón.

—¿Furgón blindado o nómina? —le pregunté a Pericles.

—¿Cómo?

—Ya me has oído, negro —dije, levantando el 38.

—Nómina.

—¿En qué estado?

—Washington.

—¿Estás loco, señor Tarr?

—¿Qué quieres decir? ¿Qué estás intentando hacer, tío?

—Te lo voy a decir —afirmé—. Fuiste circulando por ahí en un Chrysler azul que Ray y tú le comprasteis a Primo. Llevabais las matrículas normales de Washington, pero les pusisteis unas robadas cuando se acercó el momento del trabajito. Temprano por la mañana tú fuiste a la tienda adonde trasladaban el dinero los guardias, 250.000 dólares o más. Los guardias te dejaron que les golpearas en la cabeza y Ray y tú trasladasteis todo ese dinero al maletero, os fuisteis a un motel, lo metisteis en cajas y lo enviasteis aquí, a esta casa.

—Pero ¿quién cojones eres tú, tío?

—¿Le has contado a Nena de dónde sacaste el dinero?

Él meneó la cabeza negativamente.

—Porque si lo haces —continué—, Ray os matará a los dos.

—No he dicho ni media palabra.

—Me lo has contado a mí.

—Tú llevas un arma y ya lo sabías casi todo.

—Si se lo cuentas a alguien estás muerto.

—Le he dicho a Nena que he ganado 12.000 dólares en las carreras de caballos. Es lo único que le he dicho. Le he comprado algunos vestidos y le he prometido que la voy a llevar a Nueva York a lo grande.

—Dame el dinero para Meredith y los niños —le dije.

Perry ni quisiera titubeó. Fue al armario, levantó una placa de hierro en el suelo y sacó una funda de almohada llena de fajos de billetes de veinte dólares.

—Treinta mil —dijo—. Hay una carta cerrada y dirigida a ella. Iba a dejársela allí cuando estuvieran durmiendo, por la noche.

—¿Cuándo te vas a Nueva York? —le pregunté.

—El lunes que viene. Volamos en primera clase. Vamos a vivir en Brooklyn. Después de que yo me divorcie, nos casaremos.

Dudé de que aquella boda tuviese lugar jamás, pero así las cosas irían bien, porque Perry estaría mejor sin Nena Mona.

—Una pregunta más —dije.

—¿Qué?

—¿Dónde está Raymond?

Parpadeó cuatro veces.

—No, hombre, no —dijo—. No puedo decirte eso. Ray me mataría, estuviera donde estuviese, si te contara eso.

Yo me guardé la pistola en el bolsillo y suspiré.

—Bueno —dije—. De acuerdo. Ya veo que realmente lo crees así.

—Te lo aseguro —dijo Perry de nuevo.

—Ya lo sé. Así que no te importará que mis amigos y yo te atemos de pies y manos y te arrastremos con Meredith y todos esos niños.

Pericles Tarr era un hombre decidido, a pesar de su debilidad. Le asustaba más el amor de su familia que el hombre más mortífero de Los Ángeles. Me dio una dirección en Compton sin una sola duda más.

38

Cuando Perry y yo volvimos al salón, Jean-Paul estaba hablando con Nena. Ella sonreía y movía la cabeza con timidez. Yo llevaba la funda de almohada en una mano y el 38 en la otra. Había sacado el arma de nuevo para evitar que la joven explosiva hiciera preguntas.

Cuando Jackson nos vio se puso de pie. De mala gana, Villard hizo lo mismo.

Perry fue con su mujer a hacer guardia ante la puerta delantera. Nos vieron salir. No hubo palabras de despedida ni deseos de buena suerte.

—¿Cómo has conseguido que esa chica te dejara entrar en la casa? —le pregunté a Jackson cuando ya íbamos en el coche y nos alejábamos.

Había puesto los ahorrillos de Meredith en el portaequipajes.

—Han sido los zapatos de Jean-Paul —dijo Jackson, con una mueca.

—¿Los zapatos?

—Martin Lane —añadió Jean-Paul.

—¿Qué?

—Estos zapatos cuestan 1.200 dólares —siguió diciendo el cerebro de los seguros.

—¿Y?

—Nena me ha preguntado si llevaba unos Martin Lane —dijo—. Parece que está al tanto de la moda.

—Eso ha sido lo que ha roto el hielo —alardeó Jackson—. Ella se ha desvivido por atendernos y averiguar dónde se había comprado aquellos zapatos. Van a salir los dos a cenar en su yate mañana por la noche.

—Perry me ha dicho que vuelan a Nueva York el lunes —objeté.

—Ella no nos ha dicho nada de eso. Supongo que la noche de mañana la pasará haciendo el equipaje o algo —dijo Jackson—. En fin, Perry no sabría distinguir a Martin Lane de John Henry.

«Al menos he entrado a la fuerza en su casa —pensé yo—. Al menos ella sentirá un cierto malestar.»

Estaba furioso con Nena por ser como yo. Ella le estaba enseñando la puerta a su hombre porque no podía controlar sus impulsos. Quería estar cerca de la riqueza auténtica, y se mostraba ansiosa de dejar todo lo que tenía que ofrecerle Perry por un paseo en yate.

Me preocupaba su traición, pero ¿acaso Pericles no estaba haciendo lo mismo? Había huido de una esposa y una casa llena de niños; no hacía más que recibir lo que se merecía. Ninguno de nosotros era inocente. ¿Por qué no iba a ir Nena detrás del premio gordo?

Jean-Paul y Jackson hablaban de lo sexy que era Nena cuando yo empecé a pensar en el Ratón.

Sabía su dirección, pero tenía que andarme con muchísimo cuidado. Ya había cometido el robo; el trabajo había acabado. De modo que, ¿por qué seguía desaparecido del mapa? La única respuesta era que se había metido en algún otro follón a su vuelta. Y fuera cual fuese ese asunto, probablemente era peligroso. Yo era el mejor amigo de Raymond, pero aun así a él no le gustaba que metiera las narices en sus cosas.

—¿... de acuerdo, Easy? —me estaba preguntando Jackson.

—¿Qué?

—¿No es cierto lo que le he dicho a Jean-Paul? ¿Que la mayoría de los hombres blancos de América no saben lo bella que puede ser una mujer negra?

Casi vi al Ratón volviéndose hacia mí, furioso. Me estremecí de miedo allí en aquel mismísimo coche.

—Es cierto —accedí.

—¿Por qué, Easy? —preguntó Villard.

Me molestó que usara mi nombre de pila sin saber muy

bien por qué. Era un tipo muy agradable. Era un mujeriego y un asesino, y quizá también traficante de esclavos, pero nada de eso tenía que ver conmigo.

—Porque saben lo que ocurrirá si se permiten amar a nuestras mujeres —dije, hablando desde algún lugar inconsciente, resentido, asustado.

—¿Qué quieres decir?

—Si amasen a nuestras mujeres, se convertirían en hombres como nosotros —dije—. Y una vez ocurriera eso, perderían su ventaja. Sus niños tendrían la piel oscura. Su historia sería nuestra historia, y sus crímenes quedarían al descubierto.

Jean-Paul frunció el ceño y se quedó pensativo de verdad por primera vez desde que le había conocido. Lo miré por el espejo retrovisor y vi que Jackson miraba mi reflejo en una rara muestra de aprecio intelectual.

Volví a pensar en mis problemas.

¿Cómo iba a darle el dinero a Meredith Tarr? Ella no parecía demasiado estable, la verdad. Quizá, dadas las circunstancias adecuadas (o equivocadas, según como se mire) me culpara a mí por matar a su marido. No tendría que buscar demasiado para averiguar que Ray y yo éramos amigos. Quizá yo formase parte de un complot para hacerla callar.

Decidí que tenía que leer la carta.

Los problemas nunca escasean para las personas como yo. En cuanto llegué a una conclusión sobre el dinero de Meredith, empecé a pensar en la boda de Bonnie. Apareció en mi mente a hurtadillas, como si la hubiese dejado penetrar en mi conciencia sin resistencia alguna.

Yo había pasado la noche con Faith. Estaba en vías de establecer una relación con Tourmaline. Los niños habían aceptado el matrimonio de Bonnie.

—¿Habéis estado enamorados alguna vez? —pregunté a los hombres que parloteaban.

—Sabes que amo a Jewelle más que a toda mi familia —dijo Jackson— Lo sabes.

—¿Y si averiguaras que se está viendo con otro hombre sin saberlo tú?

—Ella no haría eso —aseguró Jackson.

—Pues claro que lo haría, hombre —dije—. Cuando vivía

con Mofass se veía contigo en aquella casa de Ozone. Pasaba allí contigo dos noches a la semana.

—Eso era distinto.

—No veo por qué —aseguré—. Ella amaba a Mofass más que un bebé ama a su madre. Y él murió por ella.

Estábamos en mi espacioso Ford, pero yo notaba que estaba solo, comunicándome con hombres de otros mundos. Jackson era mi espejo, como una imagen en un pequeño televisor. Yo le veía responder a mis preguntas; sabía por su mirada distante que Jackson no había considerado jamás la profundidad del amor de Mofass. Era posible, muy posible que el viejo hubiese amado a Jewelle más profundamente de lo que jamás la amaría Jackson.

Jean-Paul estaba sentado junto a mí, preguntándose por la gravedad de la conversación. Estaba allí, pero para mí no era más que un personaje de dibujos animados. Vivía en un mundo en el que yo no podía encajar. Yo vivía en un mundo al que él no pertenecía, no importaban los zapatos que llevase.

—Pero —dijo Villard—, si un hombre puede amar a más de una mujer, ¿por qué no puede amar una mujer a más de un hombre?

—¿Realmente crees eso? —le pregunté al personaje de dibujos.

—No me gustaría olerlo —dijo Jean-Paul—. Ni que él fuera el padre de mis hijos. Pero el amor es como el tiempo: es bueno o es terrible, y luego cambia. Pero tú nunca puedes cambiarlo.

Yo me encontraba en un estado emocional vulnerable en aquel momento. Ese es el único motivo por el que las palabras de Jean-Paul me parecieron tan profundas. Él me decía algo que yo ya sabía, pero que nunca había creído en realidad.

—¿Estás intentando decirme algo de Jewelle? —preguntó Jackson.

—No, hombre —dije—. Bonnie se casa con Joguye Cham.

—¿El príncipe? —preguntó Jean-Paul.

—Sí. ¿Le conoces?

—Ah, sí, muy bien. Hemos llevado a cabo muchos negocios con él a lo largo de los años. Inversiones y seguros.

—¿Y cómo es?

—Viene de una larga estirpe de jefes de su pueblo. Se educó en Oxford y fue muy activo en movimientos revolucionarios. Es un... ¿cómo diríais vosotros...?, buen tipo.

Un buen tipo. Era mucho más que eso. Había salvado la vida de mi hija y a cambio se había llevado a mi amante.

$\mathcal{A}$lquilé una habitación en un motel llamado Ariba, en Centinella. No sabía si a los militares les quedaban los suficientes matones para mantener vigilada mi casa, pero decididamente, prevenir era mejor que lamentar. Aunque la pena no me había dejado indemne; todo lo lamentaba, incluso aquellas cosas que no había hecho y no podía haber hecho.

Me eché en la cama con la funda de almohada rellena con 30.000 dólares a mi lado. Ni una sola vez pensé en quedarme con el dinero. No era mío y habría pagado muy caro aquel robo. Un día me encontraría con Leafa, cuando ella llevase diez años viviendo en la calle. Vería el dolor en sus ojos y todo el dinero que yo podía haber robado habría desaparecido.

Después de treinta minutos de intentar dormir, busqué en la bolsa y saqué la carta de Pericles. El sobre era de papel gris barato. Estaba cerrado y luego sellado con cinta adhesiva. La abrí con mi navaja de bolsillo. La carta a la «querida Meredith» estaba escrita en papel blanco de una calidad superior al sobre.

Querida Meredith:

Siento muchísimo decirte esto así cariño pero es que ahora mismo no puedo enfrentarme a ti. Me voy. No puedo soportarlo más. Me siento en casa cada noche oyendo a los niños que hacen ruidos como animales salvajes y tú en la cama a mi lado como si Sonny Liston te hubiese noqueado.

El colmo fue cuando Hanley me vomitó en el periódico y luego Lola lloraba porque no podía leer las tiras cómicas. Diez minutos después los dos se estaban riendo y yo quería matarlos. Luego vas tú y dices que necesito un nuevo trabajo para pagarlo todo. Entonces me apareció algo en la cabeza, como Dios cuando hablaba con Moisés. Yo necesitaba algo nuevo, enseguida. Y eso estoy haciendo.

No me entiendas mal, cariño. Esto duele. Fui a casa hace dos días.

Vi a los niños desde el otro lado de la calle. Vi a Leafa allí fuera con un impermeable verde nuevo muy bonito. Ella ayudaba a Lana a hacer los deberes y tú estabas sentada a su lado. Casi me acerco a ti, pero entonces salieron todos de la casa como la peste y eché a correr.

Te doy todo este dinero. Los 30.000. Puedes pagar el alquiler y alimentar a los niños unos cuantos años, incluso más. Enviaré más dinero cuando pueda conseguirlo.

Lo siento, cariño.

PERICLES TARR

Leí la carta tres veces preguntándome qué pensaría Meredith cuando la leyese. Era la verdad, pero ¿cómo podría saberlo ella? Que Pericles la abandonara no tenía nada que ver con Nena Mona. Sencillamente, él no podía soportarlo más. Vivía en una casa llena de ruido y de fealdad que sólo puede amar una madre. Era un milagro que ella no comprendiese qué era lo que le pasaba a su hombre. Pero entonces pensé: ¿qué habría ganado ella entendiéndolo? Él la habría dejado de todos modos. Ella seguiría estando perdida y a la deriva, con una docena de niños en un barquito de papel.

Pero nada de aquello era asunto mío. Le llevaría su dinero a Meredith y ella lo usaría como salvavidas.

Todos nos vamos inventando la vida a medida que pasa. En un momento determinado Pericles debió de amar a Meredith. Quería una familia numerosa, o al menos quería lo que ella quisiera, y creyó que ella comprendía las consecuencias. Y cuando la vida que se había hecho resultó no ser la vida que quería hacer, Perry se inventó a Nena, robó una nómina en el estado de Washington y compró dos billetes para Nueva York.

Todo eran falsas apariencias, sus vidas y la mía.

Aparqué frente a la casa de Tarr un poco después de las 16.30. La puerta delantera estaba abierta y por ella entraban y salían niños a la carrera. Había más de veinte niños gritando como locos. Los niños Tarr tenían amigos cuyos padres nunca les dejaban correr alocadamente de aquella manera.

Pasé por encima de dos niños de unos ocho años que se pe-

205

leaban y atravesé el umbral. En la cocina encontré a Leafa haciendo bocadillos de mantequilla de cacahuete y gelatina para unos niños más pequeños que necesitaban combustible para sus desastres.

Cuando la niña perfecta me vio, sonrió. Tenía la misma nariz que su padre.

—Está en la habitación de atrás, señor Rawlins —me gritó Leafa, señalando con el cuchillo de la gelatina.

Pasé junto a la fila de bebés y llegué hasta una puerta cerrada que se abrió sin que hiciese falta llamar.

Meredith estaba allí sentada en una silla de respaldo recto, con una postura claramente poco femenina y mirando a la pared. Ella representaba el iceberg, y su familia era el *Titanic*. Lo único que podía esperar era haber llegado a tiempo.

—Señora Tarr.

No hubo respuesta.

—Señora Tarr —dije de nuevo, acercándome más a su rincón.

Ella volvió su mirada congelada hacia mí y frunció ligeramente el ceño.

—¿Han encontrado su cuerpo? —me preguntó.

Le tendí la funda de almohada y la carta. Ella dejó la bolsa en su regazo y desdobló la nota.

O bien leía muy despacio o Meredith Tarr leyó las últimas palabra de Perry muchas veces. Me quedé allí de pie porque no había ninguna silla más en aquella habitación. Después de largo rato Meredith cogió la funda de almohada y miró dentro. Y después volvió su atención hacia mí.

—¿Qué significa todo esto?

—Encontré a Perry en una casa en Compton —dije—. Él me dijo que se iba a Nueva York y que iba a enviarle a usted este dinero. Yo le conté que iban a desahuciarla y me ofrecí a entregárselo.

—¿Ha leído la carta? —preguntó ella, ignorando mis sutiles mentiras.

—No.

—Dice que ya no me ama.

No tenía respuesta a aquello.

—¿Estaba con una mujer, señor Rawlins?

—No que yo sepa. Había una mujer en la casa, pero estaba claro que acompañaba a otro hombre.

—¿Y ahora qué se supone que debo hacer?

Ya había pensado en aquella posible pregunta cuando iba de camino hacia allí.

—Primero tengo que saber algo —dije.

—¿Qué?

—¿Cree que ha sido Perry quien ha escrito la nota?

—Sí.

—¿Y por qué no puedo haberlo escrito yo y darle ese dinero para que se calle?

—Porque a Leafa le dieron ese impermeable los Anders, de la casa de enfrente, hace cuatro días. Pero no es todo.

—¿Qué más?

—No fue Hanley quien vomitó en el periódico, sino Henry —ella sonrió—. Perry siempre confunde a Hanley con Henry. Tiene que estar vivo para haber escrito esa nota. Y parece que es él por la forma de escribir, y es su letra también. ¿Por qué no ha robado usted este dinero, señor Rawlins?

—Por Leafa —dije yo.

—¿Leafa?

—Es una niña especial, señora Tarr. Se merece algo mejor que lo que tiene.

—Sí, eso es verdad. —Las lágrimas corrían por la cara de Meredith Tarr, pero no sollozaba ni gemía.

—Señora Tarr.

—¿Sí, señor Rawlins?

—Voy a darle un consejo. Por favor, escúcheme.

Los ojos arrasados de Meredith Tarr se volvieron claros y concentrados.

—¿Tiene usted una buena amiga o una hermana en alguna parte?

—Melinda. Es mi media hermana, en Arkansas.

—Llámela. Haga que venga y que viva con usted para que la ayude a criar a estos niños. Y si no es ella, alguna otra persona. Coja el dinero y métalo en una caja de seguridad. No permita que nadie sepa que usted tiene ese dinero, ni siquiera su media hermana. Haré que la llame una amiga mía, una mujer llamada Jewelle. Ella la ayudará a comprarse una casa por 10.000 dólares

207

o menos. Compre la casa y use el dinero que le queda para alimentar a su hermana y a estos niños. Descanse un poco y luego consiga un trabajo. Perry me dijo que seguiría en contacto con usted y le enviaría dinero cuando lo necesitara. ¿Me está escuchando?

Ella asintió, muy afectada.

—¿Dónde consiguió él este dinero, señor Rawlins?

—No lo sé y no se lo pregunté.

Meredith asintió de nuevo, esta vez muy seria.

Insistí en mis consejos cuatro o cinco veces. Intenté inculcárselo bien, y creo que ella me escuchó. Cuando estuve seguro de que hubo comprendido todo lo de hacerse cargo del dinero me dirigí hacia la puerta. Ya estaba casi saliendo de la habitación de atrás cuando Meredith gritó:

—¡Hijo de puta!

Me volví a ver si estaba hablándome a mí, pero Meredith miraba de nuevo a la pared. Su curación había empezado al fin.

40

*C*uando volví al Ariba, Meredith y Pericles Tarr estaban ya fuera de mi mente. Puse las noticias y encendí un cigarrillo, me quité los zapatos y me senté allí mientras Jerry Dunphy me contaba una gran variedad de historias sin relación entre sí. Un niño había sido secuestrado y luego liberado después de un rescate de un cuarto de millón. Las confesiones de dos pilotos americanos capturados, que aparecían en una película norvietnamita, las negaban personas americanas que sabían leer los labios. Quizá tuvieran que aplazarse los oscars debido a una huelga. Y el gobernador Ronald Reagan estaba recortando empleos drásticamente en el sistema de salud mental. No había ningún negro en las noticias de aquella noche, ni mexicanos, ni indios, ni africanos tampoco. Pero once estudiantes alemanes habían sido arrestados por una conspiración para asesinar a Hubert H. Humphrey.

Nada de lo que vi significaba algo para mí. Yo no creía ni dejaba de creer. Ver las noticias era simplemente una forma de pasar el tiempo. Si hubiese sido un niño, habría visto los dibujos animados.

Al cabo de un rato bajé el volumen del televisor, cogí el teléfono y marqué.

—¿Diga? —contestó Peter Rhone, con su voz triste y cultivada de tenor.

—Hola, Pete —dije.

—Señor Rawlins. ¿Quiere hablar con EttaMae?

—Sí. Pero primero dime algo.

—¿Qué?

—¿Le has contado a Etta lo del Chrysler azul que Raymond y Pericles le compraron a Primo?

—No. No lo he hecho.

—¿Por qué?

—Porque Ray me ha pedido que no lo haga, y normalmente hago lo que él me pide.

No podía discutir aquello.

—Un minuto, señor Rawlins, voy a buscar a EttaMae.

Me quedé allí sentado viendo la cara juvenil de Jerry Dunphy. Ahora sonreía. Estaría dando buenas noticias, supongo.

—Hola —dijo Etta a mi oído.

—Pericles Tarr está vivo —dije—. Puedo ir a la policía a contarlo, y su esposa lo confirmará.

Etta me concedió veinte segundos o más de silencio. Ese tipo de silencio que te entrega una mujer cuando quiere que sepas que te las has ganado.

—Gracias, Easy. Gracias, cariño —dijo—. No sé qué haría si me lo volvieran a quitar otra vez.

—Ambos sabemos que nadie te va a volver a quitar a Ray nunca más —dije yo—. Y de todos modos, hice lo que hice porque él es amigo mío.

—¿Y dónde está?

—Esa es otra cuestión, Etta. No lo sé aún.

Cuando la gente se conoce desde hace tanto tiempo como nosotros habla con silencios y preguntas no formuladas. Etta sabía que sólo yo podía internarme tanto en la vida de Raymond. Lo mismo ocurría con ella. Le habíamos salvado de una acusación de asesinato, ella debía conformarse con aquello y esperar a que volviese.

—Te llamaré más tarde, Etta —dije—. Cuando acabe con unas cuantas cosas por aquí.

—¿Pasa algo malo, Easy? —me preguntó ella.

—No, querida, en absoluto. ¿Por qué lo preguntas?

—Tu voz suena rara, como la de un hombre que sigue su camino habitual de vuelta a casa y de repente se encuentra en un callejón sin salida.

Me pregunté en qué programa de televisión habría oído ella aquellas palabras. Etta no había leído un libro en toda su vida, pero estudiaba la tele como si fuera la Biblioteca del Congreso.

—El semáforo está en rojo —le dije—. Adiós.

Colgué con demasiada rapidez, o quizá quería que ella comprendiera que tenía razón. La comunicación se va volviendo más sofisticada a medida que nos vamos haciendo mayores. A veces incluso resulta imposible saber lo que uno mismo está diciendo.

Recogí a Tourmaline a una manzana de distancia de donde trabajaba. Ella quería conservar aquel trabajo de contabilidad durante el verano, y Brad Knowles la habría despedido con toda seguridad si nos hubiese visto juntos a los dos.

Desde Compton fuimos a un club al sur de Los Ángeles. Se llamaba Bradlee y era un sitio donde se podía bailar. Era una estructura única, un gran edificio octogonal con una sola sala que tenía una longitud de treinta metros. En medio de aquella sala se encontraba un estrado elevado donde tocaba una *big band* de hombres negros, con una mujer negra como vocalista. Desde swing a rock and roll, interpretaban música que te hacía desear mover los pies.

Yo no soy un gran bailarín, nunca lo fui y nunca lo seré, pero Tourmaline tenía bastante ritmo para los dos, aquella noche. Lo único que tenía que hacer yo era sentir sus movimientos y oír la música. Yo no sería Fred Astaire, pero mis fallos hacían reír a mi chica.

Ella llevaba una falda negra corta y estrecha y una blusa hecha de escamas de plástico plateadas. Llevaba los ojos pintados con purpurina y su cuerpo se movía sinuosamente, insinuando todas esas cosas que sospechan los jóvenes.

A las diez le llevé una cerveza, para que diera un descanso a mis viejos pies y caderas de cuarenta y siete años.

—Podrías ser un buen bailarín si practicaras un poquito —me dijo.

—También sería un buen físico si hubiese ido ocho años a la universidad.

—Pero la física no es tan divertida como el *boogaloo*.

—No sé nada de eso. Sólo pienso en piruetas cuando miro las estrellas. El universo es un ballet que nunca se detiene, ¿sabes?

—Me gustas, Portero —dijo Tourmaline. Me puso una mano en el brazo y se inclinó a besar mis labios. Su boca esta-

211

ba fría y húmeda de la cerveza, pero tenía la lengua caliente. Cerré los ojos como una colegiala y cuando los abrí ella seguía allí, sonriendo aún.

El baile fue maravilloso y aterrador. Había cientos de personas de todos los colores y edades en torno a nosotros. Daban vueltas, saltaban, se agachaban, movían los hombros con habilidad. Yo estaba allí con ellos, pero al mismo tiempo sentía que iba despeñándome por un precipicio, a punto de caer en la oscuridad. La única forma que tenía de seguir vivo era bailar sin parar. Me preocupaba que mis piernas cediesen y mis pies tropezasen...

Cuando la acompañé escaleras arriba hasta la puerta de su apartamento, ella se volvió hacia mí y me tendió una mano, con la palma hacia arriba. Era una pregunta a la cual yo ya tenía respuesta. Atraje la mano hacia mí y besé sus labios, ahora ya cálidos. Ella apretó su cuerpo al mío como había hecho en la pista de baile en Bradlee y emitió un sonido de honda satisfacción.

Nos besamos largo rato. Me costó cinco minutos bajar a su cuello y otros diez levantar su falda para poder agarrarla bien por detrás. Cuando pasó media hora, Tourmaline metió la mano por la parte delantera de mis pantalones. Me di cuenta, sorprendido, de que había perdido bastante peso desde que me compré aquel traje. Cuando su mano agarró mi erección yo me quedé quieto y muy tieso.

—Te tengo —susurró ella.

—Te necesito —repliqué yo.

Ella me besó, me dio un apretón y preguntó:

—¿Para qué?

—¿Cómo?

—¿Para qué me necesitas?

—Para vivir —dije, y ella empezó a acariciarme con suavidad, enloquecedoramente.

—La próxima vez que vengas, empezaremos directamente por aquí —dijo ella—, justo por aquí, donde paramos esta noche.

Yo gruñí, decepcionado, cosa que hizo sonreír a Tourmaline

y apretar más fuerte un momento, antes de sacar la mano de mis pantalones.

—Vete a casa y toma una ducha bien fría, señor detective —dijo—. Cuando vuelvas, espero algo bueno.

41

$\mathcal{M}$edia hora después, mi corazón todavía latía con rapidez. Detuve el coche en el aparcamiento del motel Ariba, pero no salí. Me quedé allí sentado, pensando en los moteles en los que me había alojado cuando no tenía casa, iba huyendo o vigilando a alguien. Recordé los dulzones olores químicos, las manchas de las sábanas grisáceas, los agujeros en el yeso, los quejidos que sonaban a través de las paredes y el ruido continuo de coches que pasaban. Los televisores suenan distintos en un motel barato. Las voces son metálicas, sin resonancia.

Al cabo de veinte minutos puse en marcha el coche y salí.

Durante un rato acaricié la idea de volver al garaje del apartamento de Tourmaline. Ella quizá me estuviera esperando. Los dos nos habíamos puesto calientes después de aquella sesión en su puerta.

Lo único que tenía que hacer era subir las escaleras y cogerla entre mis brazos. Lo único que tenía que hacer era hacerle el amor hasta que todos los soldados hubiesen muerto y el Ratón hubiese vuelto a casa de Etta, y hasta que Bonnie se hubiese casado y se hubiese convertido en reina.

En aquellos días o semanas de nuevo amor con Tourmaline, Pericles perdería a Nena y Meredith se compraría una casa nueva. Leafa prepararía docenas de comidas para sus hermanos y hermanas y acariciaría el pelo de su madre. Mi nietecita se haría mayor y Jesus, Feather y Amanecer de Pascua soñarían con una nueva vida donde yo ya no contaría.

Fui conduciendo por la calle de Tourmaline y aparqué junto a la acera. Apagué los faros y me diluí en la oscuridad. Quería salir de mi asiento, pero la inercia me mantuvo pegado en mi sitio una vez más. Ya no podía incorporarme. Era un parapléjico en un toque de queda después de un bombardeo. Me habría quedado sentado tras el volante de mi coche la noche entera si no hubiese visto a una pareja que andaba por allí cerca.

Eran amantes ya maduritos, de treinta y muchos, o más incluso. Él tenía una barriga prominente, y ella un trasero bastante grande. Iban del brazo, en armonía perfecta. Ellos no me veían en la oscuridad de mi coche. Era casi como si yo los estuviera soñando.

Se detuvieron a menos de tres metros de mí y empezaron a acariciarse. Ambos tenían experiencia en el amor. No eran ni delicados ni vacilantes. La mujer emitía unos sonidos de éxtasis profundos, desde la garganta. Sus manos se movían, y también sus cabezas y sus torsos. Si yo no hubiese sabido qué era lo que miraba habría pensado que contemplaba la silueta de un predador sometiendo y devorando a su presa.

Al cabo de unos minutos siguieron andando. Esperé a que llegasen al final de la manzana antes de dar el contacto.

Tourmaline y yo vivíamos en mundos completamente diferentes. Ella disfrutaba del baile que suponía introducir a un hombre nuevo en su vida, mientras yo era un morador del antiguo cementerio, encargado de llevar a los muertos producidos por la peste a su descanso final. Ella quería bailar. Yo iba andando por un caminito mal marcado, hacia un tanque de cal viva.

215

Nada de todo esto explica por qué dirigí mi coche hacia el apartamento de Faith Laneer. No era porque me sintiese frustrado con el lugar que me había asignado Tourmaline; podía haber vuelto a mi habitación del motel y caer dormido sin problema alguno. Quizá fuese porque Faith formaba parte de mi mundo melancólico y agrietado. Ella comprendería mis problemas. Quizás iba a verla porque había prometido que lo haría.

Era demasiado tarde para ir a casa del Ratón. Hiciera lo que hiciese en lo más profundo de la noche, prefería hacerlo solo. Cualquier interrupción habría sido contraproducente para mis planes. Y yo debía creer que él era capaz de escapar a la policía un poco más.

Me pregunté, a medida que me acercaba al edificio de Faith, si me quedaría de nuevo pegado al asiento. Respiré hondamente y levanté la vista justo a tiempo de ver un coche que se alejaba en la dirección opuesta, desde el lugar donde vivía Faith.

El coche podía haber sido de cualquier otro color que no fuera gris, pero estábamos entre dos farolas de la calle. Cuando mis faros iluminaron al conductor éste miraba hacia su derecha, disponiéndose a girar. No me miró. La gente no mira a nadie en Los Ángeles. Miran los coches.

Sammy Sansoam nunca sabría dónde le habían pillado.

Sammy giró con suavidad y se dirigió hacia el este. Yo me pregunté un momento si debía seguirle o no; si debía perseguirle y dispararle en la cabeza. Podría haberlo hecho: quería matarle. Pero tenía que jugar a largo plazo.

La luz estaba apagada y ella no respondió a mis llamadas, pero la puerta no estaba cerrada. Entré en el piso diminuto en la oscuridad y quise que todo permaneciera así. Pero el abejorro de la casa de Navidad zumbaba por alguna parte. Agité la mano, encontré la cadena y tiré.

Él la dejó desnuda y sangrando. Faith no estaba muerta, al principio no. Quizá fingiera estar muerta. Quizás hubiese perdido la conciencia cuando la apuñaló una y otra vez.

Se arrastró por la habitación dejándose la vida en el suelo de roble. Estaba demasiado débil para gritar, de modo que intentó ir a buscar el teléfono; sus dedos pálidos seguían agarrados todavía el cordón. La vida la abandonó antes de que pudiera tirar del cordón del teléfono que estaba en la mesita.

Desnuda y muerta, Faith Laneer me miraba desde otro mundo final adonde yo me encaminaba pero que todavía no había alcanzado. Sólo conseguía respirar con breves jadeos y la habitación temblaba ante mis ojos, aunque levemente. Me arrodillé junto a la antigua Hermana de la Salvación y le toqué la mano. Todavía estaba caliente y suave.

Aquél fue el momento en el que murió Sammy Sansoam.

Me odié a mí mismo por no haberle matado antes, en el cruce. Sabía que ella estaba muerta; sabía que no había tenido ninguna oportunidad. El objetivo de la vida del traficante de drogas era asegurarse de que nadie se chivara. «Chivarse.» Éramos como niños. No habíamos cambiado desde que éramos niños y esperábamos que los buenos no se chivaran a los malos.

Fui al dormitorio intentando no pensar en el breve amor que habíamos vivido allí. En el escritorio había una hoja de papel dentro de una carpeta verde. Ella había escrito mi nombre treinta veces o más en aquella hoja solitaria. Easy Rawlins, Easy Rawlins, Easy Rawlins, Easy Rawlins...

Experimentó con distintas letras y tintas y lápices. Cogí la carpeta y el papel, apagué las luces de la casa y salí de allí.

42

Salí de la casa dando tumbos y me encaminé hacia el mar; el mismo paseo que di con Faith aquella noche que hicimos el amor. Rompí a trocitos la prueba de su enamoramiento adolescente y los arrojé en una papelera a un kilómetro de distancia, y después fui caminando por la arena mientras las olas susurraban y luego callaban.

Faith Laneer fue una heroína en un mundo que no la reconoció. Defendió a los niños y a los débiles, y todo lo que estaba bien. Y yo la lloré.

En parte yo mismo desdeñaba aquella debilidad mía. ¿Qué diferencia podía representar una mujer blanca muerta? Había visto ya miles de cadáveres, almas asesinadas y torturadas. Había visto los campos de concentración en Europa y había luchado codo con codo con chicos que murieron llevando a América en sus hombros por toda África, Italia, Francia y nuestra tierra natal. Yo mismo había estrangulado, apuñalado, golpeado, disparado y ahogado a muchos hombres a lo largo de mi vida. Había visto a negros castrados, linchados, quemados vivos y pateados hasta la muerte, sin ser capaz de hacer otra cosa que mirar... o alejarme. Había visto la gripe arrasar las pequeñas aldeas como la peste, matando a niños a docenas. Había visto accidentes de coche, madres y bebés arrojados en medio de la autopista. Había visto a hombres y mujeres blancos beber hasta matarse, riendo y bailando de camino hacia la tumba.

La muerte de Faith Laneer no era peor, en realidad. Ella había muerto asustada e indefensa, pero la mayoría de nosotros morimos así. Era joven, pero a pesar de ello había conocido el amor. Era hermosa, pero su hermosura habría desaparecido... probablemente.

El problema era que aquello era la gota que colmaba el vaso, para mí. Todo empezó cuando me desperté una mañana y mi padre me dijo que mi madre había muerto aquella noche. Y acababa allí, con Faith Laneer asesinada mientras yo bailaba y besaba y me quedaba sentado en mi coche.

El aire era frío y agradecí su incomodidad. No había luces cerca del agua, de modo que la noche me envolvió.

Yo no pensaba con claridad. Lo sabía, pero no me importaba.

«La vida no tiene sentido, lo complica todo», solía decir Lehman Brown. Vivía en la habitación contigua a la mía en un hotel residencia en Fifth Ward, Houston, antes de que yo me fuera a la guerra.

No había nada bueno ni malo allí junto al agua, sólo mi deseo de venganza.

Mataría a Sammy Sansoam para que pagase todas las muertes que me hacían daño. Destrozaría aquella mueca de comemierda de su cara.

—Eh, compadre —dijo un hombre.

Al principio no le vi. Miré a mi alrededor, pero el origen de la voz se me escapaba. Luego le vi de pie frente a mí, a la derecha. Un hombrecillo blanco, envuelto en una manta de colores claros y oscuros.

—¿Se ha perdido? —me preguntó.

—Pues sí.

—Venga a mi cobertizo y hablaremos —me dijo.

Yo llevaba un rato tambaleándome y tropezando, moviéndome por la arena y haciendo gestos como un príncipe trágico que pronuncia su soliloquio al final de una tragedia shakesperiana. Aquel hombre se había sentido atraído hacia mí como una polilla a un budista suicida en llamas en las calles de Saigon.

Le seguí hasta un lugar donde había colocado una enorme caja de cartón con tres lados, sujeta con dos papeleras metálicas del ayuntamiento.

—Siéntese —dijo.

La caja era lo bastante grande para los dos. El interior de aquel hogar temporal dejaba entrar el rugido del mar y lo amplificaba. El frío se agarró a mis hombros y me eché a temblar.

—Aquí tiene —dijo el pequeñajo. Me tendió una botella de litro de vinto tinto recién abierta.

Miré a mi benefactor. Su piel estaba desgastada por el sol y el viento. Sus ojos brillaban, pero a la débil luz de la luna no habría podido asegurar de qué color eran. Era mayor que yo, o al menos lo parecía. El vino y el tiempo le habían arrugado bastante y sumado años a sus órganos y sus huesos. Me sonrió y yo cogí la botella y bebí un buen trago.

No dudé. No me preocupaba caerme del tren, después de tantos años de viaje por la sobriedad. Chasqueé los labios y le devolví la botella.

—¿Cómo se llama? —le pregunté.

—Jones.

—¿Sólo Jones?

—No. Jones —dijo con una sonrisa.

—Easy.

—¿Qué le pasa, Easy? —me preguntó Jones.

Miré de nuevo a aquel hombre. Había algo abierto y alentador en su cara. Añadido al calor, que se iba extendiendo, y a la buena voluntad del vino, todo aquello casi me hizo flaquear. La muerte de Faith Laneer quería salir de mi boca. Quería rogar por su vida, presentarla ante alguna autoridad más elevada. Quería confesar mi fracaso a la hora de protegerla.

Quería a mi madre.

—¿Cuánto vino de éste se ha bebido, Jones?

—Cuatro botellas. Pero ahora tengo que ahorrar. Soy lo que se suele llamar rico en vino, pero pobre en monedas.

Yo estaba echado de espaldas en la fría arena y saqué un billete de veinte dólares de mi bolsillo. Le tendí el billete al hombre y él me dio dos botellas.

Nos bebimos mis dos botellas de litro y luego seguimos con las suyas, y bebimos y bebimos a lo largo de la noche. Pasé todo el tiempo evitando lo que quería decir, lo que necesitaba decir. Hablé de Raymond sin mencionar su nombre, y de Etta y Jackson y Jesus y mi madre.

Jones me contó que él nunca había conseguido vivir como es debido.

—Ah, sí, tenía trabajo, eso sí —explicó—. Iba a trabajar una semana, quizá dos. Pero luego un día me quedaba dormido y llegaba tarde, el jefe me echaba la bronca, me emborrachaba aquella noche y faltaba un día entero o dos. Una vez conocí a una chica y me fui con ella a Portland. Estaba muy enamorado hasta que un día me desperté y me di cuenta de que no sabía cómo era ella. Supongo que perdí la noción del tiempo, porque cuando volví a casa había otra persona viviendo en mi apartamento. Simplemente, no podía mantenerme en el buen camino, hiciera lo que hiciese. Fui a la iglesia. Me enviaron al psiquiatra. Me dieron drogas.

—¿Y le ayudaron? —le pregunté, sólo para seguir el relato.

—Conservé un trabajo tres meses, pero cada día me despertaba y me miraba al espejo preguntándome quién era ese que estaba ahí.

Jones quería hablar, simplemente.

Cuando llegamos casi al final de la última botella de vino yo casi lo había conseguido. Notaba los dedos y los labios entumecidos, y el sonido de las olas conseguía, al menos parcialmente, cubrir el recuerdo de la máscara mortal de Faith.

Cuando apareció una raya naranja por encima de la ciudad, me eché de lado y cerré los ojos. No recuerdo si Jones seguía hablando todavía. En cuanto empezaba seguía y seguía, contando toda su vida, hacia adelante y hacia atrás. Hablaba de su madre en Dakota del norte, y de su abuela en Miami. Tenía un hijo, creo recordar... Noah. Pero como todo lo demás en la vida de Jones, el chico se perdió en el camino a la historia siguiente.

43

Cuando me desperté, el sol brillaba muy fuerte sobre la caja de cartón donde yo dormía. Recordaba haber tenido frío, pero ahora sudaba bajo la gasa del sol. Me incorporé y el recuerdo se convirtió en un auténtico dolor de cabeza.

Jones había desaparecido. No quedaba nada de él en el escondrijo, ni siquiera las botellas de vino vacías. Por un momento pensé que mi único problema era haberme emborrachado por primera vez en una década. Pero luego me volvió a la mente Faith y su muerte se me agarró al corazón. Me puse de pie con una oleada de náuseas y empecé a andar.

No había coches de policía arremolinados en torno a la casa de Faith Laneer; todavía no. No la encontrarían hasta al cabo de varios días. Por aquel entonces todo habría terminado.

Dirigí mi coche hacia Compton y apreté el acelerador.

A diez manzanas de distancia me detuve ante una gasolinera a orinar, vomitar y lavarme la cara en el lavabo de hombres. Me quedé en aquella diminuta habitación azul largo rato, dejando que el agua fría corriese encima de mis manos y pensando. Quería salir de aquella habitación, salir de mis pensamientos. Pero no había salida para mí.

La dirección que me había dado Pericles Tarr para el Ratón estaba en una calle ancha llamada Vachon. Aparqué justo enfrente y salí de mi coche como si éste fuera una prisión y yo me evadiera. Me dirigí hacia la puerta principal, sin preocuparme ya lo que pudiera pensar el Ratón. Le necesitaba de inmediato. Le necesitaba para que me ayudase a matar a Sammy Sansoam.

Llamé a la puerta con fuerza, murmurando para mí palabras de crimen y venganza. Como los golpes no recibieron respuesta, golpeé con más fuerza aún.

Estaba a punto de llamar por tercera vez cuando la puerta se abrió de par en par.

Y allí estaba el hombre a quien yo buscaba. Metro noventa de alto, con los hombros de un gigante. Tenía la piel de un color marrón medio, unos ojos inquietantes de un marrón claro y una cicatriz blanca en la parte superior de la mejilla izquierda.

—¿Easy? —me dijo.

—¿Navidad? —Me quedé completamente desconcertado por la aparición de mi otra presa—. ¿Qué estás haciendo aquí?

—Vamos, entra —dijo él, mientras miraba a todos lados para asegurarse de que no había más sorpresas.

Hice lo que me pedía y entré en una habitación que parecía un cubo perfecto, casi desnudo. Contenía dos sillas plegables de metal y una caja de cartón que servía de mesa en la esquina más alejada de la puerta, sobre un suelo de madera de pino sin tratar. No había cuadros en las paredes, ni estantes, ni siquiera un televisor. Pero sí una radio. Aretha Franklin gemía a un volumen bajo.

—¿Cómo me has encontrado, Easy? —preguntó Navidad.

—No lo he hecho.

—¿No? ¿Entonces qué estás haciendo aquí?

—El Ratón —dije.

Y como por arte de magia, mi amigo salió por una puerta que había a la derecha. En la mano izquierda llevaba su famosa pistola del calibre 41.

—Easy —me dijo.

—Raymond.

—Me ha parecido oír que decías que me buscabas —dijo, respondiendo a la sorpresa en mi tono.

—Yo... yo os buscaba a los dos —expliqué, y mi lengua volvió todo el camino hasta la niñez—, pero no en el mismo sitio.

La sonrisa del Ratón se amplió, mientras los ojos de Navidad se pusieron tensos. Al menos reaccionaron de acuerdo con su respectiva naturaleza.

—¿Has estado bebiendo, Easy? —me preguntó el Ratón.

—¿Cómo está Amanecer de Pascua? —Quiso saber Navidad.

223

—Está bien —dije—. En casa de Jackson Blue, con Feather, Jesus y los demás.

—Yo la dejé contigo —dijo el ex boina verde. En cualquier otro estado mental yo me habría preocupado por la amenaza presente en su voz.

—Sí. Es verdad. La dejaste sin una nota siquiera. Ni siquiera una palabra para decirle por qué la llevabas allí. Y ahí estoy yo, con una niña preocupada por su padre y él no tiene la decencia siquiera de decirle lo que está pasando o cuándo volverá.

Los músculos en los hombros y la espalda de Black eran tan densos que parecía que llevaba un paquete a cuestas. Esa masa aumentaba aún más con la ira, pero a mí no me importaba.

—Te dije que iba a hacer algo, Navidad —dijo el Ratón—. Easy no es ningún soldado miedica que se queda ahí quieto esperando órdenes.

—¿Estás aquí por el Ratón o por mí? —me preguntó Navidad.

—Faith Laneer está muerta —dije, respondiendo a todas las preguntas que él hubiera podido hacerme.

—¿Cómo que muerta?

—Asesinada como un perro en su propio salón por un hombre llamado Sammy Sansoam.

No hacía mucho tiempo que conocía a Navidad, pero nuestra relación se había forjado con sangre, mi sangre, de modo que le conocía a un nivel muy íntimo. Nunca me había mostrado un solo momento de debilidad ni de incertidumbre en el tiempo que hacía que le conocía, y yo estaba muy seguro de que raramente irradiaba otra cosa que fortaleza.

Pero cuando oyó decir cómo había muerto Faith se dirigió a una de las sillas y se sentó. Era una señal muy elocuente y militar de rendición.

—Pero estás aquí por mí, no por él —dijo el Ratón.

—Te buscaba a causa de Pericles Tarr —le expliqué—. Etta quería que te encontrase porque la policía pensaba que tú habías matado a Tarr.

—¿Matarlo? Pero si yo le liberé y le hice rico... Yo soy su maldito Abraham Lincoln. Cuarenta acres y un rebaño entero de mulas.

—Sí. Lo averigüé y se lo conté a Etta, pero luego ha ocurrido lo de Sansoam y quiero que me ayudes a ocuparme de eso.

El brillo de los ojos de Raymond casi me hizo sonreír. Él veía la muerte en mi alma como un hermano perdido hacía largo tiempo.

—Quieres matar a ese hijo de puta —afirmó.

—Sí.

—Bien.

Y eso fue todo. Por lo que hacía referencia al Ratón, ya podíamos irnos. Para que muriera un hombre en algún sitio lo único que tenía que hacer yo era pedirlo.

—¿Cómo te has involucrado con Sansoam? —me preguntó Navidad. Su voz sonaba baja y vacía.

Le conté mi encuentro con los soldados en su casa y después el asalto a la mía. Luego le conté cómo vi por última vez a Sammy alejándose en coche de casa de Faith.

—¿Qué hombre podría hacerle eso a aquella joven tan bella? —preguntó Raymond.

Yo no me había preguntado cómo se habían unido Raymond y Navidad para ocuparse de los soldados que le seguían la pista. Eran amigos, y también eran asesinos sin remordimiento alguno: la combinación hablaba por sí sola. Lo que más me incomodaba, sin embargo, era que aquel asesinato había dado un giro extraño en la mente de Raymond. ¿Entendería la muerte de una mujer fea, o vieja? Y entonces me pregunté...

—¿Cómo sabía Sammy dónde estaba Faith?

Navidad levantó la vista.

—Lo que quiero decir —continué— es que el Ratón no soltaría un secreto así aunque le cortara uno un brazo. Él no se lo diría a nadie, ni tampoco tú, Navidad. Y yo sé que tú la llevaste a un sitio donde nadie pudiera seguirle el rastro. Así que Sammy ha tenido que encontrar algo.

—Dejé un folleto debajo de mi cama, en aquella casa...

—No, ése lo encontré yo —le dije—. Y así fue como conocí a Faith. Nadie más lo vio, y tú mataste a esos hombres que te atacaron.

Apareció una arruga en la frente de Black. Sus ojos de un marrón claro brillaron como los de algún animal sorprendido en un momento de ocio.

—Ella tenía un hijo —dijo—. Un niño.

Me molestó que Faith no me hubiese hablado del niño, no sé por qué.

—¿Dónde? —le pregunté.

—El niño no le dijo a ese hombre, Sammy, dónde estaba ella —dijo Raymond, muy razonable. Quería salir de inmediato a matar.

—Hope —dijo entonces Navidad—. Hope Neverman. Vive en Pasadena.

44

Cogimos mi coche para el viaje hasta Pasadena. Mi corazón latía de una forma errática, a veces resonaba con fuerza y otras veces parecía que vacilaba durante un latido o dos. Me sudaban las manos y si me hubiesen preguntado en cualquier momento en qué pensaba, no habría sido capaz de decirlo. O quizás hubiese dado una lista de nombres y relaciones que se habían desvanecido a mis pies. Mi madre, Bonnie, Faith, mi primera esposa, que había huido con mi amigo Dupree...

—Easy, ¿sabes dónde está ese tipo, Sammy? —me preguntó el Ratón desde el asiento de atrás.

Oí con toda claridad la pregunta. Yo no tenía ni idea de 227 dónde estaba Sansoam, pero no podía hablar.

Eché un vistazo a Navidad. Estaba mirando por la ventanilla. Observé que se iban formando nubes de lluvia; estaban lejos, en el desierto, pero llegarían hasta nosotros al cabo de unos pocos días.

—¿Easy?

—¿Sí, Ray?

—¿Estás bien, tío?

—Quiero llegar hasta la costa Este —dije—. Y luego, una vez allí, echar mi coche en el Atlántico.

Navidad asintió solemnemente y noté que algo se retorcía en mi pecho.

—Conocí a un tipo que se hizo enterrar en su Caddy —dijo el Ratón, con desenvoltura—. Pesaba 270 kilos. También había cinco mujeres llorando ante su tumba. Algunos hombres son afortunados, sencillamente.

Entonces me eché a reír.

Él estaba de buen humor, era feliz. El Ratón vivía en el mundo, mientras todos los demás intentaban fingir que estaban en otro lugar. Él olía la mierda que fertilizaba los rosales.

Él aceptaba todo lo que se ponía en su camino, y ponía buena cara o sacaba el arma, depende.

—¿De qué color era el Caddy, Ray? —le pregunté.

—Rosa.

—¿Rosa? —rugió Navidad—. ¿Rosa? No está bien. Si uno debe tener un coche por ataúd, que sea negro.

—¿Por qué? —preguntó el Ratón.

—El rosa no es un color funerario.

—¿Y de qué color tiene que ser para echarlo al mar? —preguntó el Ratón.

—Apagado —dije yo, y nos quedamos callados durante el resto del viaje a casa de Hope Neverman.

Era una casa grande, del color del salmón ahumado escocés cortado a finas lonchas. Pero aun así resultaba algo apabullante que hubiese tres hombres negros armados juntos en la puerta delantera. Navidad apretó el botón y sonaron unas campanas como de iglesia en la distancia.

La mujer que contestó era blanca, hermana de Faith, sin lugar a dudas. Era más menuda, de huesos más finos, una versión muy linda de la bella Faith.

—Señor Black —dijo, sin temblar apenas.

—Siento mucho molestarla, Hope, pero mis amigos y yo tenemos que hacerle unas preguntas.

—Pasen, pasen.

La casa tenía que haber aparecido en alguna revista. Estaba decorada al estilo suroccidental, pero era también muy moderna. A la izquierda había una biblioteca enorme rodeando una mesa de comedor ovalada. A la derecha se encontraba un salón algo hundido, con un sofá en forma de herradura y unos suelos de madera oscura muy pulida. Esas salas estaban divididas por una escalera sin barandillas que conducía a los pisos segundo y tercero. La escalera ascendía hasta justo por debajo del techo.

El muro de la parte trasera estaba formado por unas puertas correderas de cristal. Éstas conducían al patio interior y a una piscina de tamaño olímpico donde cuatro niños jugaban bajo la mirada paciente de una niñera mexicana de piel oscura.

Yo no pude evitar pensar en Leafa y todos sus hermanos y hermanas apiñados en aquella pequeña casita de South Central. No tenía sentido que ambas casas existieran en el mismo mundo.

Hope llevaba un vestido de una sola pieza color azul pastel, de algodón grueso. Sus zapatos planos eran color hueso y no llevaba maquillaje alguno en su rostro de facciones perfectas. No tenía aún los treinta años. Pero nunca sería su hermana.

Nos condujo hasta la biblioteca y nos sentamos todos en un extremo de la mesa de comedor: una reunión improvisada de la junta directiva de alguna empresa o fundación.

—¿Pasa algo malo, señor Black? —preguntó la hermana pequeña.

—Faith me dijo que me llamaría de vez en cuando para decirme que todo iba bien —explicó—. Me llamó cada dos días hasta ayer, que tenía que haber llamado, pero no lo hizo. Me preocupa.

Había compasión en el semblante de Navidad Black; amabilidad para respaldar sus mentiras.

—No lo comprendo —dijo ella—. ¿Dónde puede estar?

—¿Ha hablado usted con ella?

—No. No desde anteayer.

Black unió sus poderosas manos y las colocó en el ligero tablero de fresno de la mesa.

—¿Ha venido alguien por aquí preguntando por ella?

—Sólo el mayor Bryant.

—¿El mayor?

Mi corazón se desinfló como un globo aerostático muy lejano que se hunde bajo la línea del horizonte.

—Sí. Vino anteayer, precisamente. Dijo que habían recibido una carta de ella y que tenían que hablarle para ver qué hacían con respecto a ese terrible asunto de Craig.

—¿Y qué aspecto tenía ese tal mayor Bryant? —pregunté.

—Es Tyrell Samuels —dijo Navidad como tardía presentación—. Me ayuda últimamente.

—Encantada de conocerle, señor Samuels.

Yo asentí.

Durante un momento Hope se quedó callada, esperando algo más agradable. Al darse cuenta de que no había nada, dijo:

229

—Era joven y alto, más bien delgado.

—¿Piel oscura? —pregunté—. ¿Como si procediera de Sicilia o de Grecia?

—Sí. ¿Le conoce usted?

—Sí, nos hemos encontrado.

—¿Le dijo usted dónde vivía Faith? —preguntó Navidad, intentando por todos los medios no perder la calma.

—Ella no me dijo exactamente dónde estaba —replicó Hope—. Sólo tenía un apartado de correos. Verá, me preocupaba que quizá hubiese dejado el país o algo, pero como llamaba cada dos días para hablar con Andrew yo pensé que había algo más.

Hope miró a Navidad y luego buscó la confirmación de sus sospechas.

—¿Le dio al mayor la dirección de su apartado de correos?

—Claro que no. Yo sabía que Faith tenía problemas. No se lo hubiera dicho nunca a nadie.

—¡Tía Hope! —gritó un niño—. ¡Carmen no me deja tomar helado!

Desde la distancia se apreciaba que Andrew había heredado la belleza de su madre. Cuando se hiciera mayor y se convirtiera en un hombre triste sería también guapísimo.

—No se puede comer nada hasta después de nadar —dijo Hope—, lo sabes muy bien.

Él niño se acercó a través de la ventana abierta atraído por los extraños que visitaban la casa de su tía.

—Ah, sí —dijo, mirando a Navidad—. ¿Conoce usted a mi mamá? —preguntó aquel niño de cinco años al ex asesino del gobierno.

—Sí —dijo él—. Muy bien.

—¿Y sabe dónde está?

—Ella está muy triste, Andy. Pero muy pronto estará mejor y volverá contigo de nuevo.

Me pregunté si Navidad creería en Dios.

Andy no supo cómo responder a aquellas palabras, al hombre o su tono, de modo que se encogió de hombros, salió corriendo hacia la piscina y se tiró al agua.

Cuando el niño se hubo ido, yo pregunté:

—¿Tiene usted una agenda de teléfonos?

—Por supuesto. —Era una mujer segura de sí misma.

—¿Y la dirección está en esa agenda?

—Pues sí.

—¿Le importa mirar para asegurarse de que está donde la dejó? —le pedí.

—¿Qué está usted diciendo?

—Por favor —le pidió Navidad—. Haga lo que le pide.

Hope no fue muy lejos. Había un escritorio en un lado de la biblioteca. Lo abrió y sacó una diminuta agenda roja.

—Mire —dijo—, aquí está.

—Busque el apartado de correos de su hermana —le indicó Navidad.

Hope volvió las páginas hábilmente, frunció el ceño un poco, las pasó de nuevo.

—No lo entiendo —exclamó—, falta la página, está arrancada.

Nos miró.

—¿Está bien mi hermana? —preguntó.

—Eso espero —dijo Navidad.

Entonces pensé que posiblemente todos los grandes soldados debían creer en un poder superior.

231

45

—¿Cómo vamos a acabar con Sammy? —preguntó el Ratón desde el asiento trasero. Estaba inclinado hacia adelante, con ambas manos apoyadas en el largo asiento, más como un niño emocionado que como un asesino a sangre fría.

Yo no supe qué decir. Bunting me había engañado, sus bravatas juveniles habían encubierto las mentiras. Me había sacado información y yo le había tomado por un idiota. Yo necesitaba un oficial superior en aquel momento.

—Dejadlo —dijo Navidad.

Oí la palabra, comprendí su significado, pero al mismo tiempo intenté descifrar exactamente cómo se aplicaba a la muerte de Sammy Sansoam y sus amigos. ¿Acaso planeaba Navidad ir él solo? ¿Estaba tan furioso que quería matar a todo el batallón, como había asesinado a todos en el pueblecito de Amanecer de Pascua?

—¿Qué quieres decir, Navidad? —preguntó el Ratón.

—Exactamente lo que he dicho, que lo dejéis.

—¿Quieres decir que no piensas matarle? —presionó el Ratón.

Navidad no respondió. Miró al frente. Vestía una camisa vaquera color crema con unos bolsillos con solapas que caían hacia abajo. Las solapas llevaban un intrincado bordado color marrón oscuro. Sus pantalones eran marrones con la raya muy marcada, porque probablemente se los había planchado aquella misma mañana. Era un soldado sempiterno, siempre de uniforme, siempre acatando órdenes, de por vida.

Levanté la vista hacia el espejo retrovisor y vi una rara confusión en el rostro del Ratón. Él respetaba a Navidad exactamente igual que yo, y se sentía perplejo ante su negativa a buscar venganza. Los dos habían matado a dos hombres sólo unos días antes. Aquello era una guerra, y era el momento de la batalla.

Yo también quería comprenderlo, pero no se trataba de una ecuación sencilla. El tono de la voz de Black, la presión de su mandíbula, todo me decía que no pensaba ceder. Era su operación, y ahora había terminado. El Ratón y yo, al menos por lo que a él respectaba, éramos reclutas recientes que no teníamos ni una palabra que decir.

Él no sabía que Faith y yo nos habíamos convertido en amantes, y mi instinto me decía que informarle sería un error táctico, quizá fatal.

«Dejadlo», había dicho. Una sola palabra... quizás una clave o código para un arma secreta, o el visto bueno para alguna invasión. El término tenía un sentido religioso, incluso psicológico, para mí. Yo podía haber sido el acólito de alguna religión guerrera y Navidad mi sacerdote. Yo había acudido a él en busca de bálsamo para la rabia que hervía en mi interior, y él me despedía con un ligero gesto.

«Dejadlo», dijo. Había que dejar a Bonnie y a Faith y cualquier otra interrupción en la guerra de la vida.

—¿Me vas a decir qué significa eso de que lo dejemos, Navidad Black? —preguntó Raymond.

La mandíbula del soldado se tensó más aún si cabe. En el coche todo era quietud.

Se pueden contar con los dedos de una mano los hombres a los que el Ratón permitiría que le ignorasen. Navidad ocupaba dos de aquellos dedos, uno por la decisión y otro por el músculo. Raymond no tenía miedo alguno de la destreza de Black, no tenía miedo a nada. Pero sabía que no habría arreglo sin un tratado, y que Navidad no estaba de humor para fumar la pipa de la paz.

Yo iba conduciendo el coche pero al mismo tiempo era un niño de nuevo y corría entre los altos tallos de las hierbas veraniegas, detrás de las blanquecinas alas de las mariposas de la col. No había mayor placer, cuando era niño, que ser lo bastante furtivo como para capturar a aquellas diminutas criaturas. Uno de los pocos recuerdos claros que tengo de mi madre era su explicación de por qué capturarlas estaba mal.

—Niño, cuando las coges, les quitas el polvillo de hadas que tienen, y así pierden sus poderes mágicos y se mueren —me dijo, con una voz cuyo tono ya no puedo recordar.

233

En aquel coche, cuarenta y dos años después de aquel día cálido, las lágrimas inundaron mis ojos. Mi madre lo era todo para mí. Alta, negra, más suave y tierna que las mismas mariposas, ella sabía qué dulces me gustaban, qué colores quería; ella conseguía mejorar las cosas incluso antes de que se estropearan.

Yo había empezado a pensar en las mariposas porque sabía casi con seguridad que la palabra pronunciada por Navidad indicaba que aquella decisión le resultaba dolorosa. Su obstinado silencio ponía de relieve aquel sufrimiento. Pensé que debía sorprenderlo, como hacía con aquellas mariposas.

Pero mi madre había usado la misma palabra, exactamente.

—¡Pero mamá...! —grité.

—Déjalo, cariño —insistió ella.

Había un paso muy breve que iba desde mi madre a Faith Laneer. Aunque las dos me hubieran dicho también que lo dejara, sólo servía para negar la orden del soldado.

—¿Y qué pasa con Faith? —susurré.

Los ojos del Ratón en el espejo se trasladaron del lado del pasajero al mío. Sonrió.

Navidad también me miró. Era la única pregunta que no podía ignorar. No significaba que tuviera que responder, pero la mirada en sí misma ya era una capitulación.

—Me dijeron que yo sería general, algún día —afirmó Navidad, con un tono espeso—. Dijeron que estaría en la Casa Blanca susurrando al oído del presidente.

Yo miré en su dirección y luego volví a clavar los ojos en la carretera. Él bajó el cristal de su ventanilla y la tranquilidad se convirtió en un tornado.

—Me entrenaron como soldado desde el día en que nací —continuó—. Me educaron con la estrategia y el hambre, el don de mando y el trabajo duro. Cuando doy una orden, blanquitos y negros saltan. No me preguntan por qué, ni me cuestionan.

Yo sabía todo eso por la forma que tenía de andar, por la forma que tenía de permanecer erguido.

Aspiré aire por la nariz y él gruñó, como respuesta.

—¿Sabes por qué perdieron la guerra los alemanes? —me preguntó.

—Porque luchaban en dos frentes —dije.

—América luchaba en dos frentes. Y teníamos enemigos reales: los japoneses y los alemanes.

Nunca lo había visto de ese modo.

—No —añadió Navidad—. Alemania perdió porque luchaban por orgullo, y no por lógica.

—¿Y qué significa eso? —preguntó el Ratón. Le gustaba hablar de la guerra.

—Hitler creía en su misión por encima de los recursos y los hombres que tenía a su disposición, y no tuvo en cuenta los déficits de sus propios ejércitos; por lo tanto pagó el precio.

—Hitler estaba loco —dije yo.

—La guerra es una locura —replicó Navidad—. Si eres general, tienes que estar loco. Pero eso no te alivia de la responsabilidad de tu cargo. Cuando pierdes, pierdes; eso es todo. Si yo os mando a Raymond y a ti a tomar una torre pero antes de que lleguéis vuelan la torre, entonces fracasas... fracasamos todos.

—Y Faith Laneer es la torre —dije yo.

Él no respondió.

—¿Así que ella ha muerto por nada?

—Ella ha muerto por aquello en lo que creía —dijo él—. Murió por ser quien era.

Supe entonces que habían sido amantes en algún momento. Quizás una semana antes, quizá cinco años antes. Por algún motivo, eso me hizo amarla aún más. Ella había vivido dentro de la locura de Navidad Black.

—¿Y qué pasa con su hijo? —pregunté.

—¿Y qué pasa con mi hija? —replicó él.

235

46

*A*parcamos en un solar vacío junto al centro de la ciudad. Apagué el motor del coche y tiré del freno de mano, pero antes de abrir la portezuela me volví para hablar con mis funestos pasajeros.

—No tenéis por qué quedaros aquí y esperar —dije.

—¿A qué, Easy? —preguntó el Ratón, mientras Navidad seguía mirando por la ventanilla hacia fuera.

—Los policías te quieren muerto, Ray.

Leer los sutiles cambios emocionales en el rostro de mi mejor amigo requería una vida entera de estudio. Sus ojos podían pasar de la diversión a la furia asesina con un simple parpadeo. En aquel preciso momento sus ojos grises y las comisuras de sus labios estaban adquiriendo una frialdad de acero.

—¿Qué policías?

—No lo sé —mentí, esperando que el Ratón no fuera capaz de interpretar mis expresiones tan bien como yo las suyas—. Suggs me lo contó. Creen que como mataste a Perry, tu carrera debería llegar a su fin.

—Eso no significa que yo tenga que esconderme en ningún coche.

—Ray, escúchame, tío —dije, con tranquilidad y muy clarito—. Lo tengo todo pensado. Sé lo que hago. Quédate en el coche y haz lo que te digo sólo durante unos días, y todo acabará. Sabes que Etta se volvería loca si te mataran... otra vez.

Fue la broma la que lo decidió todo.

El día que JFK fue asesinado, Raymond Alexander accedió a acompañarme a un recado sin importancia. Las cosas se descontrolaron y Ray quedó herido por un disparo, casi muerto. Mama Jo consiguió devolverlo a la vida con su magia de Louisiana y yo me prometí que nunca más sería la causa de su muerte.

236

—Vale, hermano —dijo el Ratón—. De todos modos, estoy cansado.

—Volveré dentro de un minuto.

—Hola, al habla Jewelle.

—Hola, cariño. ¿Qué tal está mi familia? —dije ante el teléfono de pago pensando, en realidad deseando, haberme casado cinco años antes con aquella adolescente y estar llamando ahora sólo para saludarla. Habría sido una vida totalmente distinta, ella habría sido mía, nos habríamos amado el uno al otro y a los niños que sin duda habríamos tenido. Jackson y Mofass lo habrían pasado mal, pero yo habría sido feliz, y Bonnie podría haber hecho lo que le hubiese dado la gana.

—¿Qué te pasa, Easy? —me preguntó.

Quizá se hubiese transparentado el deseo en mi voz.

—No es fácil ser yo —dije.

Ella lanzó una risita y dijo:

—¿Tienes un lápiz?

Saqué uno del número dos que usaba para tomar notas y calcular trayectorias de balas y Jewelle me dio una dirección en Crest King, una calle que empezaba y terminaba en Bel-Air.

—¿Qué es esto? —le pregunté.

—Nuestra casa era demasiado pequeña para tu familia, así que he decidido llevarlos a una casa que tengo allí.

—¿Tú tienes una casa en Bel-Air?

—Sí. Era de uno de los amigos de Jean-Pierre, pero necesitaba dinero rápido, así que liquidé algunos solares y le pagué en efectivo. Me imaginé que tú, el Ratón o Jackson podríais necesitarla algún día, y mientras tanto yo podía conservarla, ya que, como sabes, los precios van a subir.

—¿Y qué pensarán los vecinos cuando vean una casa llena de mexicanos, vietnamitas y negros?

—Ah, eso no es problema, señor Rawlins —dijo ella, encantadora—. Ya verás.

Navidad estuvo callado todo el trayecto. Era un soldado derrotado; no había venganza ni represalia que pudiera aliviarle.

237

Había sido aplastado por el enemigo después de haber ganado todas las batallas. Ninguna condena podía ser peor para él; ningún tribunal podía recomendar un castigo más duro que el que ya estaba experimentando.

—¿Cómo me has encontrado, Easy? —me preguntó el Ratón mientras bajábamos por Sunset Boulevard y pasábamos por el *strip*.

—Se lo pregunté de buenos modos a Pericles.

—¿Y cómo le encontraste?

—Le dije a su mujer que me había contratado Etta para probar tu inocencia —le conté.

Diez minutos después estábamos en la dirección que me había dado Jewelle y yo ya estaba acabando mi relato. El Ratón se reía de Jean-Pierre y de Nena Mona y Navidad languidecía en su infierno.

En aquella dirección había una enorme puerta de hierro con un muro de piedra. No se podía ver nada por encima de aquella barrera excepto las copas de unos árboles que sobresalían desde el otro lado. Tuve que salir del coche para apretar el botón del sistema intercomunicador.

—*Allô?* —dijo Feather, con acento francés.

—Soy yo, cariño.

—¡Papá! —chilló—. Ven con el coche hasta la casa.

Supongo que ella activó algún mecanismo, porque la puerta de hierro se abrió lentamente hacia dentro, revelando una carretera asfaltada y curva que serpenteaba entre un jardín botánico que rodeaba la casa.

Volví al coche y entramos. Ni siquiera se veía la casa hasta que cogimos tres curvas en la carretera. Entonces se empezó a ver, en la distancia.

La casa de un hombre es una mansión para otro, me habían dicho. Nosotros éramos los otros, en mi coche, dirigiéndonos hacia aquella casa de cuatro pisos, construida de madera clara y cristal. En torno al lugar se alzaba un bosquecillo de pinos y delante se encontraba una fuente. La fuente tenía una escultura con mujeres y hombres bailando en círculo en torno a un surtidor de agua que podría haber surgido de una ballena azul gigante.

—¿Dónde estamos? —preguntó Navidad.

—No tengo ni puta idea.

La puerta delantera de la casa era roja, con un marco que alternaba el negro y el amarillo. Tenía tres metros de alto y era al menos dos veces más ancha que una puerta normal. Se abrió mientras nosotros salíamos del coche y toda mi familia y la familia de Navidad vino corriendo hacia nosotros.

—¡Papá! —gritaron Feather y Amanecer de Pascua.

Detrás de ellas venía Jesus en traje de baño, y Benita con Essie en los brazos. Entre todas aquellas piernas llegó también el perrillo amarillo enseñando los dientes y ladrando, con el pelo del lomo todo erizado y los ojos relampagueando de odio.

Mientras abrazaba a mi hija hice que se acercaran mis amigos. El Ratón estrechó la mano a Jesus y le felicitó por su niña. Intentó besar a Benita en la mejilla, pero ella se apartó. Navidad levantó a Pascua muy por encima de su cabeza, casi la arrojó por el aire, y la niña rio con unas ganas que jamás había demostrado en mi presencia.

—Papá —dijo Feather, apartándose, pero con los dedos enlazados detrás de mi cuello—. Lo siento mucho.

—¿El qué?

—Haberte hecho daño.

Yo quería negarlo. Quería decirle que no podía hacerme daño, que yo era un padre y estaba más allá del dolor y las lágrimas que son tan importantes para los niños. Quería hacerlo, pero no pude. Porque sabía que si hubiese intentado negar lo que ella afirmaba, ella habría notado el dolor que había en mi corazón.

—Anda, enséñame la casa, cariño —dije.

239

47

—... *Y* éste es el jardín de atrás —dijo Feather, con afectada despreocupación.

Ya habíamos visto lo que Pascua había apodado «la sala grande», con su mesa larguísima y sus pesadas sillas de roble tallado. Habíamos visto la biblioteca con sus miles de libros, la cocina que tenía cuatro fogones y un horno de madera independiente, el invernadero, ocho de los doce dormitorios, incluyendo el principal, y cinco o seis habitaciones más cuya finalidad no resultaba aparente a simple vista.

Me sentía asombrado, igual que mis amigos, pero en mi corazón se estaba entablando una auténtica batalla. Yo pensaba en Bonnie, en pasear con ella y salir de la casa al bosquecillo y el jardín. El dolor de tal imposibilidad me devolvía a la mente mi nombre escrito treinta veces por una mujer que fue asesinada al mismo tiempo que se enamoraba.

—Maldita sea —exclamó el Ratón—. ¿Te has fijado en esa piscina? ¡Es como un puto lago!

Para recalcar las palabras del Ratón, Jesus echó a correr y saltó al agua, seguido por Feather, aunque ella iba vestida con unos pantalones cortos y una camiseta.

La piscina tenía al lado una pradera, y ese prado acababa en un acantilado que se alzaba sobre un valle. En la distancia se veía el océano Pacífico.

Me pregunté qué tipo de trato habría hecho Jewelle para acabar poseyendo un lugar como aquel. Ella siempre estaba mirando a su alrededor, comprando terrenos baratos, con la esperanza de futuras urbanizaciones. Un terreno que impedía la construcción de uno de los rascacielos del centro quizá hubiese valido por aquella mansión oculta.

Pascua llevó a Navidad a su habitación para enseñarle cómo era. Benita se fue al otro lado de la piscina a contemplar a su amante y su hermanita mientras al mismo tiempo evitaba el contacto con Raymond.

—Ella me odia, ¿eh, Easy?

—Pues claro.

—Bueno... supongo que tiene motivos.

Estábamos sentados en un banco de mármol rosa y gris anclado en el cemento. Él llevaba una camisa hawaiana azul y morada y unos pantalones blancos.

—Deberías quedarte un tiempo con Lynne Hua, Ray.

—A la mierda. Esos policías que me buscan deben prepararse para perder a unos cuantos de los suyos.

—Sólo un par de días, hombre.

—Pensaba que querías que te ayudara a matar a ese tipo, Sammy.

—Así es, lo harás.

Ray sonrió con su sonrisa más amistosa y mortal.

—¿Me lo estás pidiendo por favor? —dijo.

—Sí.

—¿Has ido a ver a Lynne?

La pregunta me inquietó, pero no lo demostré.

241

—Sí. Buscándote.

—¿Y eso es todo?

—Ray, ¿cuánto tiempo hace que me conoces, tío?

Él resopló y luego sacó un cigarrillo.

Yo me levanté y fui a la casa de ensueño californiana a buscar un teléfono.

—¿Diga? —dijo ella rápidamente, como si estuviera esperando, al primer timbrazo.

Yo me quedé helado. La parálisis empezaba en la garganta, pero se comunicó con rapidez a mis dedos y mi lengua. Tenía intención de hablar, de decir «hola», como haría cualquier persona normal. Quería decir «hola», pero no podía ni respirar.

—¿Diga? —repitió Bonnie Shay—. ¿Quién es?

Uno de los motivos de que no pudiese hablar era que mi mente iba muy por delante de mis cuerdas vocales. Yo estaba contándole ya lo de Sammy Sansoam y la pobre Faith Laneer, pero todavía no había abierto la boca siquiera.

Mi corazón daba saltos, más que latir. Parecía hasta emitir un ruido, un castañeteo muy agudo que me recordaba a un día de invierno en Louisiana cinco semanas después de que muriese mi madre.

Fue después de una de esas raras tormentas de nieve en Louisiana, a primera hora de la mañana. Cubría el suelo una capa de nieve en polvo de unos pocos milímetros. Un insecto segador cojeaba arriba y abajo por una superficie blanca y plana. Como era niño, me imaginé que probablemente buscaba el verano de nuevo, porque pensaba que se había perdido y que habría tierra firme y caliente en algún lugar... si era capaz de encontrarla.

Entonces y al teléfono, mi corazón era aquella araña.

—¿Easy? —dijo Bonnie, bajito.

Colgué.

Jesus me esperaba junto a la biblioteca. Intuía muy bien mis sentimientos y creía que era el único que podía salvarme de mí mismo.

—Jewelle me ha pedido que te diga que podemos quedarnos aquí todo el tiempo que queramos, papá.

—Muy bien —dije—. Necesito que os quedéis aquí un tiempo.

—¿Has hablado con Bonnie?

Miré a mi hijo, orgulloso de su talento y sus amables modales.

—No —respondí—. Uf. Iba a llamar a la policía por un asunto, pero luego he pensado que no era buena idea.

Cuando Navidad le dijo a Amanecer de Pascua que era el momento de irse, ella se echó a llorar. No quería dejar su nueva habitación ni a su hermana Feather. Le dije al soldado desacreditado que teníamos la casa todo el tiempo que quisiéramos y que me gustaría que se quedara por allí para asegurarse de que mi familia y la suya estaban a salvo.

—Ahora no tienes casa, ¿no? —le pregunté.

—No —respondió él, bajando la cabeza.

—Entonces quédate, hombre. He inscrito a Pascua en el colegio. Ella necesita a otros niños. Necesita una vida.

La amarga mueca de los labios de Black era un regusto a bilis y a sangre, de eso estoy seguro. Pensó en romperme el cuello; lo supe por mis propias impresiones y también porque el Ratón levantó la cabeza para mirarnos.

Amanecer de Pascua era lo único que le quedaba a Navidad. Él quería llevársela y agazaparse en un agujero en alguna parte para curarse. Y yo era el principal obstáculo entre él y su hija. Mi vida, mi hogar, mis hijos la reclamaban. Navidad quería silenciar aquella canción.

Pero también era un buen hombre, a pesar de toda su locura. Quería a su hija, y quería lo mejor para ella. En el coche me había despreciado como si fuera un subordinado suyo, pero aquello ya había terminado. Yo era un igual en un mundo injusto.

Al cabo de unos pocos y largos adioses conduje a Ray al apartamento de Lynne Hua. Él me dio unas palmadas en el hombro y me hizo un guiño antes de salir.

—Tómatelo con calma, Easy —me dijo—. Sólo conseguirás hacerte mala sangre. Hay gente por ahí que me quiere matar y yo no estoy tan agobiado como tú.

—Lo tengo todo cubierto, Ray. Sólo unos cuantos pasos más y estaré libre.

Me detuve en La Brea a primera hora de la tarde, entré en una cabina telefónica y eché dos monedas. Marqué un número que me sabía de memoria y envolví el auricular con un pañuelo.

—Comisaría del distrito 76 —me dijo una mujer.

—Con el capitán Rauchford —dije, con una voz profunda y gruñona.

Sin más dilación ella me pasó. Sonó un solo timbre y contestó una voz masculina:

—Rauchford.

—He oído que buscan a Ray Alexander.

—¿Quién es?

—No se preocupe por eso y escúcheme atentamente —dije con una voz que a veces oía mentalmente—. El Ratón se ha ido de la ciudad, pero volverá con sus chicos dentro de un día o dos.

—¿Adónde?

—Aún no sé dónde, pero lo sé porque ese hijoputa se está tirando a mi mujer —dije, con auténtico sentimiento, demasiado y todo—. Ella correrá a verle en el momento en que vuelva a la ciudad.

—Dígame su nombre —me ordenó el hombre blanco.

—Mi nombre no tiene nada que ver.

—Estamos localizando esta llamada. Sé dónde vive usted.

Justo entonces una ambulancia pasó a toda carrera con la sirena sonando.

—Le llamaré mañana a última hora de la mañana o al mediodía, y le contaré lo que sé.

48

—*H*ola —dijo Jewelle, respondiendo al teléfono de su casa.

—Hola, cariño.

—Ah, hola, Easy. ¿Qué tal la casa?

—¿Casa? ¿Quieres decir el palacio de Buckingham?

Jewelle soltó una risita.

—Es bonita, ¿eh?

—Sí, es bonita. No te voy a preguntar cómo la conseguiste.

—Tú y tu familia podéis quedaros en esa casa todo el tiempo que queráis, Easy.

—No tienes que hacer tanto, cariño. Con un mes o dos bastará.

—Un mes, un año, cinco años... —dijo ella—. Lo que quieras.

Me di cuenta entonces de por qué Jewelle y yo no podíamos haber sido amantes nunca. Nuestra relación consistía sobre todo en un diálogo que ocurría entre líneas. Ella me agradecía que la hubiese ayudado cuando tenía problemas y estaba enamorada; me agradecía que no la hubiese juzgado cuando se enamoró de Jackson aunque seguía viviendo con Mofass. Jewelle y yo éramos como dos criaturas simbióticas de las que a veces había leído en las revistas de ciencias naturales; como el hipopótamo y los pajaritos que les limpian los dientes, o como las hormigas que apacientan a los áfidos en la selva tropical de Sudamérica. No éramos de la misma especie, pero nuestros destinos estaban entrelazados desde siempre por el instinto.

—¿Sigue vacía esa casa en Hooper con la Sesenta y cuatro? —le pregunté.

—Ajá. ¿Por qué?

—¿Vas a construir ahora allí?

—El terreno es tan grande que podría hacer dieciséis unidades. ¿Por qué?

—Ya te lo diré más tarde, cariño. Saluda a Jackson de mi parte, ¿quieres?

Jewelle no me cuestionó, igual que una garza no cuestiona el viento.

Colgué el teléfono y volví al televisor del motel. En el canal nueve ponían el programa *Million Dollar Movie*, y aquella noche tocaba la película *El séptimo sello*. Al principio no hice mucho caso, pero al cabo de pocos minutos aquella película en blanco y negro empezó a fascinarme. La muerte caminaba como un hombre entre los hombres, y hacía que nos sintiéramos como hojas, como polvo a su alrededor. El Caballero luchaba contra el Espectro, y cada uno de ellos ganaba, aun perdiendo. Me sentí profundamente conmovido por las severas actuaciones y las verdades que decían. Cuando acabó la película me di cuenta de que notaba un gusto amargo en la boca. Eso me recordó que no hacía ni veinticuatro horas me había caído del tren. Pero no quería un trago, no necesitaba beber. Me reí de mí mismo: todos aquellos años había evitado el alcohol cuando en realidad podía haber usado la moderación.

Era un idiota.

Por la mañana me afeité, me duché y me planché la ropa antes de vestirme. En Centinella, atravesando la calle, había una cafetería que servía donuts recién hechos. Bebí y fumé, leí el periódico y tonteé un poco con la joven camarera de siete a nueve.

Se llamaba Belinda y tenía diecinueve años.

—¿Y a qué se dedica usted, señor Rawlins? —me preguntó, cuando yo ya llevaba hora y media haciéndole preguntas sobre su vida.

—A lo que estoy haciendo ahora mismo —dije.

Belinda tenía un culo estupendo y una cara muy sosa, pero cuando sonreía no podía evitar unirme a ella.

—¿Quiere decir que toma café como profesión? Me apunto yo también.

—No, soy detective —le dije, tendiéndole mi tarjeta—. La mayor parte de mis investigaciones consisten en sentarme en restaurantes, coches y habitaciones de motel observando a la gente e intentando oír detrás de las paredes.

—Usted es el único cliente aquí, señor Rawlins —me dijo Belinda—. Todos los demás se compran el café y se van a trabajar. ¿Me está investigando a mí?

—Pues desde luego, la estaba observando —dije—. Y me parece que tiene muy buen aspecto. Pero ahora estoy haciendo el trabajo más importante que hace cualquier detective.

—¿Y cuál es? —me preguntó, inclinándose por encima del mostrador y mirándome a los ojos.

—Esperando que todas las piezas encajen y se coloquen en su lugar.

—¿Qué piezas?

—En el tablero de ajedrez se llaman peones.

Era una afirmación bastante inocua, pero Belinda captó el atisbo de maldad que desprendía. Frunció el ceño un momento. El problema que yo representaba era precisamente lo que ella buscaba.

Abrió la boca un poco, como diciendo sin palabras que estaba dispuesta a saltar por encima de aquel mostrador y salir corriendo conmigo; que aunque yo era un viejo para ella, tenía tiempo libre para sentarme a su lado y la voluntad de decirle que era encantadora. No cuesta mucho, cuando uno tiene diecinueve años, y tampoco se lo piensa uno mucho. El problema es que tampoco dura demasiado.

—¿Por qué no me escribes tu número de teléfono, muchacha?

—¿Por qué iba a hacer tal cosa? —replicó, no queriendo parecer fácil.

—Tú no quieres, pero yo sí —respondí—. Seguro que tienes a todos los jóvenes del barrio llamando a tu puerta. Yo sólo quiero hablar contigo.

Frunció el ceño intentando adivinar si mis palabras ofrecían algún insulto o alguna trampa. Como no encontró nada, se encogió de hombros y escribió su número en la parte trasera de mi cheque y me lo devolvió.

—Ya me pagarás el café en otro momento —dijo, y el equilibrio de poder entre los dos se alteró. Yo ya había coqueteado antes, pero ahora ella me tenía atrapado. Yo quería llamarla, yo quería verla, enseñarle el valle que quedaba detrás de mi hogar en Bel-Air.

Nuestros dedos se tocaron cuando me tendió el cheque. Cogí aquella mano y besé dos veces sus dedos.

Salí de allí sin la menor intención de volver a hablar de nuevo con Belinda.

49

$\mathcal{F}$ui en coche hasta los grandes almacenes Sears, Roebuck y compañía, del este de Los Ángeles, y compré una escopeta de aire comprimido de gran potencia con tres cartuchos y un tubo lleno de munición de 6 mm. Luego me fui hasta Hooper con la calle Sesenta y cuatro. En la esquina de ésta había una casa que se había quedado vacía tras los disturbios; era una casita muy pequeña en un terreno enorme. Quizá por eso las ventanas no estaban rotas, porque había que salir allí, a plena vista, para tirar una piedra a los cristales.

En tiempos la casita había sido de un amarillo intenso, pero la pintura se había ido desgastando hasta quedar casi gris. Sólo quedaban manchas de color aquí y allá. El césped estaba muy crecido y seco.

La puerta delantera tenía un candado puesto. Lo forcé y entré. La casa estaba completamente vacía. No había ni un solo resto de muebles o alfombras, ni un solo cuadro, ni bombillas siquiera. Hacía mucho tiempo que nadie vivía allí.

El patio trasero también estaba tan reseco y vacío como la parte delantera. Hubo un garaje en el extremo más alejado del terreno, pero se había hundido y ahora sólo quedaban un montón de tablas desordenadas.

Era el lugar perfecto para mis propósitos.

Al otro lado de la calle se encontraba otro edificio abandonado, una casa de vecinos de tres pisos clausurada por el ayuntamiento. A diferencia de la casita que acababa de visitar, ese edificio ocupaba todo el terreno. Detrás encontré un caminito oscuro de cemento que conducía a un callejón.

Después de toda aquella investigación llevé mi coche hasta el callejón, busqué la puerta trasera del edificio de vecinos, entré y subí hasta el tejado cubierto de tela asfáltica. Estaba muy sucio, lleno de latas de cerveza y envoltorios de condones vacíos. Era una zona de recreo nocturna para las jovencitas que compartían dormitorio en la habitación de sus padres y recién casados que salían con las amigas de sus consortes porque se habían dado cuenta demasiado tarde de que se habían equivocado.

Me dirigí hacia la cornisa delantera del edificio que daba al terreno donde había invertido Jewelle. Allí cogí mi escopeta de aire comprimido y la cargué con un cartucho nuevo de gas. Disparé a un tubo de chimenea de hojalata con una bala grande de plomo. El impacto soltó el cilindro de metal de sus anclajes.

Volví a guardar de nuevo la escopeta de aire comprimido en su funda, levanté un poco la tela asfáltica de la cornisa y metí debajo el estuche, esperando allí a que todo encajara.

A media manzana de distancia me detuve en una cabina telefónica. Tenía tres monedas en el bolsillo y me prometí que antes de que hubiese acabado el día las habría gastado todas.

Marqué el primer número que tenía apuntado en una tarjeta, en la cartera.

—Despacho oficial —respondió la voz de un hombre.

Los insultos acudieron a mis labios, pero conseguí acallarlos. El desprecio, el odio y la rabia hervían en mi garganta, pero conseguí mantener la voz serena. Quería usar un tono calmado para decirle quién era, pero sólo dije:

—¿Coronel?

—¿Quién es?

—Easy Rawlins.

—Señor Rawlins, ¿qué se le ofrece?

—Coronel, no fui sincero del todo cuando nos vimos en mi despacho.

—¿Ah, no? ¿Y qué más quiere?

—Yo... bueno, conocía a una mujer llamada Laneer. Estaba casada con Craig Laneer.

—¿Ah, sí?

—Faith me dio una copia de la carta que usted dice que Craig le envió, sólo que esa carta prueba que Sammy Sansoam y los demás están traficando con drogas.

El silencio que guardó Bunting al otro lado de la línea era delicioso.

—Tengo que ver esa carta, señor Rawlins.

—Ah, sí —repliqué—. Ya lo sé.

—¿Puede traérmela?

—No, no señor. Tengo miedo. He intentado llamar a Faith, pero no contesta. ¿Sabe?, creo que le ha podido pasar algo.

—Necesito esa información, señor Rawlins.

—Podría enviársela —dije.

—No. Tráigamela hoy. Tenemos que actuar rápidamente. No hay tiempo para esperar al correo.

Esta vez fui yo el que se quedó silencioso.

—Señor Rawlins —dijo Bunting.

—¿Habrá alguna recompensa o algo si le entrego esto?

—Si la carta conduce a una acusación, podemos pagarle hasta quinientos —dijo.

—¿Dólares?

—Sí.

—¿Conoce una casa que hay en la Sesenta y cuatro con Hooper? —le di la dirección mirando mi reloj para controlar el tiempo. Eran las 11.17—. Nos encontraremos a las 16.00. Para entonces estaré allí.

Él repitió la dirección y luego me dijo que estuviera allí, o que si no tendría que llamar a la policía y cursaría una orden de detención en mi contra.

—Allí estaré —dije—. Desde luego.

Volví a mi atalaya en el tejado. Allí sentado pensé en Bonnie de una manera distante, casi nostálgica. Tantas cosas habían ocurrido que ya casi no notaba mi corazón roto. Bonnie habría comprendido lo que yo estaba haciendo. Ella no creía en eso de quedarse sentado cuando se ha cometido un crimen. De alguna manera, ella era como Navidad.

A las 12.11, Sammy Sansoam y Timothy Bunting aparecieron frente a la casa abandonada. Sammy se deslizó por la cancela y se fue a la parte de atrás, mientras Tim merodeaba por la acera un minuto o dos. Luego el coronel, o ex coronel o lo que demonios fuera, se dirigió hacia la puerta delantera. Cuando llegó allí apareció Sammy. Ambos miraron a su alrededor y desaparecieron en el interior de la casa.

Y

—Melvin Suggs —respondió al primer timbrazo.

—Hola.

—¿Easy? ¿Qué tienes para mí?

—Sé de buena fuente que alguien ha visto a Pericles Tarr vivito y coleando. Ésta escondido con una chica llamada Nena Mona.

—¿Dónde?

—Capitán Rauchford.

—Hola. Mire, estoy aquí en Hooper con la Sesenta y cuatro —atronó una voz profunda desde mi interior—. Esa casita pequeña en el solar vacío. Hay seis tíos ahí. He oído que mi novia hablaba con ellos por teléfono.

—¿Quién es? —preguntó Rauchford, y colgué el teléfono.

Los mayores errores se producen de una forma limpia, precisa. El ejército alemán entró en Rusia como una bayoneta caliente en una cuba de mantequilla, y se ahogaron en su propia mierda.

Yo pensaba aquellas cosas cuando llegó el primero de los silenciosos coches de policía allí, frente al terreno de Jewelle. Veinte polis se desplegaron mientras yo apuntaba con mi arma. Se estaba congregando una multitud, pero ninguno de ellos estaba en la línea de tiro.

Apreté el gatillo. El silencioso disparo pasó por encima de las cabezas de los policías. Yo había sido tirador durante la guerra; estaba seguro de que había dado al cristal. Volví a disparar una y otra vez, pero no ocurrió nada.

El capitán Rauchford se disponía a usar un megáfono potente para advertir al Ratón y a su cohorte. Los policías tenían también los rifles a punto.

Disparé de nuevo y la ventana delantera de la casita saltó hecha añicos.

Era lo único que necesitaban los hombres de Rauchford. Abrieron fuego. Los transeúntes reaccionaron con rapidez, los hombres se agacharon y las mujeres se pusieron a chillar. El humo empezó a alzarse desde la falange de ejecutores. Los niños se quedaron muy quietos viendo que los policías disparaban sus armas. Siguieron disparando hasta que las paredes quedaron como un colador, hasta que esas mismas paredes cayeron hacia dentro y el techo se desplomó, y hasta que dieron a la tubería del gas y se alzaron las llamas entre las ruinas.

Durante cinco minutos los policías fueron disparando y recargando, disparando y recargando de nuevo.

Luego, Rauchford dio el alto el fuego y yo fui avanzando de bruces hacia la trampilla, me llevé mi escopeta de aire comprimido escaleras abajo y corrí por el caminito trasero hasta mi coche. Me alejé sin mirar atrás. No me sentía feliz por las muertes que había provocado, pero tampoco triste.

Cuando volví a la habitación de mi motel, llamé al apartamento de Lynne Hua.

—Hola.

—Soy Easy, Lynne.

—¿Qué ha ocurrido?

—Nada, ¿por qué?

—Tu voz —dijo ella—. Pareces un muerto viviente.

—Déjame hablar con el Ratón.

—Hola, Easy —dijo el Ratón un momento después—. ¿Quieres que vayamos a hacernos cargo ahora del asunto aquél?

—Ya lo has hecho —dije.

—¿Cómo?

—Alguien le contó a la policía que estabas en una casa en la calle Sesenta y cuatro. Han averiguado enseguida que no estabas ahí, y que los que estaban eran aquellos soldados. Pon las noticias, ya verás.

50

*D*espués de asesinar a dos hombres fui al mercado de Farmer en la Tercera con Fairfax y compré un cestito de fresas de la mejor calidad y tres botellas de champán y medio litro de coñac en Licores Stallion, en Pico. No sentía nada, no estaba ni preocupado, ni ansioso, ni abrumado por la culpa. Sabía lo que había hecho, pero la realidad era para mí como un sueño.

Fui a mi casa de Genesee después de comprar e hice una llamada telefónica.

—Hola —respondió Tourmaline Goss.

—¿Puedo llevarte a cenar esta noche?

Cenamos en un pequeño restaurante francés en Pico, junto a Robertson, donde llamaban *poulet* al pollo y *pain* al pan. Tourmaline tenía toda mi atención.

—¿Es verdad que estabas allanando la casa de una mujer mientras hablabas por teléfono conmigo? —me preguntó.

Eso me recordó a Belinda, y cómo algunas mujeres se sienten atraídas por el peligro.

—Pues sí —dije—. Pero no creo que a ella le importase.

—¿Por qué no?

Le conté lo de Jean-Paul Villard y cómo había dado con Pericles Tarr buscando al Ratón, y que la policía buscaba al Ratón cuando atacaron aquella casa en South Central.

—¿Ése era el hombre a quien buscaban en ese tiroteo de hoy? —me preguntó.

—Sí.

—¿Quieres decir que la policía acribilló aquel sitio buscando a alguien que ni siquiera estaba allí? ¿Que mataron a dos hombres inocentes, veteranos del ejército, cuando les dijeron que él estaba en una casa en South Central?

—Sí —dije, y la sorpresa de mi voz era casi real.

—Sí —dijo Tourmaline, enfurecida—. La policía dispara contra una casa, mata a dos hombres inocentes y no importa porque es un barrio negro, y uno de los hombres era negro, y el otro no tenía por qué estar allí, de todos modos.

—¿Puedo entrar un rato? —le pregunté a ella mientras tiraba del freno de mano en el aparcamiento.

Su sonrisa era recatada, no hacían falta palabras.

Cogí el champán helado y la cajita de fruta que tenía guardados debajo de una manta en el asiento de atrás y la seguí escaleras arriba. Mientras subíamos ella dejó una mano atrás y yo se la cogí.

Hice saltar el tapón y serví el champán en unos vasitos tipo bote de mermelada.

—Pensaba que no bebías... —me dijo ella después de nuestro cuarto o quinto brindis y beso.

—Es que antes no bebía.

—¿Cómo que antes? Si fue hace sólo un par de días.

—Quizá sea por ti.

Parecía que mis manos estaban hechas para sus pechos, mis labios y mi lengua para su sexo.

—Quiero que me hagas de todo —me pidió, mientras se encontraba desnuda en mi regazo y yo todavía iba completamente vestido.

Le hice todo lo que sabía, y cuando no estuve seguro, ella me enseñó y me guio, e invocó a unos dioses que fueron asesinados en los barcos esclavistas mucho antes de que nacieran los padres de nuestros padres.

Yo no podía parar. El sexo surgía de mí como la sangre de una herida. El champán iba alimentando el fuego mientras Tourmaline me acariciaba el corazón. Estaba encima de ella en el sofá, escuchando a Otis Reding y haciendo el amor como una estrella de cine. Notaba un halo en torno a mi cabeza, mirándola profundamente a los ojos.

—No pares, cariño —me susurraba—. No pares nunca.

Aquel fue el momento que lo decidió todo para el resto de mi vida.

255

Me había entregado completamente a Tourmaline. Estaba sólo con ella, sólo la deseaba a ella, estaba dispuesto a casarme con ella y crear una nueva familia. No había nada fuera de aquella habitación.

Pero cuando ella me miró y me pidió que no parase, supe en mi corazón que no podía hacerlo. Era como si hubiese mantenido en mi interior una ampolla de vidrio que guardaba mi alma aparte, separada de mí. Sus palabras me apretaron y el cristal se hizo añicos como la ventana de la casa de Jewelle. Yo dejé escapar el mismo sonido que con Feather y me levanté, erecto y flácido al mismo tiempo.

—¿Easy? —dijo Tourmaline.

Quise responderle, pero no pude.

Había salido aquella noche vestido de punta en blanco. Llevaba mi traje color antracita, unos zapatos de piel negra muy pulida, camisa amarilla y una corbata color borgoña, azul y verde, hecha de un quimono antiguo.

Salí por la puerta principal vestido sólo con los pantalones y una camiseta. Ni siquiera llevaba calcetines ni zapatos.

Tourmaline me llamó, pero yo iba dando tumbos como el monstruo de Frankenstein.

—¡Easy, Easy Rawlins! —gritaba ella, escaleras abajo.

Pero yo ni siquiera reconocía mi nombre.

En Royal Crest con Olympic me detuve en una cabina telefónica y llamé. El teléfono sonó una docena de veces y al final ella respondió.

—¿Diga?

—¿Puedo ir a tu casa un minuto?

El «no» flotó en el aire mientras ella pensaba.

—¿Dónde estás?

—En la esquina.

Su casa estaba sólo a media manzana de la cabina telefónica pero fui en coche y paré ante la puerta. Ella apareció allí, tan bella como siempre.

—¿Dónde están tus zapatos, Easy?

—Los he perdido de camino hacia aquí.

—Has estado bebiendo —me dijo después de darme un ligero beso en los labios.

—¿Está Joguye?

—No. Está en París. Ha habido un golpe de Estado. Sus padres han muerto. Está en el exilio, trabajando para derrocar a la junta.

—Oh.

—Vamos, entra, Easy. Ven adentro.

El salón estaba lleno de arte africano en todas sus manifestaciones: pinturas, esculturas, textiles e incluso muebles. Los colores eran oscuros o muy intensos, nada de los colores pasteles sintéticos americanos, en absoluto. Nos sentamos en un sofá de madera que tenía dos almohadas muy largas rellenas de plumas en lugar de asientos.

—Ha pasado mucho tiempo —dijo Bonnie.

—Toda una vida, parece.

—¿Por qué has venido, Easy? —me preguntó.

Yo me puse a hablar.

Empecé con Chevette Johnson y su chulo porcino, al que casi mato. Se lo conté todo sobre el Ratón y Jackson y Jean-Paul. Le dije que había hecho el amor con Faith y luego la había encontrado muerta; le hablé de los crímenes que había cometido usando a la policía como arma. Le hablé de Tourmaline.

No me dejé nada por contar. A lo largo de la historia ella entrelazó mis manos con las suyas. Estaba allí conmigo, sintiéndome.

—Sé que estaba equivocado —dije—. Sé que lo hecho, hecho está, y que tú no querías herirme como yo te hice a ti. He sido un niño y un idiota y te pido que me perdones.

Las lágrimas se agolparon en los ojos de Bonnie mientras ella asentía, concediéndome su clemencia.

—Te amo, Bonnie.

—Yo también te amo, Easy.

—Cuando te he contado todo esto que ha ocurrido ha sido como quitarse una cáscara, como la piel que muda la serpiente. Pero interiormente has estado siempre en mi mente, cada minuto. Cuando iba a la casa de Bel-Air pensaba en ti. Cuando encontré al hombre muerto metido en aquel agujero, pensaba en ti. Ya no estoy celoso, y no estoy orgulloso de haberlo estado. Pero por favor, cariño, por favor... vuelve conmigo.

Bonnie me miró viendo más de lo que nadie había visto, después de mi madre. Sonrió, bajó la vista y luego la levantó de nuevo, resuelta.

—Es demasiado tarde —susurró.

No me sorprendía. Sabía que lo diría antes de acudir allí. Conocía a Bonnie. Aunque yo fuera el amor de su vida, ella había hecho una promesa a un hombre que jamás vaciló en sus sentimientos hacia ella. Ella le había jurado amor y una familia, un futuro.

Cuando me soltó las manos me levanté como un globo lleno de helio.

—Sólo necesitaba oírlo —dije.

—Siéntate, Easy.

—No, cariño. Aquí acaba todo. Tú lo sabes, y ahora yo también lo sé.

—No deberías conducir en ese estado.

—Combatí en una guerra en este estado.

Ella se levantó también.

—Quédate.

—Para algunos hombres parecería una proposición —dije.

—Tú no eres como algunos hombres —replicó ella—. Tú eres Easy Rawlins.

Yo sonreí y le cogí la barbilla con la mano izquierda.

—Fuiste la mujer de mi vida y te eché a la calle, como un idiota.

Después de eso, resultó fácil salir a la calle a andar descalzo y a medio vestir. El aire nocturno resultaba tonificante, y yo me había enfrentado al peor de mis demonios y había perdido con dignidad.

51

Seguí por Pico y bajé hacia el océano, di una serie de vueltas y seguí viajando hacia el norte por la autopista de la costa del Pacífico. Iba en mi coche con las ventanillas abiertas y un cigarrillo entre los dedos. No sabía qué hora era exactamente, pero la medianoche se encontraba detrás de mí, y la mañana estaba lejos, muy lejos todavía. Había abierto la botella de coñac de medio litro y la llevaba entre las piernas. De vez en cuando daba un sorbo, brindando por los hombres y mujeres muertos a quienes había conocido y perdido a lo largo de las décadas.

No había demasiado tráfico y por lo tanto me sentía libre. Al principio respetaba el límite establecido de las cincuenta millas por hora, pero el velocímetro fue avanzando a medida que yo fui dejando el dolor cada vez más y más atrás.

Tenía treinta y siete dólares y un billete de cien en mi bolsillo, no llevaba zapatos ni camisa, y en la radio sonaban canciones que parecían felices, aunque hablaban de un corazón roto.

No sabía qué hora era, ni adónde me dirigía. Necesitaba unos zapatos y una chaqueta o algo parecido. Necesitaría más cigarrillos y otra botella pronto. Pero justo entonces, cuando llevaba ya bebida media botella y todavía me quedaban ocho cigarrillos, me encontraba en estado de gracia, dirigiéndome hacia la costa, rodando hacia el mañana.

Se me ocurrió que el único motivo de saber que el océano estaba allí fuera, a mi izquierda, era la oscuridad, la oscuridad primordial que había hecho que los de mi estirpe se detuvieran y reflexionaran durante millones de años. Reí ante aquel inmenso vacío.

Veinte millas después de Malibú una camioneta iba subiendo por la empinada cuesta poco a poco. Pasé al lado del vehículo con un control absoluto. Eso me hizo reír, me hizo sentir fuerte.

Bunting y Sansoam estaban muertos, pero yo no sentía remordimiento alguno por su fallecimiento. No me sentía culpable. Los policías estaban equivocados, pero yo no. Aquellos hombres habían traído una racha asesina desde Vietnam a California, y no se habrían detenido con Faith Laneer. Habrían ido a por mí muy pronto, sin saber lo que yo podía tener contra ellos.

Yo tenía que recuperar mucho tiempo de vida después de un año de depresión por Bonnie.

Las estrellas esparcidas sobre el océano oscuro me llamaban hacia la elevación que había del lado de la costa, en la montaña.

Bonnie había tenido que rechazarme. Aunque me quisiera, yo la había echado sin explicación alguna. Por supuesto, tenía que casarse con Joguye. África y el Caribe estaban más cerca de lo que América podía estar jamás de ninguna de las dos. Él era un rey, y yo un vagabundo. Y aquella noche me iría en mi coche tan lejos que nadie podría encontrarme para contarme si algo había cambiado.

260

Mis hijos estaban a salvo, viviendo en una mansión. Yo no estaría allí para vigilarlos, pero tenían a Jesus. Jesus... el niño que siempre había sido el mejor de los hombres.

Encendí un cigarrillo, di un sorbo a mi botella de coñac y decidí llamar a mi pequeña tribu cuando se hiciese de día. Merecían saber dónde estaba.

No les daría ningún número adonde llamarme, porque si conocían aquel número cada vez que sonase el teléfono me preguntaría si se lo habrían dado a Bonnie.

Un camión de dieciséis ruedas tenía ciertos problemas con la subida. Me desplacé un poco para asegurarme de que no venía nadie y pisé el acelerador. Acababa de empezar a adelantar al camión cuando vi los faros de otro coche que venía de frente.

No había problema. A la izquierda había un repecho. Amplié el arco de mi giro y apreté el freno para aminorar. No tenía ni idea de que el repecho iba menguando y luego desaparecía. Pisé el freno, pero por entonces las ruedas ya no se encontraban en terreno sólido. El motor se caló y el viento a través de las ventanillas era una mujer que pedía un auxilio que no llegaría nunca.

—No —dije, recordando todas las veces que casi muero a manos de otros: soldados alemanes, soldados americanos, borrachos, pillos, mujeres que me querían ver en la tumba...

La parte trasera de mi coche golpeó algo con fuerza, sin duda un peñasco. Algo agarró mi pie izquierdo y el dolor subió por la pierna. Lo ignoré, aunque me di cuenta de que al cabo de unos pocos segundos estaría muerto.

Rápidamente intenté buscar la imagen que necesitaba ver antes de morir. Mi mente se alzó hacia la parte superior del acantilado. Busqué a Bonnie, Faith, a mi madre. Pero ninguna de ellas apareció a mi lado en mis últimos segundos.

La parte delantera del coche golpeó algo con un fuerte estrépito y el ruido de metal que se desgarra. Entonces apareció Chevette Johnson en mi mente. Dormía en mi sofá nuevo, a salvo de un mundo malvado.

Creo que sonreí, y luego el mundo se volvió negro.

ESTE LIBRO UTILIZA EL TIPO ALDUS, QUE TOMA SU NOMBRE
DEL VANGUARDISTA IMPRESOR DEL RENACIMIENTO
ITALIANO ALDUS MANUTIUS. HERMANN ZAPF
DISEÑÓ EL TIPO ALDUS PARA LA IMPRENTA
STEMPEL EN 1954, COMO UNA RÉPLICA
MÁS LIGERA Y ELEGANTE DEL
POPULAR TIPO
PALATINO

***
**
*

RUBIA PELIGROSA SE ACABÓ DE IMPRIMIR
EN UN DÍA DE INVIERNO DE 2009, EN LOS
TALLERES DE BROSMAC, CARRETERA
VILLAVICIOSA DE ODÓN
(MADRID)

***
**
*